升級

UPGRADE

布萊克．克勞奇 著

蘇瑩文 譯

BLAKE CROUCH

各界好評

面對不確定的未來，往往處於兩極的拔河擺盪：該積極勇往還是謹慎推演？迎來的是美麗新世界亦或萬劫不復的深淵？

克勞奇這回以先進的基因編輯技術爲題，再次用虛構的故事帶領讀者進行一趟擬眞的冒險，這讓具生命科學背景的我讀來冒汗不止——分不清是驚悚害怕的冷汗還是雀躍緊張的熱液，留待躍躍欲試的你來實際感受一下。

——冬陽，電台主持人、推理評論家

如果有一天人類也可以輕易被基改的話，會是什麼樣的光景？同時，如果我們把人類的內裡簡單劃分成理性與感性，那提升其中的何者，對於人類的存續更具意義呢？在《升級 UPGRADE》中，作者克勞奇對這兩個問題提供了令我意想不到、五味雜陳，卻也爲之動容的解答。

——馬立軒，中華科幻學會理事長

《升級 UPGRADE》在扣人心弦的驚悚和高概念科幻故事之間達成巧妙平衡。克勞奇又一超殺讀物。

——安迪．威爾，暢銷書《火星任務》作者

克勞奇再度震撼了我。《升級 UPGRADE》不僅是燒腦刺激的驚悚小說，更是闇夜警鐘，直指人類妄想扮演上帝的恐怖局面。

——加斯汀．柯羅寧，暢銷書《末日三部曲》作者

故事張力十足，克勞奇毫不留情逼視人性及其陰暗成分。娛樂指數破表、情感能量滿點的驚悚情節，讓人闔上書頁還低迴難忘。

——薇若妮卡．羅斯，暢銷書《分歧者》作者

翻開第一頁，你就知道這書是出自一位故事大師之手。

——艾力克斯．麥可利迪斯，暢銷書《緘默的病人》作者

你不用同情主角，因爲你會活在他的皮膚裡，與他共感。

——黛安娜．蓋伯頓，暢銷書《異鄉人：古戰場傳奇》系列作者

克勞奇具備科技驚悚天王麥可．克萊頓的眼界與氣度。《升級 UPGRADE》引人入勝、情節緊湊、故事嚴謹、內蘊眞摯情感，動人心弦。

——大衛．科普，《侏羅紀公園》編劇

如果克萊頓動手寫超級英雄小說，就會是《升級 UPGRADE》……故事流暢，情節俐落，千驚萬險之間出現令人佇留低迴的動人字句，掩卷後仍惆悵難忘。

——《紐約時報》書評

克勞奇作品絕對在我荒島書單之列。

——凱利・福斯，獨立書商翠鳥書店店長

克勞奇再次把黑暗系科幻小說推向新高點，這本必看。

——《書單雜誌》

克勞奇神布局，不僅超會設計動作追逐、爆炸場面，更會適時讓人陷入黑暗驚惶……但《升級 UPGRADE》最強的是故事精妙，轉折高明，以及令人咋舌拜倒的千里伏筆。

——美國公共廣播電台

編按：本文涉及少量劇情，請斟酌閱讀。

推薦序

升級之戰

黃貞祥

很多漫威或ＤＣ宇宙的超級英雄，原本只是個凡人，不小心一夜之間獲得超能力。

老實說，我雖然不是任何超級英雄的粉絲，但我其實也有幻想過，有一天天上掉下禮物，讓我能秀出自己的超能力，然後追問所有見識到的人：「你知道這是什麼嗎？你相信這個很酷的事情發生在我身上嗎？」雖然我還不是超級英雄，但這聽起來還不錯，對吧？

其實，隨著科學的發展，我們確實獲得了許多超能力，讓我們更加耳聰目明，從家裡越來越聰明的家電到手中滑個不停的手機，都讓我們超越了許多時空上的限制。一個掛滿各種３Ｃ產品出門的阿宅，對工業革命以前的人們來說，肯定是千里眼、順風耳，只差還沒飛天遁地而已。有天人工智慧（ＡＩ）甚至能有他心通、宿命通的神通，也不需要太過感到意外。

然而，3C產品和AI畢竟還是要插電，如果有一天，我們能直接改造我們的身體，是不是就能出類拔萃、超凡入聖了呢？於是，我們就能從需要依賴各種高科技裝備的一般人超級英雄，躍升成異能人超級英雄。在基因編輯問世前，科幻小說家也不需要交代我們是如何辦到的，總之就是有人有能耐。可是，當我們掌握了越來越多基因功能的祕密，以及精準編輯基因的科學技術，未來有一天，改造升級的人類，是否就像古人見識我們各種家常便飯的3C產品一樣，會讓現在的我們嘖嘖稱奇？

既然身為超級英雄，而非單純只是異能人而已的話，他們必定要歷經所謂的英雄之旅——踏上一條艱難無比之路，遭遇常人所不能及的挫敗和挑戰，在各種難以控制和抉擇的境遇中，堅守頑強的自由意志所選擇的公理和正義！如果是你，你還想要當個超級英雄嗎？

有些人可能無法選擇，就像我們無法挑選降生時的父母和時代一樣。我就知道其中一位莫名其妙被改造成超級英雄的人，被迫踏上他自己的英雄之旅，他的名字叫羅根・蘭姆西，故事記載在《升級 UPGRADE》這本書中，作者是布萊克・克勞奇。蘭姆西原本是基因保護局的阿宅探員，雖然他身世不凡——在那個飽受氣候變遷之苦的未來世界中，他和老媽闖的禍可大了，提油救火又火上澆油，屋漏偏逢連夜雨的未來世界，為此餓死了很多人，遠多過因 COVID-19 而病死的無辜百姓，搞得他的姓氏在當時彷彿就是個詛咒一樣。

在那個未來世界裡，基因編輯闖的禍，可能還不止那樣，於是被各國政府強力禁止，可是仍有許多冥頑不靈的流氓科學家，爭先恐後地爲顧客在世界各地隱藏的實驗室裡操弄、把玩潘朵拉盒子跑出來的各種邪惡。羅根，就是爲了贖罪，冒死四處奔波搗毀一個又一個非法實驗室並逮捕流氓科學家，只是有一天，他自己中了圈套被炸成重傷，而設局的人居然是……

出院後，羅根只是覺得他思維越來越敏銳，專注力越來越強，記憶力越來越好，多工任務越來越得心應手。不僅如此，他的骨骼和肌肉也發生了變化，這不科學啊！直到他被基因保護局蓋布袋丟進牢裡，他才從同事那裡聽到一連串的基因名字，而認識到自己的基因體已被駭了一遍。之後，就是羅根尋根之旅，對他那陰魂不散的家族展開愛恨情愁的明爭暗鬥。

《升級 UPGRADE》中的故事眞的很精采，就像看了場充滿槍戰、打鬥的懸疑動作電影一樣，只是背景有強悍的基因科學，讓我們看到一個基因編輯如家常便飯的世界中，如何還能保有人性的光輝和尊嚴！如果我們還不能用基因編輯升級我們的身心，何不讓《升級 UPGRADE》升級我們的娛樂趣味和見聞呢？

（本文作者爲清華大學生命科學系助理教授）

目次

各界好評 002

推薦序 005 升級之戰　黃貞祥

第一部 011

你可以阻止原子分裂，可以不再探訪月球，可以不使用氣溶膠，甚至可以決定不用幾顆炸彈殲滅全人類。但是你無法召回新生的生命型態。

——**埃爾文．查加夫，奧地利籍猶太裔生物學家**

第二部 215

我們讀出我們自身基因體序列的能力是個哲學悖論。具有智能的造物能夠了解創造自己的指示嗎？

——**約翰．薩爾斯頓，二〇〇二年諾貝爾生醫獎得主**

第三部 327

在二十一世紀，人類的第三大計畫會是為我們自己獲取創造和毀滅的神力，將智人升級到神人。

——哈拉瑞，《人類大命運：從智人到神人》

尾聲 401

人性，會是大自然最後交付予人類的一部分。然後這場戰役才會獲勝。我們將從克洛若手中取走命運之線，自此，我們的物種將獲得自由，可以成為我們所希望成為的人。這場戰役確實會獲勝。但贏家究竟是誰？

——C.S. 路易斯，《人之廢》

謝辭 413

獻給麥可・馬克拉克蘭（一九四六—二〇二一）
陸戰隊員、律師、我親愛的朋友

第一部

你可以阻止原子分裂，可以不再探訪月球，可以不使用氣溶膠，甚至可以決定不用幾顆炸彈殲滅全人類。但是你無法召回新生的生命型態。

——埃爾文・查加夫*

* Erwin Chargaff（1905-2002），奧地利籍猶太裔生物學家，後成爲美國公民，曾獲美國國家科學獎章，以查加夫法則聞名。

1

我們在國際航廈的一處酒吧裡找到韓立克．索倫，三十分鐘後，他便要搭乘超級噴射機前往東京。

在今晚以前，我只在國際刑警組織的照片和監視器影像中看過他。他本尊不怎麼起眼——頂多一六八公分高，腳穿聖羅蘭的復古球鞋，身上的設計款帽T遮住了大半張臉。他帶著一本書坐在吧台遠端，還開了一瓶庫克香檳。

我在他身邊的高腳凳坐下，把識別證擱在我倆之間的吧台上。識別證上是一隻展翅環抱DNA雙鼓螺旋分子的禿鷹。接下來的好一會兒，什麼事也沒發生。我甚至不確定他是否看見了在圓形吊燈下閃閃發亮的識別證。但接著，他轉頭看向我。

我朝他咧個微笑。

他闔上書。就算他心裡緊張，外表也看不出來。他用那雙冷冽的北歐藍眼睥瞪著我看。

「嗨，韓立克，」我說：「我是GPA基因保護局的探員，蘭姆西。」

「你們覺得我做了什麼事？」

他三十三年前出生於奧斯陸，但在倫敦受教育，當年他母親是派駐當地的外交官。從他的口音中，我聽得出那個城市的腔調。

「關於這點，我們何不換個地方聊聊？」

酒保注意到我的識別證，這時正看著我們。他可能擔心收不到帳。

「我的登機時間快到了。」索倫說。

「你不去東京了。今晚不會去。」

他下顎的肌肉抽緊，目光閃爍。他把長及下巴的金髮塞到耳後，環顧酒吧，隨後再看向出境大廳裡熙來攘往的旅客。

「看到坐在我們後面那張高腳凳上的女人了嗎？」我問道：「一頭金色長髮，穿著深藍色風衣的那個。她是我的搭檔奈特曼探員。機場警方就等在兩側走廊上。聽著，我可以把你拖出去，或者你也可以自己好好走。全看你囉，但你得現在就決定。」

我不覺得他會跑。機場警戒森嚴，索倫一定也明白逃脫的可能性不高。但絕望的人自有狗急跳牆的作法。

他再次環顧四周才看向我。接著，他嘆了一口氣，迅速喝掉香檳，拎起放在地上的背包。

我們開車回城裡，負責駕駛公司這輛愛迪生改裝車的是娜汀．奈特曼。夜裡這個時候，七十號州際公路基本上沒什麼車。

索倫坐在後座，雙手上了束帶固定在背後。我檢查過他的隨身行李——一只古馳郵差包，而裡頭唯一引起我關注的是筆電，但我們得要拿到聯邦授權才能看。

「你是**羅根．蘭姆西**，對吧？」索倫問道，這是我們帶他出機場後他首度開口。

「沒錯。」

「你媽是蜜麗安．蘭姆西？」

「對。」我盡可能保持語氣淡然。這不是頭一回有嫌犯點出這件事。他沒再說什麼。但我感覺到娜汀的視線。

我看向窗外。車子已到市郊，時速一百九十公里。電動車的雙引擎幾乎沒有聲音。透過延伸到兩旁的深色玻璃，基因保護局的新看板飛速掠過我眼前——這是最新的公眾警示活動之一。

白色背板以黑色大字寫著：

編輯基因是聯邦罪行

#GPA

遠處的丹佛市區逐漸逼近了。

「半哩」摩天高樓直衝天際，發亮的尖端宛如光箭。

我們這裡的時間是凌晨一點，也就是說，華盛頓特區現在是三點。

我想到位在阿靈頓的家中沉沉入睡的家人。

妻子貝絲。

正值叛逆期的女兒艾娃。

如果今晚一切順利，明天傍晚，我會來得及回家吃晚餐。我們計畫週末到雪蘭多瓦河谷，在國家公園的天際線大道上欣賞多彩的秋色。

我們又經過另一面看板：

小錯足以引發大災難 #GPA #慎記

我看過這面看板，痛苦瞬間襲來——喉頭深處發疼。我們犯下的罪孽，必會留下痕跡。

我沒有抗拒，也沒試圖壓下痛苦。

就這麼放任著，直到痛苦消退。

基因保護局（GPA）的丹佛地區辦公室位在萊克伍德一處不起眼的辦公區，這地方能稱得上地區辦公室，已經是客氣的說法。

辦公室占了建築物一整層樓，規模很簡單，有一間拘留室、一間偵訊室、一間分子生物實驗室和一間軍械室。基因保護局在許多大城市裡都沒有地區辦公室，但因爲丹佛是美西的超高速鐵路運轉中心，在此地設置基地也算合理。

基因保護局成立不久，但成長快速。相對於員工人數高達四萬的聯邦調查局，我們編制僅僅五百人。像我和娜汀這樣的特別探員有五十人，而且全都部署在華盛頓特區，一旦基因保護局情資中心懷疑哪裡有非法的地下基因實驗室，我們隨時可以快速介入。

娜汀繞到低矮建築後方，把車子駛進員工出入口，開向電梯間。她把車停在一輛裝甲車後面。這時，四名生物特勤組隊員正把裝備攤放在水泥地上。他們在做最後的武器檢查，稍後根據我們即將從索倫口中問出的資訊，就要進行黎明前的掃蕩任務——重點是我們必須馬上從索倫口中問出點資訊。

我幫著我們的嫌犯從後座下車，三人一起搭電梯到三樓。

一進到偵訊室，我立刻剪斷束帶，讓索倫坐在金屬桌後。將嫌犯的雙手扣在焊接在金屬桌面的固定手銬上，這麼做比較不至於招來抱怨。

娜汀去倒咖啡。

我在索倫對面坐下。

「你不是應該宣讀我的權利之類的話嗎？」他問道。

「光憑基因保護法案，我們可以就這麼拘留你七十二小時。」

「法西斯獨裁分子。」

我聳聳肩。他說的其實也沒錯。

我把索倫的書放在桌上，期待他會有所反應。

「卡繆的書迷？」我問道。

「是啊，我收藏他作品的稀有珍藏版。」

那是一本《異鄉人》的早期精裝本。我謹愼地翻頁。

「書很乾淨，沒問題。」索倫說。

我在找的是頁面上變硬的小點，這代表紙張曾經打濕，有微小的圓形汙點。大量DNA或質體說不定會隱藏在尋常書本的紙頁上——這些東西只要微升滴液的分量，留在紙張上乾燥，然後再經過活化，就能做各種利用。即便像《異鄉人》這樣輕薄的小說也可貯藏無限多的基因資訊，每一頁都可能藏著不同哺乳動物的基因定序、恐怖疾病或是化合物，配備齊全的地下實驗室完全能夠啓動其中任何一項。

「我們會把這本書的每一頁都放到紫外線燈下檢驗。」我說。

「太棒了。」

「我們也會有人把你的行李帶過來。你知道的，我們會仔細拆解。」

「眞是瘋了。」

「是因爲你已經交貨了嗎？」

索倫沒說話。

「你帶了什麼貨？」我問：「基改胚胎？」

他看著我，沒怎麼掩飾對我的厭惡。「你知不知道，就因為像今晚這樣的情況，我錯過多少次班機？你們這些基因保護局的探員來登機口逮我問話？歐洲基因安全局這樣，連在法國甚至巴西我都遇過。現在你們這些混球又打亂了我的旅程。可是啊，儘管這種騷擾不斷，我從來沒被指控過犯罪。」

索倫全身僵硬。

「這倒是真的。」我說：「據我所知，中國政府很想找你聊聊。」

我身後的門開了。我聞到隔夜咖啡燒焦的苦味。娜汀一陣風似的進到偵訊室，用腳帶上門。她到我身邊坐下，在桌上放了兩杯咖啡。索倫伸手拿，但她一掌拍掉他的手。

「咖啡是給好孩子喝的。」

那黑色的液體和撒旦的尿一樣開胃，但現在夜已深，而我在短時間內不能睡覺。我瑟縮地啜了一口。

「我直接說重點，」我說：「我們知道你昨天開著租來的凌志休旅車進城。」

索倫本能地歪著頭，但仍然閉嘴不說話。

我回答了他沒說出口的問題。「基因保護局有權閱覽司法部ＡＩ臉部辨識系統的資料庫。裡頭匯集了所有監視器和其他監視系統的資料。昨天，監視器透過擋風玻璃，拍到你開著車在二十五號州際公路下匝道，並且在早上九點十七分出現在艾拉梅達大道上。昨天下午我們從華盛頓特區出發來這裡。你又是從哪裡過來的？」

「我相信你們早就知道我是在阿布奎基租的車。」

他沒說錯。我們的確知道。

「你去阿布奎基做什麼？」娜汀問道。

「去玩。」

娜汀翻個白眼。「沒有人會只爲了玩而去阿布奎基。」

我從口袋裡掏出一支筆和小筆記本放在桌上。「把你見過的每個人的地址和名字寫下來，還有你停留過的每個地方。」

索倫光是微笑。

「你到丹佛做什麼，索倫？」娜汀問。

「搭飛機到東京。應該說，**試著**搭上去東京的飛機。」

我說：「我們聽到流言，說丹佛有個基因實驗室，專事設計出勒索型的生物物件，所以我不覺得你來這裡是巧合。」

「我不知道你們在說些什麼。」

娜汀說：「我們知道，**每個人**都曉得你做的是高端基因交易，像基因網路和基因定序，還有賽斯。」

「賽斯」是一種改變生物ＤＮＡ的革新系統——並非完全不合法——研發和專利所有人是我母親蜜麗安·蘭姆西。比起前幾代科技——例如ZFNs、TALENs、CRISPRE-Cas9——賽斯帶來海嘯般的躍進，與過去的技術可謂有雲泥之差。賽斯迎來基因編輯和遞送的新紀元，而這個新紀元卻帶來毀滅性的結果。正因爲如此，一旦因使用或銷售賽斯來改造生殖細胞株而被捕——亦即製造全新的有機體，會判處三十年刑期。

「我現在想請我的律師過來，」索倫說：「在美國，我還有這項權利，對吧？」

我們正等著這句話。老實說，看他拖了這麼久才說，我還眞吃驚。

「你當然可以打電話給你的律師。」我說：「但首先，你應該要知道照程序走的後果。」

娜汀說：「我們準備把你交給中國基因局。」

「美國和中國沒有引渡條約。」索倫說。

娜汀傾身向前，把手肘架在桌上，黑咖啡的熱氣直衝她的臉。

「爲了你，」她說：「我們決定破例。就在我們談話的這個時候，已經有人在準備文件了。」

「他們手上沒有我的罪證。」

「我不認爲證據和合法訴訟程序在那個國家的意義跟這裡是一樣的。」

「你們知道我有挪威和美國雙重國籍。」

「我不介意耶。」我說。我看著娜汀問她：「妳在意嗎？」

她假裝思考了一下。「不，我想我不會。」

事實上，我確實在乎。我們絕對不會把美國公民引渡到中國，但唬弄罪犯是這齣戲的一部分。

索倫無力癱坐在椅子上。「我們可以來段假設性對話嗎？」

「我們愛死了假設性對話。」我說。

「如果我在這本筆記本上寫下一個地址會怎麼樣？」

「一個什麼地址？」

「一個假設我在今天稍早可能交貨的地址。」

「我們來假設你遞送了什麼？」

「採礦細菌。」

娜汀和我對望了一眼。

我問：「你送到實驗室去？不是隨機選個交貨點？」

「我沒有遞送任何東西，」索倫說：「這全是假設。」

「那當然。」

「但如果我遞送了，而且還要把地址和你們分享，那麼接下來會發生什麼事？」

「這要看我們在這個地址假設性地找到什麼東西。」

「假設你們找出這個你們聽說過的實驗室，我會怎麼樣？」

娜汀說：「你會搭上下一班前往東京的班機。」

「那中國基因局呢？」

「正如你說過的，」我說：「我們和中國沒有引渡條約。」

索倫把筆和紙拉到他那頭的桌面。

我們跟著進入「黑暗行動模式」的特勤組車輛穿過無人的街道。索倫抄給我們的地址在丹佛邊郊、特別爲中產階級開發的福朋區，在這種時間，這一帶唯一還開的只有幾家大麻商店。

我按開窗戶。

撲面而來的十月涼風比剛才在辦公室裡喝的咖啡來得醒腦。

落磯山脈的秋季已來到尾聲。

空氣中帶著枯葉和果實熟透的味道。

秋分過後的圓月又亮又大，倚在落磯山脈山前地帶鋸齒狀的天際線上。

這時節，山脈高峰上應該積雪了，但森林上方的岩石仍然乾燥。

而我因爲清楚意識到自己活在如此奇特的年代而再次感到震懾。這種感覺很明顯，萬物正在衰退中。

光是非洲就有四百萬人口，其中大部分處於缺乏食物甚或更糟的狀況。即使在美洲，我們仍然受到食物短缺、供應鏈瓦解和勞工不足之苦。肉類價格暴漲的情況下，多數餐廳在大飢荒時代關門停業，此後再也沒有重新營業。

我們生活在如假包換的監控狀態中；比起心愛的人，我們和螢幕的關係更親密，演算法比我們更認識自己。

一年年過去，自動化系統和人工智慧取代了越來越多的工作。部分紐約和大半個邁阿密已沒入水中，印度洋上浮著一個相當於冰島面積的塑膠廢棄物島。

但受影響的不只是人類。不只北非白犀牛和中國華南虎而已，紅狼和無數其他物種同樣已步入滅絕。

國家冰河公園裡已經沒有冰河。

我們做了那麼多正確的決定。

和太多錯事。

未來就在眼前，而且他媽的一團糟。

「你還好嗎？」娜汀問我。

「沒事。」

「我不能停車，如果你——」

「再等等。」

娜汀和我共事將近三年了。在加入基因保護局之前，她是聯合國教科文組織的科學家。

我拿出手機，開啓我和貝絲的對話螢幕，敲下：

嗨，貝絲。要去突襲，只是想跟妳說我愛妳。幫我抱抱艾娃。早上再打電話給妳。

我按下傳送鍵。這時，我們的無線電嘎嘎地響了。

特勤組長哈特警官說：「我們早你們三分鐘抵達。」

我感覺腸胃一陣擰攪。乍來的腎上腺素開始湧入我的身體，準備迎接即將來臨的場面。

有些人天生適合這種事。那些人不知道自己正踏入什麼樣的騷亂，還會因為半夜穿著防彈衣衝進倉庫而興奮不已。

我不是那種人。我是科學家。至少是曾經夢想成為科學家。

「停車。」我說。

娜汀把車停到路邊，這輛愛迪生的自動系統發出嘎吱聲。

我推開門，探頭出去，對著路面吐得一塌糊塗。

哈特的聲音又從無線電傳出來。

——你們在後頭沒事吧？我們看不見你們。

「好得很。」我聽到娜汀說：「我們馬上到。」

我擦擦嘴巴，吐幾口口水，隨後拉上門。

娜汀什麼話也沒說。她不必多說。我的狂吐是出擊前的固定儀式。

這表示我們現在可以上工了。

娜汀用力踩下油門。

我們和特勤組的車尾迅速拉近距離。

儘管我痛恨參加突襲，卻依然會提醒自己：恐懼是修行。

我們要突襲的對象是犯法的科學家，是罪犯，事情就是這麼簡單。生物合成產品的黑市需求量逐年倍數增加，要賺錢的機會多得很。市場需求包括罕見的超級寵物、蜘蛛絲衣物、基因改造的異國風味食品；加拿大溫哥華一間實驗室甚至開發出一種看起來像是粉紅迷你大猩猩的嶄新生命型態，這東西後來成了俄國寡頭政治的地位表徵。

黑市服務與商品種類越來越繁多。

例如仿大麻和海洛因。

例如以仿人類肌肉和皮膚包裹的性玩偶。

聯邦政府破獲一間位在墨西哥市的地下基因實驗室，他們專爲毒梟製作「復仇黃蜂」。這些披著黃夾克的黃蜂可以根據遺傳指紋分析資料鎖定目標。它們配備賽斯的早期系統，能夠改變整個基因網路，造成腦部損傷、精神失常，讓死亡過程痛苦不已。

對其他人而言，瞎搞基因只是爲了證明他們有能力辦到，例如布朗大學那四個只想知道自己是否能製造出猛狼的大學生。

但對特定少數人而言，這些努力有針對性——例如那個與社會隔絕、聰穎過人的十六歲年輕人。他嘗試研發一種對抗生素有抗藥性的細菌，用來感染在學校霸凌他的人。

或是像那個惡劣的基因學家，爲了想複製出進階版的亡妻，使用了從人體取出的黑市受精卵。

有絕望的家長因爲沒有健康保險，而試圖編輯體細胞，以排除兒子DNA中的肌肉萎縮基因。事實上，他們成功治好了兒子，但過程中不愼製造的脫靶變異改變了孩子的平均額葉脈絡。孩子後來罹患精神病，先殺害雙親，再了結了自己。

剩下的實驗室是我的夢魘，恐怖組織研發毀滅性的病原體和生命型態作爲武器，拿那個位在巴黎的恐怖組織爲例，若不是歐洲基因安全局及時在他們的倉庫投擲熱壓彈，他們會釋出合成的超級天花病毒。

掃蕩這些組織從來不會讓我良心不安。

讓我難過的是襲擊科學家。那些在政府慌張失措時，爲全人類做出開創性工作的基因工程師。

像安東尼．羅密諾這樣的人。

有時，我還是會想到他。在懷俄明州謝里登郊外的大角國家森林區裡，他在農場裡興建了一座實驗室。

在基因保護法案終結私人和大學裡的基因研究前，羅密諾博士是癌症治療領域最重要的基因治療師，一度傳說他是諾貝爾生醫獎的候選人。但他在《紐約時報》的社論上責難基因保護法案無限上綱，一舉結束他進入政府核可基因學家名單的機會。

那天凌晨兩點三十分，當雪花輕飄在他小屋外的一排西黃松上時，我們逮捕了平靜的羅密諾博士。在我爲他戴上手銬，帶他進車子後座時，我整個人開始不舒服。我不只逮捕了一名英雄——這個男人的人生和事業不但啓發了我，還讓我艷羨；而我卻宣判了他終生監禁——我毫不懷疑我們的司法部門會嚴懲他。

但話說回來，他犯了法，不是嗎？

當我們在謝里登郡機場把羅密諾博士交給法警時，這位科學家看著我，說出我永生難忘的話。

「我知道你們想做正確的事，但你們沒辦法把這門知識收回盒子裡。」

我看著法警帶他上飛機，飄落在柏油路上的雪花融去，我這輩子從來沒那麼沮喪過。

我彷彿背叛了未來。

特勤小組的車子開進一條小巷弄，娜汀緊跟在後。

我透過灰綠色的玻璃窗打量四周，以爲自己會看到工業區建築物。但相反地，出現在巷尾的，是幾幢維多利亞式建築後方的傾斜籬笆和車庫，這些房子的屋頂在星空中劃出銳利的曲線。

「這是住宅區。」我說。

「很奇怪，對吧？」

我們突襲過幾個藏身在住家地下室或車庫裡的實驗室。基因科技一開始確實是這麼簡單。但在我想像中，今晚的行動應該具備相當的規模和複雜性——這可是和韓立克・索倫往來的實驗室——我敢下大筆賭注，今晚掃蕩的對象應該是座倉庫，而不是位在歷史景點區的維多利亞式建築。

我把無線電傳送訊號從中央控制板切換到耳機。「我是羅根。確定是這個地址沒錯嗎？」

——**這裡就是你的線民寫給我們的地方。**

一般而言，特勤隊員都是渾球。

「是哪幢房子？」

——**有穹頂的那幢。我們現在要放出空拍機。準備行動。**

透過窗玻璃，我看到四名特勤組隊員下了車，其中一人正在準備紅外線成像空拍機。這東西會在目標地點周圍飛行，精確找出熱能標記，讓我們對屋裡有多少生命體有個概念。

特勤組會打先鋒，前進到定位點，娜汀和我殿後。一旦實驗室達到某種程度的安全狀況，他們便在周邊戒備，換我們上陣點收裝備、調查這些違法科學家計畫做什麼事。

我扣緊感應背心的磁帶，拿出裝備包裡的武器。我用的是葛洛克點四五口徑的G四七。這把手槍加裝了固定手電筒的裝置，因爲我們碰過太多電力不足的倉庫。

同一時間，娜汀正鎖好她武器上的鼓型彈匣，她選的是愛奇遜突襲霰彈槍。我老愛逗她，都已經有特勤小組的重裝支援了，她哪裡需要帶這種重量級武器，但我很難說服她。在我們搭檔以前，她曾在華盛頓州斯波坎市身陷險境。當時，她碰上一名科學家——這傢伙替自己透過基因宿主編輯 SKI，PGC-1α 和 IGF-1 分子路徑。她幾乎用光了整個彈匣的點四零子彈，而對方因爲透過基因編輯，骨骼肌和線粒體都經歷了劇烈的肌肉生長週期，他的肌肉不但異常發達而且結實。她說那名科學家簡直像是漫畫蜘蛛人裡的超級反派金霸王，而且還在失血過多喪命之前差點把她打死。

娜汀老愛掛在嘴上的就是，這世上沒有任何會走的動物是二十匣十二發全自動霰彈不能解決的。

我的耳機傳來哈特警官的聲音

——**建築物範圍內沒有偵測到熱感應。**

「收到。」

沒人在家，這是我們最喜歡的狀況。這麼一來，我們可以好好搜查空無一人的實驗室，然後等待科學家們現身。比起困在滿是可燃易爆的化學、生物危害物的實驗室裡，在街上逮捕他們要容易許多。

我看看時間：凌晨兩點三十五分。

在第一道曙光來臨之前，我們還有整整三小時。

我看向娜汀：「走嗎？」

外頭冷到我呼出的氣息都凝結成霧了。

我們拿出放在行李箱的夜行迷彩防護衣，互相幫忙拉上拉鍊。防護衣配備了呼吸裝置，和在戰鬥時擁有寬廣視野的特殊眼罩。

最後，我們打開壓縮空氣瓶，跟上特勤隊的作戰隊伍。

「用夜視鏡還是手電筒？」哈特問道。

「手電筒。」我說。「裡頭太多環境光，而且滿月正要上昇，很快就會照進這幢維多利亞式建築的窗戶。」

後圍籬太高，從外面看不到裡頭，但我們仍然穿過通往後院的柵門，沒有破壞任何東西。

後院草坪看來已經很久沒澆水也沒人打理了。雜草的高度及腰。

我抬頭看這幢老舊維多利亞式建築的窗戶。有幾扇窗玻璃破了，而所有窗口都沒有光線。

我們登上凹陷的階梯板，短靴踩在上頭嘎吱作響。

哈特警官跪在後門邊，不到十秒就撬開門鎖。

我們跟在特勤隊員後面走進黑暗的室內。

他們手上衝鋒槍的紅色光束掃過整修中的廚房。

接著，我們走進餐室，這裡的牆面剝落，牆柱外露，到處都是電線，工具四散在地上。

「好像在裝潢中。」我透過開放頻道低聲說。

「你們在這裡等。」哈特警官說。

娜汀和我的腳下是還沒封上的底層地板，這個空間應該是起居室。儘管穿著防護衣，我仍然嗅得到空氣中瀰漫著木屑和黏著劑的味道。月光從面對大街的窗戶穿進屋內。

我的雙眼逐漸適應。

我聽到特勤組在樓上逐間搜查的腳步聲。

「有收穫嗎？」我問道。

哈特說：「沒有，樓上更糟，拆得只剩牆柱。」

娜汀看著我，說：「你覺得索倫在耍我們嗎？」

「他何必？他還在拘禁室裡，在我們同意放行前他出不去。」

我注意到樓梯下有一扇門。門上有個數字掛鎖，必須輸入四個數字。我拉了一下，沒有作用。

「讓開。」娜汀說。

我回頭看，發現她手上拿著一個磚塊。

我閃到一邊，她把手上的磚塊砸向鎖頭。

金屬斷裂，敲壞的鎖頭掉在地板上。

「是我們。」我告訴特勤小組：「我們剛才敲掉一扇門上的鎖頭。」

哈特說：「我們朝你們的方向過去了，上頭連個鬼影都沒有。」

我推開門。

因爲鉸鍊生鏽，推開門時發出刺耳的摩擦聲。

我手上的葛洛克指向漆黑的前方，手電筒照亮了通往地下道的一排樓梯。

我心跳加速。

「想等特勤小組過來嗎？」我問道。

「沒有熱感應，下頭沒人。」娜汀說。

我踏下第一階，樓梯在腳下嘎吱作響。

越往下走，溫度越低。

即使我穿著隔溫防護衣，仍然阻擋不了霉菌和潮濕石面的沉滯氣味。

另一名特勤小組成員的聲音透過頻道傳過來：「一樓安全。」

我下到樓梯底端，踩到泥土地，不寧的惡感油然而生，也許娜汀說的沒錯。說不定索倫耍詐，玩弄我們。至於原因爲何，我仍然想不出來。

「你知道，」娜汀說：「索倫只說他在門口把東西交給某個傢伙，沒有走進屋內。」

「妳想說什麼？」

「搞不好這地方只是個交貨點。」

我說：「比起在安靜的住宅區經營精密實驗室，妳這說法比較合理。」我懷疑我們跑這趟是否白白浪費了時間。

確實，我們可以拘禁索倫七十二小時。搞得他更焦慮。但是我們沒有任何把柄，他的行李裡沒有可疑物品。

我把手槍左右指向陰暗的地下室。

我呼出的熱氣在護目鏡上形成了霧氣。

地下室裡，四面牆壁都是屋子原有的石塊。

我看到一個生鏽的鍋爐。

布滿灰塵的家具。

還有一個看來很詭異的黑色立方體，這東西的每一面大約有三十公分長，就放在古舊的乾水槽裡。

「羅根。」娜汀的語調有異，立即吸引了我的注意力。

我轉頭看向她。

「看！」她說。

我把手電筒瞄準她指的方向，看到一個架在三腳架上的相機。

那東西正對著我們。

亮著一個紅色光點。

「才剛開始錄影。」我說。

這時，特勤小組正要走下樓梯。

我持槍，讓手電筒慢慢地繞過地下室。

我不再擔心我們白跑這一趟。這地方不對勁。

手電筒的光線照過地下室中間，我們方才看到的立方體上。

立方體正逐漸張開。

「娜汀。」我說。

「我看見了。」

立方體的四面外層剝開，手電筒光束照到了一個看起來像冰的球體。球體尺寸約莫保齡球大小，從表面散發的水汽分量判斷，我猜球體的溫度應該超低，要不然，就是成分並非純水。

「那邊還有一個。」娜汀說。

我轉過頭，看到她拿手電筒照向離樓梯不遠處、另一個相仿的球體。

「那是什麼鬼東西？」她問道。

我說：「我不喜歡這下面的氣氛——」

一陣嗡嗡聲響打斷了我的話——這聲音來自乾水槽。

我走上前去，看到震動的來源後，突然一陣驚慌。

在冰凍球體旁邊有個手機，電話響時，觸控螢幕閃閃發亮。手機兩側各有一條電線，穿過桌上的洞，在冰球下相接。

接著，兩顆冰球中央的藍光開始閃爍。

「快出去！」我大喊。

特勤小組上到樓梯半途。

娜汀發狂似的跟在他們後面。

我看著大家消失在一樓，在我才差幾秒就要走到樓梯最底層時，地下室變成一片白色。

巨大的壓力撞擊我的胸口。

接著，我倒在地上，仰視暴露在天花板上方的一樓隔音層。

我面罩上的護目鏡片有幾處裂縫和刮痕，透明的小碎片刺進塑膠片內側。直到冰冷的細小水滴滴進我的左眼，我才意識到那是什麼東西。

我設法舉起手槍，用上頭的手電筒照自己的防護衣，看到上頭的破裂、穿破之處比我想像的多。

驚慌襲來。

痛楚如潮水湧了上來。

我的雙臂雙腿——每處防護衣沒有保護到的皮膚——突然像是被刺了千萬次般灼熱、劇痛。

2

我吸口氣，瀕死般的痛楚壓迫胸口。

我聽到自己的呻吟。

接著，張開眼睛。

原來我已躺在病床上。

身邊檯子上的生理監測器規律發出嗶嗶聲，我的左臂層層包裹，一袋生理食鹽水透過靜脈注射輸入血管。另一隻手臂和雙腿同樣以紗布包紮。更讓我焦慮的是，徹底圍住我和病床的半透明塑膠罩。透過塑膠罩，我只看得到外頭的模糊人影；聽到的聲音既遙遠又模糊。

我試圖召喚我上一個清醒的回憶，但也許是因爲藥物，又或者因爲受傷，總之，我花了一些時間才想起來。

我們突襲了丹佛一幢維多利亞式建築，而我倒在地下室的泥土地上。當時發生一場爆炸，我想站起來，但胸口的疼痛讓我無法動彈。

於是我躺在黑暗當中，心想，不知團隊的其他成員是否已成功逃脫。

同時想著，自己是不是死了。

痛苦扭曲了時間感，不知過了多久，我才聽到一陣響亮的下樓腳步聲。穿著全套毒物防護衣的醫療小組圍繞在我身邊，看到我極端痛苦的模樣，其中一人仁慈地為我注射了一劑宛如天堂的藥物。

最後，我在這裡醒過來。

天曉得這是什麼地方。

——**嗨，羅根，你覺得怎麼樣？**

聲音來自床頭桌上的小擴音器——這個女聲比一般來得低沉。

「呼吸會痛，」我說：「很痛。」

——**從一到十打個分數，你有多痛？**

「七分。有可能八分。」

——**你右手邊有個桿子，上頭有個紫色按鈕。按幾下就會有嗎啡注射。**

我伸手去碰桿子，但想想又停了下來。我從前用過嗎啡——一次在南加州內陸的失敗突襲，不僅賠上了我第一個搭檔的性命，我自己也受了槍傷。我愛嗎啡。但嗎啡讓我太放鬆，害得我連最基本的對話都沒辦法進行。而這一次，我需要答案。

「我在哪裡？」我問道。

「**丹佛醫療中心。我是辛格醫師，是加護病房專責醫師。**」

我又痛苦地吸了一口氣。

「我在加護病房裡？」

哇。如今新的病毒肆虐，變種疾病全球橫行，加護病房一床難求，幾乎沒有空床位。若不是基因保護局動用關係讓我進來，就是我的狀況岌岌可危。

「沒錯。」

「我快死了嗎？」

「沒有，你的生命徵象指數很理想。」

「這層塑膠罩是做什麼用的？」

「你還記得昨晚的事嗎？」

「我參加突襲行動。有什麼東西爆炸了。」

「地下室裡有個簡易爆炸裝置。你可能暴露在某種物質下。」

一波恐懼包圍住我，讓我無法動彈。

「比方什麼物質？」我問道。

「比方病原體或毒素。」

「我到底有沒有？」

「我們正在檢驗，還不知道。依我看，你不像是中毒。你的器官運作正常。」

「其他和我一起參加突襲的伙伴呢？我的搭檔娜汀和特勤小組成員？」

「為了安全起見，他們也都在這裡隔離。但是當裝置爆炸時，他們都已經離開地下室，防護衣沒有破損。」

我不舒服地換個姿勢。

疼痛難以忍受，注射嗎啡的紫色按鈕呼喚著我。

「我的傷勢呢？」我問道。

「肋骨斷兩根，裂了三根，塌陷的左肺已經重建。還有，冰塊碎屑掉落在你的雙臂和雙腿上。」

「爆炸有那麼嚴重嗎？」

「爆炸當時，你所在地點空間侷促，所以你的呼吸器官和壓力波之間的差異造成了損傷。幸運的是，你受的傷不至於威脅到生命，也沒有無法恢復的損傷。」

我覺得此刻疼痛讓我難以專注的程度，就算給我打嗎啡也沒差了。

我按了幾次紫色按鈕。

疼痛瞬間解除。

輕盈、溫暖的感覺隨即出現。

「我看到你剛按下嗎啡注射器。試著睡一下，羅根。我過幾個小時再來看你。」

我又醒過來。

這次，情況有些不同了。

胸口仍然疼痛，但現在連身體也開始不舒服，而且熱得不得了。床單被單一片汗溼。汗水流進我的雙眼，而且，與其說呼吸，我更像是在喘氣。

生命徵象螢幕跳動得太快。

有人站在病床邊，把注射筒裡的液體打進我的生理食鹽水注射管裡。

「怎麼了？」

我的聲音模糊，咬字不清。

醫師或護理師穿著毒物防護衣，隔著面罩低頭看我。我想看清對方眼中的嚴重性，但他們避開我的視線。

他們的聲音透過面罩的擴音器傳出來。這聲音聽來像是之前和我說話的醫師——儘管我記不得她的名字。

「你在發高燒，羅根。我們正在想辦法幫你退燒。」

「溫度多高？」

「太高了。」

我說了幾句連自己都覺得錯亂的話。

有人拉開塑膠門的拉鍊，另一名身穿毒物防護衣的醫療人員走進我的半透明塑膠罩裡。

「我拿解熱包過來了，辛格醫師。」

「謝謝妳，潔西卡。」

辛格醫師放下注射筒，拉下蓋住我的被單。我的繃帶和病人服已經徹底溼透。

辛格醫師小心翼翼抬起我靠在枕頭上的頭，讓潔西卡在我的脖子上圍著冰敷巾。

我想問自己是否快死了，但出口的話語成了震動的彩色聲響。我幾乎能看到它們像一串爆開的煙火，離開我的唇邊。

恐懼。

反覆。

詭異。

我從未經歷過這般充滿汗水和呻吟的高熱。

醒來時，我的燒退了。

我胸口雖然痛，但已經不如稍早來得折騰。

我獨自躺在塑膠罩裡，辛格醫師的聲音再次從擴音器裡傳出來。

「嗨，羅根，你還好嗎？」

「好些了。」

「你嚇到我們了。你高燒超過四十一度。」

「我一點也不想打破任何紀錄。」

「我們不喜歡看到病人發這麼高的燒。這種高燒可能會讓器官受損，發生抽搐，甚至有可能死亡。」

「怎麼引起的？」我問道。

「還在檢驗中，但是看不出細菌或感染引起的跡象。所以在現階段，我們認爲可能是病毒引起。」

該死。

某些個對基因保護局心存報復的怪胎設了圈套。他們甚至在爆炸時啓動錄影機。比合成病毒折騰我身體還要可怕的是，病毒被設計出來的另一個原因——這些特製病毒是將陌生基因資訊引進細胞的完美機器。換句話說，它們能夠透過變異介質來重寫基因，感染人類。

「這裡有個人，你可能會想跟她打招呼。」

擴音器傳來新的聲音。

「羅根？」

我露出大大的微笑，笑到嘴角都彷彿要裂開了。「貝絲？」

「我就在隔壁病房裡。」

她的聲音聽起來像是在哭。

我也跟著哭。

這是因爲她聲音中的熟悉感——這個女人包容我、愛我——我也想起自己差點因爲湊合出來的簡易爆炸裝置而失去她。

「妳什麼時候到丹佛的？」我問道。

「昨天。艾娃和我一知道狀況就搭機趕過來了。」

「艾娃也在？」

「嗨，老爸。」

「喔天哪，嗨，小鬼頭，能聽到妳的聲音眞好。」

「我也是。」

「他們是怎麼告訴妳們的？」我問道。

「說的不多。愛德溫說你們突襲實驗室時發生爆炸。醫師告訴我們，說你可能在爆炸中暴露在某種物質下，所以他們才會要你隔離。」

「抱歉，週末毀了。這時候我們本該在雪蘭多瓦河谷的。」

「你一出院我們就去。」艾娃說。

「妳課程跟得上嗎，寶貝？」

「跟得上。」

「我不要妳課業又落後了。尤其不該以我碰到爆炸當藉口。」

「我覺得這個理由超棒。我把筆電帶來，在等候室裡一直在用功。」

「好了，他們說現在該讓你休息了。」貝絲說。

「你和艾娃會待在這裡？」

「我們哪兒都不去。」

那晚，我再次發燒。

我想睡，但夢境找上我。我一直幻想我在自己體內，看著病毒侵占我的細胞。接著我**成了**病毒，消溶自己，透過細胞壁消溶我的遺傳指令、綁架整個系統，製造出更多個我。更多病毒微粒。

一次又一次，不停重複——

突然間，我在一團灼熱、混亂的情況中醒來。

穿著毒物防護衣的護理師用解熱包裹住我的頸子，把冰塊倒到我胸口。

我在呻吟。

喃喃不知所云。

「我是病毒，」我說：「我是那個病毒。」

辛格醫師說：「加六百毫克干擾素。」

我抬頭看著醫師隔了一層防護罩的臉孔。「我感覺得到病毒在我的細胞裡。」我說。

辛格醫師沒有理會我，而是看著一名護理師，說：「冰再多一點，動作快。」

塑膠罩包覆的小王國開始落雨，不過我從沒見過這樣的風暴。

落下的點點雨滴像是發光的字母：

AGCT
AGCT
AGCT
AGCT
AGCT
AGCT
AGCT
AGCT
AGCT
AGCT
AGCT

——腺嘌呤（adenine）、鳥嘌呤（guanine）、胞嘧啶（cytosine）和胸腺嘧啶（thymine）：這是組成去氧核糖核酸的四個化學成分。
DNA，去氧核糖核酸。
空氣中充滿了核鹼基。
它們斜斜捲動。
形成打轉的旋風。

順著塑膠罩的四面往下刮。

像地球上所有生命藍圖無盡的、神祕的排列。

這些字好像打在我的臉上。

我**吸得到**這些字。

洪流般的生物密碼不停地變化、突變。

我的腦袋好像著了火，我想，若能破解密碼，我就能知道是什麼玩意在我體內作祟。

再醒來時，一名穿著毒物防護衣的人坐在我身邊。我的肋骨舒服些了，燒也退了，但我極度疲憊。

穿防護衣的人轉頭對著我。

我一抬頭就看到我老闆的臉：基因保護局的局長愛德溫．羅傑斯。

看到他，我很開心。我一出獄就應徵了基因保護局的工作。我本來沒想到他們會認眞看待我的申請，但愛德溫．羅傑斯親自面試我，不顧我幾次重罪定讞以及毫無執法經驗，當場就錄取了我。因爲這點，我對他付出絕對的忠誠。

「看看誰醒來了。」愛德溫說。

「嗨，」我虛弱地說：「娜汀還好嗎？」

「她還在隔離中，但沒有症狀，可能再過一、兩天就可以解隔了。那東西爆炸時你首當其衝。」

「我們知道『那東西』是什麼了嗎？」

愛德溫清了清喉嚨。「我們相信你們誤入陷阱。我們還拘留著韓立克・索倫，準備以謀殺的罪名起訴他。」

「索倫怎麼說？」我問道。

「他表示自己一無所知，發誓他星期四早上只是去那房子交貨而已。」

「沒有對方的名字？」我問。

「他只給我們籠統的外貌特徵描述和一個暗網代號，你也知道，這些——」

「完全派不上用場。」我勉強坐起來，肋骨輻射出一陣劇痛。愛德溫幫忙把枕頭塞在我背後。「你去過事發的地下室嗎？」

「去了。我們找到那兩個冰彈的殘留物。那絕對是我見過最奇怪的簡易炸彈裝置。」

「冰球是水做的，還是——」

「純水，做成極硬的冰球。爆炸讓碎冰成了銳利的冰彈。就是這些碎冰刺穿防護衣和你的皮肉。」

「你們有沒有找到融化的水或冰屑？」

「有，而且我們剛完成樣品的核酸定序。兩顆冰球裡有含病毒的超低溫懸浮物質。」

我瞬間清醒過來。

「而且設計相當巧妙，」他繼續說：「碎片透過表面傷口進入你體內，在沒有造成太大肉體傷害的狀況下融化。」

「太好了。」

他用戴手套的手搭住我的肩膀。「在你失控之前，我先告訴你，那可能不是你最怕的**絲狀病毒**系列。不是伊波拉，也不是馬堡病毒。我們還排除了天花的可能性。其實這病毒有正黏液病毒科的特色。」

「例如流行性感冒？」

「對。」

「人工合成的嗎？」

「我們是這麼假設。」

隨後，我問了我幾乎不想聽到答案的問題。「成分裡有賽斯合成物編碼嗎？」

他點點頭。

該死。我受到感染，這病毒不只是來源不明，而且還搭載史上最強基因改造系統的編碼。幾乎可以肯定的是，它的設計並非爲了讓我生病，而是爲了感染我身體部分或全部的細胞，還可能編輯、改寫我某部分DNA。

「你知道目標是哪幾組基因或路徑嗎？」

「還不曉得，但是我們取了你的白血球樣本，正在進行測試和完整分析。」

我試著鼓起勇氣對抗襲來的恐懼，但我扛不住，恐懼擊潰了我。這是最糟的消息——縱使，我並非全然沒想到。當時我人就躺在地下室的泥土地上，感覺冰屑在我體內融化。這使我此刻的處境達到前所未有的艱難。

愛德溫伸手穿過病床欄杆，拍拍我的肩膀。「我希望你仔細聽我說，」他說：「我們會找出誰幹了這種事，讓他們好看。你就只要負責專心養病。」

「我會努力的，長官。」

他試圖安撫我，但如果這些DNA變化足以致死，逮到罪魁禍首也於事無補。賽斯系統會爲我的基因體帶來浩劫。

如果把一個人的遺傳密碼寫成書，以標準尺寸的開本來說，大概可寫出厚度有二十層樓高的書，裡頭會有三百萬種代表腺嘌呤、鳥嘌呤、胞嘧啶和胸腺嘧啶這四種核鹼基的A、C、G和T字母排列。這四種核鹼基的特定排列組合創造出這個地球上所有生命體的密碼。這個密碼是基因遺傳，而它在生命體的外貌表現（例如眼睛顏色），加上與環境的互動影響，成就了生物個體或群體表現在外的顯性特徵。然而，對遺傳基因與顯性特徵兩者差別的了解——哪組DNA密碼設計哪些特徵——仍然是個深奧的謎。

愛德溫從椅子上站起來。接著走到門邊，拉開拉鍊，走進另一側。

看著他拉下拉鍊，我又再度隔絕在封閉的塑膠世界裡，深感孤獨。

這讓我想起自己服刑的時光，以及監獄裡隨時有人來來去去的崩潰景況。

但是我在這裡。

困在我正在改變的基因體中。

他們著手安排我進行伽瑪干擾素和新研發的抗病毒治療。

隔天晚上我又發燒，但燒退後，身體卻有快速的進步，精力恢復旺盛，胃口大開，夜裡變得好睡多了。

不到三天，我的繃帶就拆下了，碎冰的割傷痊癒。

我的肋骨還痛，但我急於下床走動，就算只能在加護病房的走廊來回走動也好。

我渴望使用眞正的廁所而不是羞辱人的便盆。

但是他們不讓我離開我的塑膠罩。

因爲他們對我感染的該死嚴重流感幾乎一無所知，辛格醫師不願意冒險。儘管我沒有症狀，卻仍然帶著病毒，這表示我可能會傳染別人。

於是我鎭日用平版電腦看串流電影，要不就是盡可能專心閱讀。但大部分時間，我腦子裡想的都是賽斯會對我造成什麼影響。

院方一直拒絕讓我的妻女穿上防護衣到塑膠罩裡探視我。但是，在病床上躺了一星期後，我堅持和她們見面。

我十四歲的女兒穿著全套裝備大步走進塑膠隔間，那套衣服像個掛在她肩膀上的帆布袋，幾乎吞掉她。

看到她，我笑了出來。打從五天前我進入加護病房後，這是我第一次開懷大笑。然而礙於我斷裂的肋骨，我的喜悅迅速轉變成痛苦。

「嗨，老爸。」艾娃的聲音透過防護衣的內建擴音器傳出來。接著她靠向床邊，俯身給了一個我從未體驗過的美好又笨拙的擁抱，我的臉也緊緊貼在她的塑膠面罩上。儘管這個擁抱隔著乳膠手套和防護衣，但是能接觸到我愛而且愛我的人，仍然讓我眼眶泛淚。

「你好嗎，老爸？」

「很好。」我擦擦眼角。

她把椅子拉到床邊，從她帶來的袋子裡拿出一個棋盤。

「想下盤棋嗎？」

「天哪，太好了。整天盯著螢幕，我真是受夠了。」

我坐起身，邊呻吟邊把枕頭調整到背後舒服的位置。艾娃打開棋盤，放在床上，開始擺放棋子。

讓我感動的是，看到艾娃願意穿上全身裝備，來我的塑膠罩裡花時間陪伴我。對不習慣的人來說，防護衣會帶來類似密閉恐懼的經驗，這東西穿起來既悶熱又笨重，一走進隔離空間裡，臉一定會開始癢。而在這些不便之處之外，最大的威脅是擔心衣服會破裂。

她伸出雙手，我點點她的右手。她張開手，手心上是白色的士兵。

由我先下。

從艾娃五歲起我就教她下棋。她立刻愛上西洋棋，而且很快地，她不但懂得如何移動棋子，還知道要布局算棋。

我們過去每天下一盤棋，通常在後院的鑄鐵桌上，若天氣太差，我們也會在磚砌壁爐的爐火前架起板子。

她才十歲就已經成了傑出的棋手。

她十二歲那年，我們打成平手。

到艾娃十三歲時，她無論是開局或尾盤都遠勝過我。要勝過她，我只能毫無過失，並期待她犯下至少一個錯誤。但這種組合並不常見。

有時，我難免懷疑她是否承襲了我母親過人的才智。

我起手開局。

她把騎士挪到F六，邊說：「嘿，老爸，我只是想確定你知道，五百六十一了。」

我翻個白眼。

她在面罩後咧開嘴笑。

她指的是五百六十一天。

她是想提醒我，我上次贏她是多久之前的事。

接下來的一個星期，我們每天下棋。

她盤盤皆贏，而且是壓倒性的勝利。

貝絲也會穿起防護衣進來坐著陪我，脫離在維吉尼亞的日常生活和讓我們分心的事物，我們聊得比這幾年加起來更多。

一天下午，她透過面罩低頭看我，雙手捧起我的手，我們的皮膚只有乳膠手套相隔。

「到什麼時候才夠？」她問道。

她指的是我的工作。我們經常爲此爭吵。

「我不知道。」

「你中過槍，現在，你的計分卡上又多了一場爆炸。」

「沒什麼計分卡不計分卡的。」

「當然有，」她說：「請你看著我。如果我覺得你愛這份工作，那麼儘管我痛恨它讓你涉險，我也絕對不會說一句話。但我知道你不愛。這不是你。你是因爲責任和愧疚才做這份工作，也許一開始還有道理，但自從你獲得原諒到現在，已經有十五年了。或許時候到了，也許你該原諒自己，做你眞正喜愛的工作了。」

我眞正愛、眞正想要的——我一**直想要**的是成爲遺傳學者，去理解、運用生命密碼的力量，讓世界變得更美好。我把這歸咎於自己在母親的影響下成長。她宛如神祉，她的影響力讓我背負著巨大的野心。

然而，我所在的世界並非每一個夢想都能成眞。

最讓我難以接受的事實——這個眞相在我成年後的絕大多數時間一直由內而外啃噬我，就是即便我的夢想能成眞，我也沒有任何一點像安東尼·羅密諾或蜜麗安·蘭姆西那樣的純粹天分。

我只有平凡人的夢想，一般人的心智。

我住進丹佛醫療中心的整整兩週後，有人拉開塑膠罩的拉鍊。辛格醫師臉上帶著大大的笑容走進來，她一頭瀑布般的深色頭髮垂在肩頭。

「妳有頭髮。」我說。

「的確，而且不少。」

「妳的防護衣呢？」

「不需要了。」

她走過來，坐在我病床旁的椅子上。因為她的聲音低沉，因此我對她年齡的猜測比她實際年紀來得老。

「我們可以安心地說，無論你體內是什麼病毒，這個歷程已經結束了。你的痠痛還會再持續一個月左右，但我們要趕你出院了。欸，我手機上有人想和你說句話。」

她掏出口袋裡的手機，轉成擴音模式。「羅傑斯局長嗎？羅根在線上了。」

「羅根，你聽得到我說話嗎？」

「聽到了，長官。」

「你的醫師剛剛告訴我好消息，我這邊也有好消息要和你分享。你的ＤＮＡ分析報告回來了。你沒受到影響。」

「我的基因體沒有變化？」我問道。

「據我們看是沒有。」

「謝謝你，長官。非常感謝。」

「等你回華盛頓再見。」

辛格醫師才掛斷電話，貝絲和艾娃已經拉開塑膠罩的開口，衝到我床邊。她們爬上病床，一左一右，像三明治一樣把我夾在中間。

「小心我的肋骨。」我呻吟道。

她們又笑又哭。我好懷念這種簡單直接的感覺。我想念她們；想念她們真正的、不是透過防護衣面罩傳出來的聲音；想念她們沒有包覆著乳膠手套的皮膚。

隔離十四天以後，我的人生彷彿在歡迎我再次回歸。

回到自己家裡。

3

一個月後

浴室的門被拉開，貝絲探頭進來。

「你在做什麼？」她睡眼惺忪地問我。

問得好。現在是凌晨三點，我正坐在自己能承受的最熱洗澡水中。

「我吵醒妳了？」我問道。

「沒有。我伸手找你，但你不在床上。上星期也是這樣。」

「是啊。」

「你哪裡不舒服？」她問。

「雙腿、雙臂和我的後背。基本上到處都痛。」

貝絲走進浴室，動手在藥櫃裡東找西找。

「我已經吃了止痛藥，」我說：「只是在等藥效發揮。」

她走向浴缸——我們的爪腳式鑄鐵浴缸外層是刷色漸層。水面冒起的蒸氣讓整間浴室充滿悶熱又沉重的水霧。

「你沒尿在水裡吧？」她問道。

我大笑以對。「沒有。爲什麼這麼問？」

她解開睡袍，讓睡袍滑下肩頭，掉落在平整的方塊地磚上。

她扶著浴缸壁，長腿一抬，跨了進來。

「哇，水好燙。」她在水中坐在我對面，慢慢從齒縫間呼吸。「眞不懂你怎麼受得了。」

「水有多熱，我就有多痛。」

「怎麼個痛法？」

「還記得小時候的生長痛嗎？」

「當然。」

「就像那樣。但加了生長類固醇，痛得更深沉。」

「也可能是因爲你老了，變軟弱，不耐痛了。」

我微笑著將她翻個身。

我的背抵著光滑的琺琅浴缸，閉上雙眼。水雖然燙，但我的雙腿仍然抽痛。我吃了三顆止痛藥，卻不禁懷疑要是疼痛持續，我是否該用更強的藥物。

「我希望你能和史傳德醫師談談。」

「我明天和他碰面。」

我沒告訴貝絲的是上次回診時，我已經把這種反覆疼痛的狀況跟史傳德醫師說了，他也憂心到安排我做了一系列X光檢查。我打算等有了具體結論後再告訴貝絲。如果沒事，不必讓她瞎操心。

「你明天能上班嗎？」她問道。

「希望可以。」

丹佛爆炸事件後，基因保護局讓我休假，明天是我在六週前差點送命後的第一個上班日。我的肋骨恢復狀況良好，碎冰造成的傷口到現在幾乎看不出痕跡。

「妳搭幾點的火車？」我問道。

「七點十五。」

貝絲要搭列車到紐約去參加哥倫比亞大學的一場社會學研討會。她的講題是曼哈頓下城區的犯罪活動。自從八年前紐約大淹水後，曼哈頓下城區成了大型的遊民聚集處。

「妳還是決定要參加整場研討會？」我問她。

「是啊，眞希望你也能來。我們可以待一整個星期。」

水溫逐漸下降，我們開始閒聊。和貝絲聊天是我人生中難得的單純快樂時光。事實上，多年前我的求婚詞是：「這世上沒有別人可以讓我願意共進晚餐上萬次。」

我雙腿的疼痛慢慢緩和下來。

貝絲終於站起來離開浴缸。她看向手機，嘆了一口氣。

「怎麼了？」我問。

「四點多了。我還得打包，在六點前出門往聯合車站。現在也沒必要再試著回去睡一下了。」

「對不起，我把妳吵醒了。」我說。

她披上睡袍，繫上腰帶，走回浴缸邊。

她俯身親吻我。

「永遠不必對我說抱歉。」

這天早上，我送艾娃到學校，然後把車停在阿靈頓墓園站附近的停車場，搭藍線進華盛頓特區。

基因保護局的總部位在憲法中心，是從前國家藝術基金會的辦公室。

我亮出徽章通過安檢，搭乘通往局長和副局長大辦公室的電梯。我接到通知，要我早上九點和愛德溫．羅傑斯見面。

我在愛德溫辦公室外的祕書室等了半小時後，他才走出來打招呼，說：

「喝過咖啡沒有？」

「喝了，但再來一點也無妨。」

「陪我走走。」

他是個讓人印象深刻、頗具威嚴的男人。

愛德溫身高將近兩百公分，消瘦但肩膀寬闊，穿著體面的訂製西服。

六十歲的他依然腳步輕盈，我必須加快腳步，才跟得上他自信的大步伐。

我們走到辦公室建築的中庭，到咖啡亭前排隊。十一月底的這個早晨氣溫略低，憲法中心的十層樓玻璃帷幕建築圍住三十來坪的中庭，擋住來自波多馬克河的風，也擱下辦公室正南方州際公路的噪音。

我們把咖啡帶到一旁的長椅邊。

「斷裂的肋骨現在怎麼樣了？」愛德溫問道。

「還很脆弱。我下午要去看醫生。」

愛德溫啜了口咖啡。「心理治療呢？別介意，我不是刻意打探……」

「很有幫助。」

「那好。重點是要確定你能夠熬得過丹佛那場意外。情況很有可能更糟的。」

我喝下我的咖啡。

我們頭頂正上方傳來超噴射機從雷根國際機場起飛的轟然巨響。

「從索倫口中問出什麼了嗎？」我問道。

「我們以企圖謀殺的罪名起訴他。法官不准他交保。所以他仍然拘留在丹佛。」

「他不想認罪協商？」

「他甚至不想和我們談。」

「我們有他什麼把柄？」

「不多。他的電腦一乾二淨。」

「他告訴我們房子的地址，承認到那裡交貨。讓我們直接走進陷阱裡。」

「但在他說要找律師時，你們以非法引渡他到中國來威脅他。」

「長官，我——」

「羅根。我是站在你這邊的。」

「如果我們在他身上植入晶片，放他出去呢？」

「你是指，用國防高等計畫研究署實驗中的奈米晶片？」

「有何不可呢？看看他接下來會到哪裡去。」

「奈米晶片只對願意合作的線民有用，那些東西四十八小時後就會消溶。況且你也知道，那多少違反他的權益。再一次違反他的權益。」

「那麼接下來會怎麼樣？」

「初審聽證會在兩星期後舉行。那會是我們承擔批評的時候。」愛德溫瞥了腕錶一眼，站起身來。「我得上國會去。我要你到情資中心報到。他們知道你會過去。在你能夠再次出勤以前，得先坐一陣子辦公桌負責分析工作。」

我目送愛德溫穿過中庭。這時，一個熟悉的聲音喊著我的名字。我轉頭看到我的搭檔娜汀露出微笑朝我走來。

「嘿，陌生人。」她說，在我身邊坐下。「你還好嗎？」

「好些了。局長剛派我坐辦公桌，所以……接下來的日子有趣了。」

「喔，拜託，這是你的夢想吧。你討厭出勤，每次出外勤你都不開心。」

「那倒是真的。但我同樣討厭被關在小隔間裡。」

娜汀大笑。「你好像怎麼樣都不開心。」

我翻白眼以對。

「午餐有約嗎？」她問道。

「沒有。」

「對街新開了家拉麵店。我請客。」

「要慶祝什麼？」

「不知道。我不能因為你沒死覺得開心嗎？」

「妳會在城裡待多久？」

「傍晚要飛明尼阿波利。」她聳個肩。「好像有人在一處廢棄精神病院的地下室裡弄了個基因實驗室。」

「聽起來像恐怖片的序幕。」

「我中午前到分析室去找你。」娜汀站起來，拿她的咖啡杯和我碰杯。「看到你回來真好。」

然後她穿過中庭離開。

診療室裡，傑夫．史傳德醫師——我近十年來的內科醫師——坐在我對面，研究我的檢查表。

「你的X光片回來了。」

「好。」我先做好心理準備。我們已經聊了好幾分鐘，但我心裡只想著這件事。

「有些……特別的地方。」他從我的病歷裡抽出兩張X光片，放在我面前鋪著墊子的矮桌上。在我看，這兩張片子一模一樣。他碰碰其中一張，說：「這張是右手腕骨、橈骨和尺骨。手腕和前臂都正常。」

「這是好事，對吧？」

「這是我另一個病人的X光片。」

「喔。」

他指著第二張X光片。「這張是你的右手腕和前臂。」

我來回看著兩張片子。

「看出差別了嗎？」他問道。

「看不出來。直接告訴我吧，是癌症嗎？」

「不是，和癌症完全無關。你小時候有沒有斷過骨頭？」

「我十三歲時鎖骨斷過。」

「而你十月在丹佛弄斷了幾根肋骨。」

「沒錯。」

他又從我的病歷裡拿出一張X光片。「這是丹佛醫療中心照的X光片，肋骨除了斷裂傷之外，其餘的骨頭都還正常。」隨後他指著我最近拍的右手X光片，「這些則不是。」

「有哪裡不對嗎？」

「就本身來說，沒什麼不對。測量骨質密度有種單位叫做Z值。任何介於負一與一之間，小於標準差的數據都正常。但是你的Z值是二點七五。」

「這數字過高了？」

他輕聲地笑。「在我行醫生涯中，從來沒見過密度這麼高的骨頭。如果你的骨頭正在經歷增密的循環，這可以解釋你的身體爲什麼會感覺到深層的疼痛。」

「導致骨質密度不正常的原因有哪些？」

「一些不好的原因。攝護腺癌的轉移擴散、伯哲德氏症、緻密成骨不全症、骨質石化症等等，名單又臭又長。但重點在這裡，這些病你一個也沒有。」

「你確定？」

「人工智慧系統能想到的問題我都篩檢過了。除了骨質密度特別高之外，你百分之百健康。你的骨頭既不容易斷也不容易裂。」

我忽然感覺到一陣恐慌。

我的心臟在胸口劇烈跳動。

我看著傑夫——一個長著茂密鬍子，有著深色眼眸的脆弱男人。

「有關我的病歷，你跟我老闆說了多少？」我問道。

「是你授權我把丹佛意外後的醫療報告送過去。所以他們才會讓你重回崗位。爲什麼這麼問？」

「你有沒有把這些X光檢驗和你的發現告訴他們？」

「還沒有。」

「不要說。」

傑夫露出一副不甚確定的樣子。

「你擔心什麼？」他問道。

「你能再幫我檢驗一次DNA嗎？」

「我以為在丹佛做的檢驗顯示你沒有任何改變。」

「確實沒有。」

「如果你的基因體改變了，報告上怎麼會沒有顯示？」

「原因很多。」我說：「我們知道那兩顆冰球炸彈的內含物可能足以編輯基因。這東西可能單以某些器官的細胞為目標，或是其中的病毒媒介可能有延遲機制，先靜置，之後再改變基因體。」

傑夫跳起來。「那我把你的DNA再送出去做一輪基因定序檢測，用來和上一次的檢驗比較。」他動手把幾張X光片塞回我的病歷裡。

「基於法律要求，」他說：「如有任何不正常，我必須往上呈報。這你當然知道。但是我可以先告訴你。」

也許我只是妄想，但如果我的基因體在丹佛的爆炸後起了變化，我想知道隨之而來的還會有些什麼改變。我最不想要的，是讓基因保護局以爲這些改變是我自己幹的，或是在《紐約郵報》《衛報》上看到頭版新聞，以刺眼的標題寫著：**讓蜜麗安・蘭姆西蒙羞的兒子被人發現編輯自己的基因。**

但最重要的，是我不想成爲任何人用來做實驗的白老鼠。

面臨冷鋒襲擊的華盛頓特區，此時正是下班交通尖峰時刻。嚴酷陰沉天色，狂風和大雨像直直鎚入秋日的最後一根釘子。開車回阿靈頓的路上，就在離我家只有幾個路口遠的藍月社區，我看到狂風捲起枯葉，感覺到壓力驟變，宛如有把老虎鉗將我的胸口往內扭轉。貝絲去了紐約市，於是艾娃和我點了我們最愛的外賣中國菜。我生了火。

這是本季我第一次生火。

正當冰冷的雨水沖刷著看往後院的玻璃窗，我女兒拿出了我們的櫻桃木棋盤，開始擺放大理石棋子。我從艾娃的肢體動作——以及她鬱卒的眼神——察覺到有些不對勁。

「第一天回去上班感覺怎麼樣？」她問道。

「很好。他們安排我到情資部門去處理文書工作。」

「情資部門是做什麼的？」

她伸出雙手——兩個手掌分別握著一個黑棋和白棋。我選了她的左手。黑棋。

她先下。

「他們監看所有曾經從事基因工程的科學家，試著預先探知這些人有誰會犯法。」

「那種事要怎麼預知？」艾娃邊開局邊問。兵走到E四。

「透過一個叫做『神祕客』的人工智慧系統。」

我移動我的兵和她的棋子相遇。

「哇，老爸。」

「怎麼了？」

「你替那種人工作。」

我不忍心對她說出我自己也才剛得知的事。我不只為那種人工作，我自己就是那種人。

我們一來一回，把我們的騎士往前帶。十分鐘過後，我們都沒被對方吃掉任何一個棋子。

「你愛你的工作嗎？」艾娃問道。

「我的工作很有趣。」

「可是你喜歡嗎？」

「只有非常幸運的人能有機會愛——」

「這不算回答。」

我忍不住笑出來，這孩子好像她祖母。

「嗯，媽咪就愛她的工作。」艾娃說。

「是啊，她是個幸運兒。」

「你是不是想過，要和你媽媽一樣當科學家？」

我點點頭。她的問題很有意思——艾娃甚少問起祖母。她當然知道我母親是什麼人，做了什麼事，但我們很少談起她。

「她是個怎樣的人？」

「名列有史以來最聰明的人。」

「不是，我問的是，她是**什麼樣子**的人？如果她現在和我們在這裡……」

「多數時候都很嚴肅。妳會覺得她心裡老是在想著其他事，很可能她眞的是。但如果她想跟大家打成一片，也絕對能輕而易舉辦到。場合要是對了，她可以是個極其有趣的人。」

「她是個好母親嗎？」

「我知道她愛我。這樣說吧，我是她生命中最重要的一件事。她想專精於編輯DNA，爲的是治癒疾病，改善人類的生活，爲了環境，爲了世界。對她而言，這與金錢無關。她一點也不關心名利。」

「我會不會喜歡她？」

「很難說。她永遠不會是蘭姆西奶奶。那種有遠見的人和我們其他人不同，他們個性強韌，以爲自己要的是和平，以爲自己的成就會帶來和平。但事實並非如此。」

我沒說出口的是，我心裡未經美化的眞相。我對母親眞正的感覺是什麼？我恨她。但我也愛她。雖然我想變成她那樣的人，但我希望自己的母親不是她。儘管如此，我會願意爲她殺人。

「妳以前從來沒問過有關我媽媽的私人問題。」我說。

「你猜猜看，今天的現代世界史課堂上，討論的是哪項全球災難？」

該死。

像這種時候，我總是慶幸我們當年很有遠見：讓女兒從母姓。事實上，就算她祖母不是人類史上喪命最多的意外事件的始作俑者，面對成長本身都已經是夠辛苦了。

「有沒有人……」

「只有老師知道。她提醒我，我們以後會要談談這件事。」

我收到訊息，通知餐點到了。

我到外面從自動駕駛的無人送餐車前座拿起我們的晚餐。回屋裡時，看到艾娃的主教正威脅著保護我皇后的騎士。要是我不當心點，艾娃會乾脆俐落贏下這盤棋。

我把裝餐點的袋子放在咖啡桌上，起居室裡瀰漫著左宗棠雞和橙汁牛肉又辣又甜的香味。

艾娃抬起頭，不再看棋盤。「你有沒有點眞正的肉？」她問道。

「我可是花了大錢。」

她的笑容讓百分之三百的附加費每分每毫都値得。

我回到棋盤邊。

艾娃的策略——或是說她試圖進行的策略，是用士兵引誘我踏進她的局。如果我中計，她會讓皇后走到剛剛空出來的D三位置，從這裡，她離贏棋就只差十三步了（前提是我沒擋下她的士兵和騎士；假如我擋下，就剩七步）。但如果我犧牲皇后的騎士，利用這步棋將士兵移到B五，這盤局的氣勢就會反轉。我的皇后和國王已經走到她的半邊，既然我一時還看不到贏棋的步數，我絕對會慢慢痛宰她的棋子。

詭異的是，我竟然能看到那麼多步之後的狀況——我通常只能看出兩、三步。

於是我移動士兵，十一步後在F八，用城堡和皇后大敗艾娃。

她和我一樣震驚。

奇怪了，這盤棋和我們最近記得的棋局不同。我不覺得她放水讓我贏，但我熟悉的艾娃不會這樣下棋。我懷疑祖母的故事干擾了她的注意力。

艾娃伸手越過棋盤和我相握。「你一直在練習嗎？」

「沒有。」我笑著說：「我就不能偶爾走運嗎？」

「感覺不像靠運氣。」

她站起來走到裝餐點的袋子邊。

「嘿！」我喊她。

她回頭看我。

「眞抱歉。」

「爲什麼？」

我小心翼翼地遣辭用字。「我的家庭包袱影響到妳。我眞希望能告訴妳情況會越來越輕鬆，但是我不能。」

「她是個邪惡的人嗎？」

「不是。世上眞正邪惡的人不多。她只是……犯了極大的錯誤。」

「我不知道要怎麼看待自己身爲她孫女、知道自己身上流著她的血液這件事。這事連我男朋友都還不知道，但感覺像是我在說謊。」

我不曉得該如何回應。只知道，眼見我母親的作爲最終還是影響到我女兒，讓我的心都碎了。

「這些事不容易，」我說：「假如妳想找人談談……找除了我或妳媽咪之外的人……妳只要說一聲就好。」

我在九點上床，窗戶稍稍留一條縫，讓我正好能聽到雨聲。

我翻開這星期一直在讀的書——石黑一雄的《別讓我走》。丹佛事件以前，我床頭桌疊了十二本書，其中包括這幾年來的生日和聖誕禮物。我一直打算讀，但通常到了一天結束時，我只剩下看一兩集無聊但勉強能吸引我精力和專注力的影集。

也許是因爲這整個月在家，沒有壓力和工作吧，我發現自己生出一種過度的專注和好奇。

過去兩週，即使看電視，我也會鎖定報導和眞實故事。閱讀再次成爲我的心頭好。沒有什麼比得上指頭在寂靜中劃過書頁的感覺，而且我也都記得自己讀過的書。記得完整的段落。

甚至記得閱讀這些文字的感覺。

剛過午夜，我讀完了《別讓我走》，心中閃爍著成就感的小火焰，闔上這本書。兩個星期內我讀完了所有擱置在我床頭上的書，一共十二本。

我好久，嗯，應該說**從來沒能**如此專心致志。某些事不同了。我閉上雙眼時，我內心最遠的角落傳來一個微弱的聲音。不是**某些事**。是**你**不同了。

我心理醫師的診所位在喬治城，我不曉得設計者是否刻意要營造出一個寧靜且讓人寬心的空間，但診所內幾乎每樣擺設——地毯、家具、窗簾、藝術品——都是不同色階的灰。

她的名字叫愛咪，這是我們第三次會面，我有感覺我們很快就要觸及所有談話的關鍵點——在丹佛發生的事。我不得不主動說更多話，用二十個字來表達十個字就能說清楚的事，盡可能地塡滿這五十分鐘。

但今天有點不同。

打從療程一開始，愛咪就跟以往不同，相當明顯地試圖引導對話。她的話題繞著新創傷會揭開舊傷口這個觀念打轉。

「我只是猜想，」她終於說：「說不定丹佛事件帶回了你上次受傷時的情緒和恐懼。或者是帶回了你人生當中的其他事件。」

果然來了，我心想。也許愛咪．佛朗姆博士覺得自己說得隱約，但在我看來，她就像舉著一閃一閃的發光告示牌。

告示牌上寫的是：**我要引導你談談你母親**。

我唯一不解的，是她當眞相信面對丹佛事件前，我們必須談到我母親，或者她單純是壓抑不住好奇。因爲我就像是一盒令人難以克制、迫切想打開的心理案例巧克力。

我說：「不太像。」

「據我所知，你曾經入獄。」

「三年，我二十七到二十九歲那時。」

「那段時期一定很辛苦。」

「我待在中度戒備監獄，那期間我打過兩次架，所以鼻子才會歪掉。我多半都很低調，幫派就沒來煩我，而且我還有所收穫——我在那裡遇見我妻子。」

「在監獄裡？」

「貝絲是犯罪學教授，當時正在我服刑的監獄進行研究。她伸出了手。我們見面後就立刻成了朋友，開始一週見一次面，持續了好幾個月，但後來她接下美利堅大學一個工作。出獄後，我約她出來見面。到下個月我們就滿十五年了。」

「第一次約會順利嗎？」

「棒透了。」

「關了那麼久，獲釋是什麼感覺？」

她開始惹我心煩了。

「不錯。」

「才『不錯』而已？」

「美國公民自由聯盟爲我爭取到特赦。法界有不少人認爲我是爲了我母親的罪而受罰。」

「你自己覺得呢？」

「出獄眞好。」

「爲什麼？」

天哪。

「因爲沒被關在監獄裡比關在監獄裡好玩。」

「聽來，我今天的提問好像惹惱了你。」

「一點也不會。」

「也許你可以嘗試誠實地面對我，羅根。」

我往後靠向椅背。「好吧。我是煩了。」

「爲什麼？」

「我相信妳是個優秀的心理醫師，可是我不認識妳。我來這裡不是出於自願。而且我在幾年前就放下這些事，恐慌也很久都沒有發作了。」

「你從前經常會恐慌發作？」

「是啊。妳聽我說，前兩次療程不錯——」

「眞是謬讚。」

「——但妳今天給我的感覺比較像充滿好奇的變態。」

這下子輪到愛咪不高興了。「我不知道你能不能給我個機會，先不要懷疑我。我在這裡是爲了幫你，支持**你**。」

「妳覺得我還需要幫助？」

「是的。」

「那好。」

「你確定？」

我點點頭。

「你怎麼評斷自己？」她問道。

「我們不都是自己故事裡的英雄嗎？」

她露出微笑。「在心理學上，我們稱之爲標準偏差。」

我嘆口氣。「妳現在想談愧疚？」

「你還覺得愧疚嗎？」

我看著她辦公桌上的照片——山間的湖面上飄著一層薄霧。當然是黑白照片。照片下方有一行細細的手寫字：**此刻，你可以當自己**。

那當然了。

「我試著不去想這件事。」我說。

「你幾歲開始到你母親的實驗室工作？」

「二十二。」

「你會怎麼描述當時你和她的關係？」

「她是神。是世界上最卓越的細胞生物學家，光靠她的血緣及基因測試公司『你的故事』就已經賺進百萬美金。她的賽斯專利應該利潤更可觀。」

「她的這些事我在維基百科上都可以找得到。但我問的是**你**對她有什麼感覺？」

「我敬佩她，想取悅她。她是我僅有的家人。」

「其他的家人呢？」

「我的雙胞胎兄弟麥斯在十三歲那年過世。」

「很遺憾。失去手足是劇痛，羅根。我可以問他是怎麼過世的嗎？」

「白血病。他是我們兩個當中比較聰明的那個，是我母親的最愛。父親在那不久後也過世，姊姊卡拉則是從軍外派出國。」

「聽來像是她跑掉了。」

「我不是要說她是不稱職的姊姊，但卡拉只能顧全自己。所以實際上就剩我母親和我。」

「你現在和卡拉親近嗎？」

「不怎麼親。她住在蒙大拿。我們一年只說幾次話。我希望我們能親近一點。」

「對於在中國發生的事，你怎麼看自己扮演的角色？」

正如每次想起那年夏天的情況一樣，我的胸口驟然一緊。

「我們當時是想做好事。」

我母親的主要實驗室設在深圳，當時附近的肇慶市秈米受到枯葉病細菌感染。我母親想把病毒植入蝗蟲的基因，讓這些攜帶病毒的昆蟲來感染秈米，接著我們就可以著手設計，在不改變秈米的狀態下提高其對枯葉病的抵抗力。

在實驗室裡處理種子基因，和爲這件事大膽索費是兩件事。對我母親而言，收費不是重點。她嘗試的是更具野心的計畫——直接派昆蟲到稻田裡，即時編輯秈米的細胞體。這個作法不止能夠運用在肇慶的秈米枯葉病上，還能遠遠超過這個規模，潛力直達全球糧倉。

我們打造了幾座有機封閉溫室，釋放我們改造過基因的黃脊竹蝗，在封閉的設施裡感染測試用的籼米。這個作法成功了。稻作的葉片沒有白化也沒有變黃，甚至是蓬勃生長著。

「你在這些試驗中的涉入程度很深嗎？」愛咪問道。

「有我能幫上忙的地方我就動手，但當時我才剛拿到學士學位，趁暑假到實驗室工作。我雖然是團隊的一員，但我知道在大家眼中我只是個跟班，會進實驗室，純粹只是因為我是蜜麗安·蘭姆西的兒子。」

我感覺到喉嚨深處的疼痛。我已經有好幾年沒和任何人談起當年發生的事了。

「溫室階段非常成功。數據看起來很棒。我們得到中國生物安全局的支持，所以我們把那些帶病毒的蝗蟲送進肇慶的稻田。」

我小心翼翼地吸了一口氣。

「當天，天空是完美的藍，群峰在陽光下閃耀。水稻田呈現出一片美麗的祖母綠色。我揹著一個帆布大背包。我們都揹著背包。接著我打開我的背包。我還記得親眼看著我們改造過的蝗蟲飛出去時，心中閃過的驕傲。**看看我，世界要改變了**。

「最初的結果是正面的，但病毒管控系統開始加速變異發展。除了加強稻作對枯葉病的抵抗力以外，系統開始攻擊稻米生產的基本基因。我們試圖控制，但是……」

「病毒開始擴散。」她說。

「是的。」

我母親設計的病毒是針對特定稻米品種，但這號病毒卻演變出跨物種傳染力，接下來幾輪變異發展讓情況更惡化，甚至開始感染並攻擊其他糧食作物。不到一年，媒介蝗蟲就開始倍數繁殖。

我說：「我母親在美國中西部開始受到影響時過世。」

「車禍意外？」

我點頭。但至於意外？不全然是。母親的車是在加州的詹訥和海牧場之間衝出一號高速公路，這地段正好是公路離海面垂直距離最高的一處。

接下來的七年間，收穫季的產量越來越少。在蝗蟲終於滅絕之前，影響中國優勢戰略的儲備糧食供應急遽減少。

飢荒擴散到五大洲，以不同的方式影響人類。數百萬公頃農田夷為平地，落雨的位置因此改變。毀滅了稻作，等於毀滅了所有仰賴稻作生存的人、事、物。兩億人活活餓死，但這場由我們開啓的混亂，影響遠不止於此。經濟、醫療系統、整體物種和生物圈等等下游效應的損失難以估計。

「昨天我女兒說他們在學校教到大飢荒。然後……嗯……」

「沒關係。」

我讓眼淚流下來。

「很沉重，妳懂嗎？」

「確實。」

「我已經習慣不去在乎世上其他人怎麼看我，可是……」

「我相信在你女兒的眼中，你是個好父親。」

她遞給我一盒面紙。

「羅根，我面前的你，是一個對自己仍然非常非常嚴厲苛刻的人。」

我內心的某根弦應聲而斷。

她碰觸到某個永遠不會痊癒、耗費我二十幾年努力包紮的傷口。

「我怎麼可能不嚴苛？」我問道。我的聲音不比低語大聲。

雪片從鉛灰色天空落下，華盛頓河道吹來的風勢頭強勁，凍得我兩眼泛淚。我走進方形紀念廣場，抬頭凝視花崗岩平台上的九公尺高柱。

雖然早已會背，但我仍讀起刻在石頭上的銘文：

紀念所有在家園及國外葬送性命的大飢荒受難者

我們永不遺忘

那場大飢荒的一個正式名稱是「深圳大飢荒」。

非正式稱呼則是「蘭姆西大飢荒」。

我在石柱旁找了張長凳坐下。一年之間，我會來這裡幾次，通常是在下班回家的路上，尤其是天氣差到會讓觀光客避之唯恐不及的日子。

這時天色昏暗，雪下得夠大，新的五角大廈看來就像個不祥又毫無特色的龐然大物。

風雪壓下了交通尖峰時刻的喇叭聲。

我聽到腳步聲接近。

我轉頭，看到一個人影越走越近，對方穿著酒紅色大衣，翻起的衣領遮住了臉。

該死。我認得這件大衣。

娜汀走過來，坐在我身邊。

「哇，妳跟蹤我。」我說。

她聳聳肩。「下班時，我看到你朝這裡走過來。」然後她又說：「我知道你偶爾會來這裡。」

「妳想做什麼，娜汀？」

「你剛才好像很沮喪。」

「我今天早上去做了最後一次諮詢療程。」

「不順利嗎？」

「也許就是太順利了。」

她從來沒有直接問起我的過去。我們之間有種不用說出來的默契：**我知道。而且我在這裡。**

「我們不必說話。」她說：「我只是一想到你孤單一個人坐在這外頭天上還飄著雪，我就難過。」

我看著河面上方規律往返阿靈頓和亞歷山卓的無人遞送機。

「妳爲什麼會接這個工作？」我問道。

「我愛槍。」

我看著她。她對我微笑。

「開玩笑的。制訂策略像是不食人間煙火。我想眞正**做**點事，你懂嗎？這就像設計房子和蓋房子之間的差別。」

「我恨這個工作。」

「我知道。」

「但若不做，我想我會更恨。」

娜汀說：「有些時候我眞的愛這個工作，在那些感覺自己幫著世界進步的時刻。我只希望這些時刻能更多一點。」

我們坐在冰冷的戶外，看著河道對岸的閃爍燈光。我想開口說出對自己現況的疑惑——小小變化加總起來，最後的結論實在不合理。但我想先看新的基因體分析報告，而要她別把這個祕密告訴基因保護局，實在不是我想要她做的事。

「請你喝一杯如何？」她問道。

「我該回家了。」

娜汀站起來，拉攏脖子上鬆開的圍巾。

她說：「如果這個工作讓你不快樂，那就辭職。」我抬頭看著她。雪片在她的頭髮上結成了霜。「你當時覺得應該贖罪，這我懂，但你已經還清債務了。」

說完話，她把雙手插進口袋，就這麼離開。

那天晚餐後，我一連贏了艾娃三盤棋。而且每一盤都比數懸殊，最後一盤我甚至只走了十二步就將軍。

「現在究竟是怎麼一回事？」艾娃說，在看到無可避免的慘敗時，她放倒自己的國王。「老爸，難道這麼久以來，你一直在放水？」

「才沒有。」我笑了。

「你怎麼突然變這麼強？」

「怎麼了？」貝絲坐在沙發上問。

「老爸剛才徹底打敗我。這已經是……」艾娃扳著指頭數。「……連續第九次了。」

「了不起。」貝絲說。

「不可能啊。」艾娃猜疑地看著我。

記憶逐漸回來了，而且我記得的不單是我看過的每一本書，還包括無關緊要的隨機時刻，和塑造我生命的重要事件。

一個月前的。

二十年前的。

打從孩提時代開始的記憶。

這種感覺讓我毛骨悚然；好像有人在清掃我腦子裡的黑暗角落，除去蜘蛛網，修理耗損的環節。

如果我試著回想某事，我發現，自己能以過去從來不知道的清楚明確眼光來看待。

麥斯過世已三十年了，而這麼多年來，我是頭一次能在腦海裡憶起他的聲音，清楚想起他的臉、他鼻子的形狀，甚至是每顆痘子和雀斑的位置。

下班回家途中，我到昆西街上的中央圖書館去借了一疊新書。

我最急著想看的是道格拉斯．侯士達的《歌德爾、埃舍爾、巴赫：集異璧之大成》*。這書我從前兩次試著想讀，一次在大學，一次在獄中。第二次我讀了一半，但有天晚上放下後就再也沒拿起來。這本書的講的是數字理論、密碼、悖論以及自我參照系統，我每次讀都覺得自己程度不足，幾乎每一頁，侯士達的強有力觀點都在挑戰我的智力極限，再次驗證我註定挫敗的真言：**我是憋腳仿冒者，我的智力遠不及於我的天才母親**。

貝絲刷了牙，爬上床來。

「你在讀什麼？」她問道。

我秀了秀手上將近千頁的磚頭書。

我已經讀到一百五十頁了。

「你介意我開電視嗎？」她問道。

「請便。」

我回頭繼續讀。這本書的字體小到得用放大鏡看，我記得這是我前兩次之所以放棄的決定性因素。

但今晚，字體大小對我絲毫沒有影響。

貝絲偶爾的打斷和電視的聲音在過去會嚴重分散我的注意力，但這次也沒有。事實上，我甚至可以近乎完美地說出貝絲正在看的影集內容，並且爲我現在讀到的二百二十四頁《歌德爾、埃舍爾、巴赫》內容做摘要。

沒多久之後，我發現我的妻子不再看電視了。

我感覺到她的目光落在我身上。

「你當眞讀懂你在看的內容嗎？」她問道。

---

* Douglas Hofstadter（1945-），美國認知科學、物理學家及比較文學學者。這書是他一九七九年出版的作品 *Gödel, Escher, Bach :An Eternal Golden Braid*，獲普立茲獎的科普名著。

「爲什麼這樣問？」

「你大約，嗯，每三十秒就翻一頁。」

我過去幾星期的閱讀方式之改變，宛如巨大板塊飄移。我不再逐句閱讀，而是整頁整頁掃過，讓文字在我腦海裡留下印記。

「我只是在嘗試這種新的快速閱讀練習。」我說。

「有用嗎？」

「好像有。」

她審視我好一陣子，但沒有繼續深究。

又繼續看她的電視了。

凌晨四點，我讀完了。

眼睛好痠。

思緒卻飛馳奔騰，但不是因爲書中理論的含金量。

從這個月初開始，幾天之內我的思緒變得益發敏銳、清晰，隨著時間流逝，這感覺更加強烈，也更加無可迴避。

在我向貝絲或任何人提起這件事之前，我必須先拿到我最新的基因分析結果。

我必須了解自己出了什麼事。

第二天，我坐在我的臨時辦公桌前——位於憲法中心四樓的一個小隔間，把一名前遺傳學者的數據點輸入人工智慧引擎神祕客。

透過抬頭顯示器，我依序輸入對方的基本資料：年齡、種族和性別。輸入這些數據不需要費什麼腦筋，但後續卻開啓政府過度干預的陰沉暗流。神祕客會全盤比較數百萬的數據點。你給得越多，人工智慧的自學演算法就能提供更正確的預測。

基因保護法案的寬鬆授權，讓基因保護局得以合法使用人民的選舉登記資料、通聯紀錄、監視器追蹤資訊、出版品、旅遊史、人口普查資料、社會安全文件、退稅資料，以及他們敲下的每個按鍵，一切都在犯罪預測模組內建的範圍內。而且完全不需要搜索令，也不需提出正當理由。

這導致我們的數據點類別更加擴充，還包含收入層級、兒女人數、政治傾向、投票紀錄、信用資料以及諸多其他財務指標。

至於如何提供額外的個人資料，我們得仰賴這個人的社交媒體和網路搜尋歷程。

我這時的目標是科學家克里佛·強森博士。

在基因保護法實施以前，強森博士是一家公司的科學研究員，這家公司試圖以人造水母爲材料，製造人類心臟。透過網路基本搜尋，我發現強森博士現在是一所高中的生物老師。這沒什麼問題，許多從事純研究工作的科學家都被迫改行當老師。在公立學校系統裡，所有科學教材也都更新，以切實反映政府對基因編輯的新立場：「非法、危險，而且於法不容。」

強森的臉書頁面是公開的，我瀏覽他這五年來的貼文。這個被迫離開自己所選職業的男人逐漸成形。

他花更多時間與家人相處。

減少工作量。

增加運動時間。

在他原來的公司結束後，他度過一段深刻自省的時光，但至少從外表看來，他顯然把傷害減到最輕。

就在我把從社交媒體上對克里佛·強森得到的印象——演算法的最後數據點——輸入軟體時，我的電話響了。

來電的是貝絲。

我觸碰耳機。

「嗨，親愛的。」

「你在做什麼？」

「輸入資料。」

「聽起來超刺激的。」

我繼續打字：明顯表達出對現今生活的滿意。沒有任何反政府思想（至少在公開場合上是如此）。

「是啊，我真沒想到自己得靠這個過日子。有什麼事嗎？」

「今晚帶我去佛蘿拉。」

「今天是什麼日子？」我問道。到外面用餐——尤其是到高級餐廳，是我們後飢荒世界的大事。

強森博士的前一個工作經歷雖然是商業導向，但進入公立學校系統後，他顯然調適得很好。

「不是什麼特別的日子。我只是想你。覺得我們很久沒談談心了。」她說。

關於我正在經歷的變化，貝絲是不是察覺到端倪？

經過簡單瀏覽，以他在社群媒體上的表現，看不出有特別關注的必要。

「七點鐘可以嗎？」我問道。

「太好了。」

在我的抬頭顯示器上，神祕客跳出一個訊息：**目前不建議進行進一步動作或調查。**

「我去訂位。」我說。

結束通話後，我盯著抬頭顯示器的輸入欄位。貝絲打電話來時，我正在填寫資料。

有種詭異感油然升起。

與貝絲通話時，我一邊輸入克里佛·強森的社群媒體活動評估。

重播剛才的動作，我得到一個驚人的結論。

無論這兩項活動的哪一項——和我妻子說話或在神祕客輸入資料——兩者都絲毫沒有遲延順暢地自動執行。

當下，我對兩件事都專心一志——而且沒有時間落差。我重新讀過我對強森的評價，沒發現任何錯字。儘管文筆比不上文豪托爾斯泰，但段落條理都分明易懂。太厲害了。

在丹佛，我暴露在病毒的威脅下，這是否讓我變得**更強**了？

史傳德醫師的報告在哪裡？

該死。我得利用午餐時間去找他。

我的手機震動了一下。

我翻到正面，看到一個我不認得的號碼傳來一個簡訊。

上頭寫著：

他們知道你在改變。

一陣恐懼的冷顫襲來，我拉開抬頭顯示器，回了簡訊。

你是誰？

對方立刻回應。

你必須現在就離開辦公室大樓。

我的脈搏加快。

我稍微離開椅子，站到恰好能看到隔間外的高度。這整層分析室的隔間擁擠，和一般公司沒有兩樣。這當下，看不出有任何不尋常之處。

我聽到：敲打鍵盤的聲音、耳機流洩出模糊的音樂、少數低聲對話。辦公室遠端來了兩個男人。我不認識他們，但這不見得是個警示。基因保護局辦公大樓裡有四百名員工，而我只認識少數——

不對。有些事兜不攏。

他們不是用過午餐回辦公室的分析師。他們正在和蘿娜說話，而蘿娜負責督導處理神祕客系統的人員。另外還有件小事，我的距離這麼遠，不能百分百確定，但是他們的身體語言表現出某種我從來沒在分析師身上看到的姿態。

蓄勢待發的精力。

這兩個人是習慣肢體行動的人。

習慣暴力的人。

一波腎上腺素衝上我的神經系統。

我坐回椅子上。

他們朝著我的位置走來，廉價的深色外套沒扣，即使距離有十五公尺遠，我也看得到他們攜帶武器。

而我沒有。

我必須做出決定。

現在就決定。

我滑下椅子，走出我的小隔間，通過橫貫所有隔間的走道，並以公務員走向茶水間的悠閒步伐經過那兩個人面前。

我一直走到樓層遠端，才冒險回頭看。

那兩個人這時走進了我的隔間，其中一人正在翻我的東西。

我們視線相接。

他個子矮胖，但看來十分敏捷。

趁他和伙伴說話時，我趕忙掉頭離開隔間辦公區，往走廊快步走去。

我經過一個凹室，裡頭的販賣機嗡嗡作響。

休息室。

有人在我背後喊：「羅根！」

我沒停下腳步。

沒回頭。

我衝向通往樓梯間的門，跑下階梯。

我一直都搭分析室另一頭的電梯，從來沒走過這邊，但我猜，這樓梯應該通向一樓大廳。

這會是個問題。

憲法中心是棟戒備森嚴的政府建築，需要查驗身分、通過金屬探測器才能進入。由於警衛人員是面朝外進行戒備，這使得大廳成了整棟大樓的唯一出口

而且**到處都有**監視器。

我經過三樓樓梯平台時，聽到四樓的門砰地打開，兩組腳步聲重重往下而來，在混凝土牆間傳來回音。

到下一個平台，我拉開門，溜進二樓，輕手輕腳，不敢發出任何聲音地關上門。

我快跑穿過從來沒走過的走廊。這裡不可能有我藏身之處，每扇我經過的門都上了鎖，需要資訊人員的證件才能開鎖進入。我猜大部分神祕客的伺服器都放在這裡。

我轉個彎，正前方一扇門上方的「出口」標示閃閃發光。我用這輩子最快的速度跑過去，並暗自希望這個出口不是通向大廳。

我衝出那扇門，並回頭看了一眼。

走廊上沒有人。

我跑下樓，伸手掏口袋裡的手機，這時才發現我把手機留在辦公室裡。樓梯底層通向一扇刻記紅色標誌的門：

緊急出口，開門將觸發警鈴

我用肩膀頂開門。

警鈴響起，警示燈開始閃爍。

我來到了戶外，前面就是西南D街，我才剛踏出一步，某個東西就罩住我的頭。眼前頓時一片黑暗。

我的雙腳被拉離地面。

我的背部重重敲在水泥地上，因爲力道太強，肺部的空氣好像全被壓擠出來，我喘著氣，急著想扯下蓋在臉上的套子，但有人把我翻過身，將我的雙手往後扯，用塑膠束帶緊緊捆住我。

接著我又被拉著站起，兩側各有一個強壯的人撐住我的胳肢窩，俐落地帶著我走，任我的腳尖掃過人行道。

我大喊救命。

只聽到正前方有一扇門打開的聲音。

他們把我丟到金屬地板上。

門又關上，前進的慣性讓我整個人翻過來，這時，我聽到一個低沉的男聲說：

「抓到他了……對……從西北角防火緊急出口出來……好……我們二十分鐘後到。」

接著這兩個人又將我壓在地板上，拉起頭罩，只露出我側面的脖子。

我感覺到尖銳的針刺入皮膚裡。

4

再睜開眼睛時，我正躺在一張硬床墊上。

我慢慢坐起來。

腦袋像是變得又大又重，好像隨時會從脖子上滾下來。

愛德溫・羅傑斯的輪廓逐漸清晰。

他站在五公尺外，我眞想知道他站在那裡看我睡覺看了多久。

我把雙腿甩到地上，站起身來。

搖搖晃晃地。

嘴巴好苦。

我穿過想像出來的濃霧，踉蹌走向愛德溫。

幾步之後，我停了下來。

環顧四周。

試著理解自己所在的環境。

我在一個對角約莫三點五公尺長，牆高三公尺的八角形玻璃罩裡。

玻璃罩裡有桌子、床、馬桶和水槽。

玻璃罩外有個電腦終端機和一整排醫療設備。

我看著愛德溫，問：「這是什麼鬼？」

他什麼也沒說。

我走到桌邊，想拿起椅子砸向玻璃。

椅子釘在水泥地板上。

「防彈玻璃。」愛德溫的聲音透過天花板上的擴音機傳進來。

這時他拿著一個平板電腦朝我走過來。

我們隔著我牢房的玻璃牆，兩人相距不過一公尺。他臉色嚴峻，這不算什麼，但他下眼皮緊繃，不知怎麼著，我就是知道那個微乎其微的表情代表恐懼。

他怕的是我嗎？我懷疑。還有，我怎麼會發現這麼不起眼的小細節？

他穿著牛仔褲，罩著標示基因保護局的深藍色防風夾克。

他走到宛如生態飼養箱外側的桌旁，坐在面朝裡頭的椅子上——同樣的，桌子也是固定在地上。

他打個手勢，要我坐下。

我滑坐到面對他的椅子上。

「我爲什麼會在這裡面？」我問他。

「爲了所有人的安全起見。」

「別這樣，我會合作的。你不需要把我鎖起來。」

他又不說話了。

「我在哪裡？」

他開啓他的平板電腦。

「這是基因保護局的祕密監獄嗎？」

還是沒答案。

「你打算多久——」

「羅根。你在短期間內經歷了巨大的基因變化，可能會有危險的副作用。接下來，我們會監控你的發展。我們必須了解你會成爲什麼樣的人。」他的視線又落回平板電腦上。「你知道抑制 PDE4B 基因會造成什麼反應嗎？」

「去你的。」

愛德溫微惱地抽動嘴角。

他說：「你爲什麼不早說你——」

「因爲這樣你就會做出你現在做的事，你會反應過度。我需要證據來爲自己辯護。我想知道我是否起了變化，想知道自己是怎麼改變的。」

「你知道了嗎？」

我搖搖頭。

「你想知道嗎？我手邊有所有資料。」

「想。」

「那你先回答我的問題。抑制 PDE4B 會發生什麼事？」

我本來不該知道的。但我仔細思考這個問題，想起八年前在《美國科學》雜誌裡讀到一篇文章，這篇有關基因的文章討論到 PDE4B 與精神及治療的關係。

我說：「PDE4B 與低焦慮感和解決問題的高能力有關。嗯，至少對老鼠來說是如此。」

「沒錯。你的 PDE4B 受到抑制。如果我說，在你的 GRIN2B 基因發生變異時，你整個胰島素生長因子系統全都改變了呢？」

四年前（正確來說是四年六個月又十一天——**我怎麼這麼清楚？**）我讀過一篇胰島素生長因子的文章摘要。事實上，我在腦海裡可以看見那篇摘要的完整影像。

「高學習能力和記憶力。」我說。

「你想都不必想就能說出來？」

「我記得我讀過這方面的資料。」

「FOXP2 基因呢？」

我搖頭，確定我從來沒讀過這組基因。

「這組基因與快速學習刺激反應有關。NLGN3 呢？」

我說：「強化學習和空間學習的能力。」

「GluK4？」

「降低雙極性情緒障礙，強化認知功能。」

愛德溫抬頭看我。「你的認知功能、記憶、專注力、圖形識別能力——全都是強化的目標。在這幾方面，你是否察覺到自己的進展？」

「有。」

「從什麼時候開始的？」

「三個星期了。」

「你知道這多驚人嗎？」

有那麼一下子，我完全說不出話。我不是沒懷疑自己起了變化，但親耳聽到證實，這打擊大到讓我幾乎喘不過氣。

「你爲什麼要請史傳德醫師再做一次基因分析？」愛德溫問道。

有趣了。他們在我的醫生還沒來得及告訴我之前，就先攔截下結果。在丹佛事件後，他們一定密切地監視我。

我最後說：「我剛剛說過了，我想爲自己找出證據。而且因爲我懷疑我的 LRP5 基因被調升或修改過。」在基因學上，「調升」的意思是基因的表現或效果增強。相反是「調降」。如果你有 OPN1MW 基因，你看得見顏色，如果這組基因「調降」，你就會是色盲。

愛德溫持續看著平板電腦，迅速滑動頁面。

「LRP5 增加骨質密度？」他問道。

我點點頭。

「你什麼時候開始懷疑的？」

「丹佛事件發生的五星期後。我全身開始痛，深層疼痛。」

「你爲什麼瞞著我？」

「再說一次，我沒有隱瞞。我不確定出了什麼事，所以我才會請史傳德醫師——」

「我們也可以再做一次分析。拜託，你在基因保護局工作！」

「我想先知道這是否只是病毒感染的副作用，還是出了什麼更嚴重的狀況，之後再告訴我的雇主。我想帶著資訊而不是推測去找你。我連貝絲都還沒說。」

「我要讀一張你受到調升或調降的基因列表給你聽。這些基因大多數情況下已經變異出前所未見的多樣性。少數則是編輯了短又新的ＤＮＡ定序，我猜是爲了改進功效。」

「還有更多的基因？」

「就是啊。」

我身子往前靠。

「SOST。」

我說：「抗骨質流失。」

「MSTN。」

「精瘦強壯的肌肉。」

「SCN9A、FAAH-OUT 和 NTRK1。這些你聽過嗎？」

我搖頭。

「與高耐痛度有關。」他繼續說：「HSD17B13。不容易感染慢性肝病。CCR5。」

「對抗人類免疫缺陷病毒？」

「答對了。FUT2、IL23R、HBB、PKU、CFTR、HEXA、PCSK9、GHR、GH、SLC30A8、IFIH1=MDA5、NPC1，還有 ANGPTL3。」

我說：「順著你讀的順序……抗諾羅病毒、克隆氏症和潰瘍性結腸炎，以及瘧疾、豬麴毒素、結核病、冠狀動脈疾病、癌症，接下來四種是一型和二型糖尿病，我相信最後一項可以增強脂質和心臟的健康。」

「哇。好。接下來幾組就奇怪了。EGLN1、EPAS1、MTHFR 和 EPOR。」

「我幾年前讀過一篇那組基因系統的文章。這些基因通常存在藏族人身上，對吧？」

「沒錯。這些基因讓他們的身體能在高海拔適當運作。BHLHE41=DEC2、NPSR1 和 ADRB1。」

「這些我不知道。」

「它們降低你對睡眠的需要。APOE、APP、NGF、NEU1、NGFR。」

我認得這些基因。七年前，在飛往明尼阿波利斯的班機上我在《自然遺傳學》月刊裡讀過。

「罹患阿茲海默症的風險較低。」

「CTNNB1。」

「沒聽過。」

「抗輻射。CDKN2A 和 TP53 呢?」

「癌症風險低。」

「TERT。」

「這不是和老化有關嗎?」

「確實是。TERT 變異可以阻擋或減緩端粒酶的作用,讓端粒酶在細胞分裂時變得太短。正如你可能知道——」

「縮短的端粒酶,據信是我們細胞裡影響年齡變化的主要原因。」

「完全沒錯。」他說:「所以那是另一個抗老化基因。如果我不了解,我會以為有人打算把你變成超人。而且這張清單才只是我們知道的等位基因而已。」

「我的基因體裡還有更多變化?」

「**上千種**。我們已經盡了全力互相參照,但是工程浩大,許多基因系統受到影響,而我們不知道它們之間會如何互相影響,會如何影響你的身體。另外,我們也完全不懂為什麼你的垃圾DNA同樣也產生了變化。」

即便在後賽斯世界中,愛德溫講的也全是不可能的事。我們掃蕩過的地下實驗室中,就算最厲害的幾間也只能成功處理少數幾組基因。我從沒見過,也沒聽說過,如此全面性的改變。目前已知的基因大約有兩萬五千種，它們互相影響所產生變化就已經接近無限多組合。而在已知的基因外，我們的基因體包含許多控制區和所謂的垃圾ＤＮＡ——垃圾ＤＮＡ並非垃圾，而是自動調節的ＤＮＡ網路系統，在某些壓力下會逐步變化，存在了超過三十億年時間。垃圾ＤＮＡ加總起來會組構成一個無法想像的複雜系統，在這個系統中，單一個改變——更別提數千個改變——就可能以十多種無法預見的方式現身。

「我家人知道我在這裡嗎？」我問道。

「她們知道你因爲有編輯自己基因的嫌疑而遭到拘留。」

「我想和貝絲說話。」

「現在不可能。」

「這不是我自己做的，愛德溫。」

「那會是誰？」

「我不知道。韓立克・索倫？天知道在丹佛設計機關讓我們走進陷阱的是什麼人？」

「丹佛爆炸過後，你沒有立刻顯示任何基因變化。我們做過分析。」

「如果我有改變自己ＤＮＡ的技術和設備，又何必要去一個管理嚴格的診所做ＤＮＡ分析？除非我**沒辦法**自己做，我才可能冒這麼荒唐愚蠢的風險。我們要就事論事，不要便宜行事像是搞獵巫什麼的。那種事，我已經有過一次經驗了。現在我們知道，有人用專爲改變我而設計的ＤＮＡ包來感染我。我們本來以爲對方沒有成功——這點我們大錯特錯了。那個ＤＮＡ包顯然是有潛伏期，在第一個月保持沉睡狀態。」

「有那種可能嗎？」

「我的問題是，這裡頭有任何一件事是可能的嗎？你了解這得要掌握多成熟的技術才辦得到？」

愛德溫關掉他的平板電腦，看著我，彷彿還有其他話想說。

我等著他說出口。

結果他卻站起來，穿過監視器後面的門走了出去。

我的雙手發抖，一絲冷汗沿著脊椎往下淌。我閉上雙眼，試著呼吸就好。

我被改變成某種未知的造物。

我老闆綁架了我，把我單獨隔離在不知名的地點，對我家人說了些天才知道的什麼話。

從賽斯技術的使用，我們知道再單純的基改操作也可能帶來意料之外且難以預測的後果。極有可能傷及附屬基因，而且很可能或好或壞地影響原本基因組的功能，而那可是大自然經過億萬年精細演化而得到的成果。

無論對我下手的人是誰，都在重寫大自然原訂的程式，企圖接管演化。那是個危險且碰不得的遊戲。無論是好是壞，在自我調節、對抗疾病、處理毒素及環境威脅、即時故障上，我的基因體都具備轉譯過的資訊，也就是說，有物種生存的基本目標。

同樣的基因編輯和變異還提升了我的敏銳度，甚至可能讓我更長壽，但它們也可能顛覆我整個基因體脆弱的平衡，危及我的性命。

但這還不是眼前最讓我感到恐怖的事。

一九五〇年代初期，渥森、克里克和法蘭克林發現ＤＮＡ雙螺旋構造，一舉改變了科學家對物種界定的想法。一九八〇年，奈爾斯．艾崔奇和喬艾爾．克拉克拉夫特提出一個說法，他們認為在親緣關係定義上，只要ＤＮＡ差別達到百分之二的動物，就可能會被歸類進不同的物種。

如果我基因體有百分之二的改變呢？那會使得我成為全新物種嗎？

兩小時後，我聽到有人推開我玻璃牢房的門栓。

有個女人走進來，她手上的電擊槍對準我，背後還跟了個男人。他沒有攜帶武器，但身材魁梧，身高將近兩百公分，整個人像座大理石雕。

我正要下床，但那巨漢說：「留在床上就好。」

門打開著，他們分別站在兩側，隨後愛德溫出現了，後面還有一個面容慈祥、讓我想起我祖母的女人。

我看著愛德溫，問他：「這是幹什麼？」

「我想問你一些問題。」

「那就問啊。」

「我想知道你有沒有說實話。這位是漢娜・賈拉爾。」

那巨漢搬來另一張椅子放在桌邊，接著招手要我坐過去。

漢娜在桌上架起她的平板電腦，連接起各式各樣的感應器對準我的臉。我立刻認出這個裝備——最新一代的測謊器。

在類比時代，測謊師會在嫌犯胸口綁上稱之爲「呼吸描寫器」的塑膠管，用來監測呼吸速率，手臂套上血壓帶，指尖靠在檢流器上好測量皮膚對電流的耐受度。

然而，眼前這個平板裝置辨識上述項目靠的不是接觸，而是以皮膚光學成像軟體來捕捉即時數據，好比血壓、脈搏、出汗率、呼吸頻率，以及虹膜在環境光穿射皮膚時的擴張度。

以我過去的執法經驗，我知道測謊器並不能眞正偵測說謊與否。測謊器測到的是罪惡感——多數人在說謊時會有這種感覺，這可以從面對著我，專門設計來追蹤劇烈波動指標的平板電腦上得到證實。

漢娜堅持讓其他人離開。接著她告訴我一些她自己的事，以及她要如何進行她的工作。我稍微自我介紹了一下，但我相信這些資訊她應該早就知道。

她問起我的生活，問我住在玻璃牢房裡有什麼感覺。

「焦慮又害怕。」我說。

「我想也是。」

如同我合作過的優秀測謊專家一樣，她的表現像是**想要**我成功通過測試，她是我同一陣線、她相信我最好的一面。

當然，她也已經開始對我進行分析剖繪了，蒐集基準數據，對我反應的初步評估，看我如何處理問題。

「羅根，」漢娜終於說：「如果你願意，我想開始測驗了。」

「妳好了就可以開始。」

「請記得只有是非題。」

我看得到平板電腦螢幕反射在她背後玻璃牆面的光影。

她碰觸螢幕，我猜這是啟動測驗的動作，接著她翻開一張紙，拿起鉛筆。

「你的名字是羅根·蘭姆西嗎？」

「是。」

她在第一個問題上打個勾。

「你住在維吉尼亞州威靈頓嗎？」

「是。」

她再打一個勾。

「你有沒有騙過人？」

「有。」

「在這次訪談當中，你會不會欺騙我？」

「不會。」

她在問卷上打個勾，回頭審視螢幕。

「你是否曾改變過你自己的基因體？」

「沒有。」

「你在丹佛受傷後，有沒有發現自己身體的改變？」

「有。」

「你有沒有把這些改變告訴任何人？」

「沒有。」

「有沒有告訴你的妻子？」

「沒有。」

「有沒有告訴你的女兒？」

「沒有。」

「有沒有告訴你的姊姊卡拉？」

「沒有。」

「有沒有告訴任何朋友？」

「沒有。」

「昨天有沒有人傳簡訊給你，寫『他們知道你在改變』？」

「有。」

「你知道對方的身分嗎？」

「不知道。」

「你是蜜麗安・蘭姆西的兒子嗎？」

「是。」

「你的母親還在世嗎？」

「不在了。」

「你是不是一直在和她合作？」

什麼？「沒有。」

「蜜麗安・蘭姆西有沒有改變你的基因體？」

「沒有。」

「你知道是誰改變了你的基因體嗎？」

「不知道。」

訪談進行到這時，她首次直視我，而不是看著問卷或電腦。

「你現在是在騙我嗎，羅根？」

「不是。」

「你在控制呼吸嗎，羅根？」

「沒有。」

「你在控制你的血壓嗎？」

「沒有。」

漢娜再次碰觸電腦螢幕。「好，結束了。」她說。

牢房的門打了開來。

愛德溫站在門口等漢娜收拾東西。

他對她說：「妳的報告會在……」

「會在下班前交給你。」漢娜說。

愛德溫走進來，在桌邊找了個位置坐。我注意到他戴著耳機。

他回頭看手持電擊槍的巨漢和女人。「在外面等。」

他們關上玻璃門後，我問他：「你們爲什麼問到我母親？」

「因爲她還活著。」

「見鬼了。」

他拿出他的手機，放在桌上。

「一年前她闖進我家，傳了站在我家廚房手上拿著酒杯的影片給我。」

我碰觸播放鈕。

如果影片經過假造，我得說，也做得太精細了。

蜜麗安頭髮白了，臉上有些妝（可能是爲了躲避人工智慧的面部辨識系統）。她雙頰枯瘦，比上次我看到她時多了許多皺紋。但這人是我的母親，無庸置疑。無論走到哪裡，我都不可能錯認她專注得驚人的熾熱雙眼。

我開始頭昏眼花。

接著，她說：「基因保護局和它的國際對等機構正在摧毀科學研究和發現。」

這是她的聲音，我百分百確定。「如果政策不立刻做實質上的改變，包括讓大學和私人公司重啓關鍵的基因研究，我將會親手處理。我會釋放出病毒基因驅動。」

愛德溫拿回手機，說：「我們驗過玻璃杯上的指紋，她還故意留下頭髮，我們也檢測了ＤＮＡ。絕對是她，沒錯。」

我眼前一片模糊。

胸口緊縮，手指刺痛。

「你還好嗎？」愛德溫問到：「他們告訴我你的心跳飆高。」

我氣得發抖。

「我懂你的沮喪。」

「你爲什麼不早告訴我？」

「因爲我不知道你是否在和她合作。我不曉得她會不會聯絡你。我監聽你的電話，在你家裝竊聽器，我們已經監控你將近十個月了。」

我很想跳過桌子掐住他。我有自信，若我這麼做，在警衛衝進來之前他就會送命。

「你怎麼可以不告訴我這件事！」

警衛開始朝玻璃牢房走過來，但愛德溫揮手要他們離開。

我哀悼她的死。我以面對死亡的方式，來處理我母親過世的事實。

我吞下一口氣，被徹底打敗。

愛德溫說：「沒過多久，她就傳給我一封加密訊息，上面寫著她的要求。我回應了，問她這次基因驅動的目標是那個物種。」

「**人類**？」

「答對了。」

「會有哪些改變？」

「她沒說清楚，只說會帶來明顯的升級。她同時也答應展示她的能力讓我看。」

我就是展示品。當然了，這我不能確定，但我就是**知道**。

我可以感覺到自己的情緒變化，從一開始看到我母親的驚嚇，到得知她語出威脅而引發的恐懼。

「基因驅動」是目前最具威力的基因工程技術。

通常，在孩子出生時，孩子會繼承父母雙方兩個等位基因的其中一個，當中任一個可能會成為這對基因中顯性的一方。但如果有人把基因驅動的標靶系統寫進雙親其中一人，就可以顛覆正常的遺傳法則。基因編輯的機制——CRISPR-Cas9、賽斯等等技術——會從目標父親或母親傳遞至孩子的DNA，並依指示，在胚胎發育時，狡猾地重寫另一人的目標基因。假設母親的眼睛是棕色，父親有雙藍眼，那麼透過基因驅動，你可以在胚胎時期改寫母親眼睛顏色的基因，確保孩子一定會有一雙藍眼。但重點來了，這孩子會把標靶系統再傳給**他的**孩子。此後他所有子女的眼睛都會是藍色，接下來的後代也一樣。

不出幾個世代，基因驅動會遍及所有人類，而未經編輯的天然基因會被殲滅。

基因驅動可以帶來無限好處。在蘭姆西飢荒以前，有項基因驅動技術就是把**所有**瘧蚊的後代改寫爲雄性瘧蚊。因爲只有雌性瘧蚊會傳染瘧疾給人類，此一操作徹底消滅瘧疾，最後還讓瘧蚊絕種。

「如果你們一直在監視我，」我說：「那麼你一定知道我跟她完全沒有聯絡。所以了，我要問爲什麼我會在這裡？我根本沒替我母親工作。直到五分鐘以前，我才知道她還活著。你每隔幾年就會對我進行測試，怎麼還可能以爲我會笨到改寫自己的基因。」

「事實上，我相信你，羅根。但是你在改變，我們不知道你會變成什麼。」

上方的燈光將我從不安的夢中拉出來。

我抬起手臂遮住眼睛，不知自己睡了多久。

一小時？也許兩小時？然而我異常地清醒，這要感謝我的 BHLHE41=DEC2、NPSR1，以及 ADRB1 基因調節網絡。

我坐起身來，看到玻璃的另一側有個男人。七年前的一個雪夜，我在懷俄明州大角國家森林區逮捕了他。

「你好啊，羅根。」他的聲音是透過我頭上的擴音器傳出來。

「羅密諾博士。」

「你還記得我。」他似乎很驚訝。

「我幾乎天天想到那個夜晚。」

「我也是。」他難過地說，在短短千萬分之一秒的時間，他的下唇緊繃，眉間閃過一絲豎紋。他還在生我的氣，但他氣得有理。

這是我第三次根據細微表情，直覺判斷旁人情緒。這是我升級後的另一個新能力？

我站起來伸懶腰。

「他們什麼時候放你出獄的？」我問道。

「四年前。可以麻煩你站過來這裡嗎？」

我看到他站在玻璃牆兩個小開口附近，其中一個是用來遞食物，另一個是圓形，只比握起的拳頭稍大一點。

我走過去。

「把你的手臂從小開口伸出來。」

他拿著一支注射筒。

「爲什麼？」

「我要幫你抽血。接下來，我們會以星期爲單位，分析你的基因體。」

我沒動。

「聽我說，」他說：「我不想傷害你。」

我透過玻璃瞪著他看，不懂基因保護局怎麼說服像安東尼．羅密諾這樣有才華的人來一個見不得人的科學實驗室工作。

我說：「我不會讓你抽我的血。」

他嘆口氣，把注射筒放在他身邊的托盤上，拿起他的平板電腦。我看不到螢幕，只看見他的指頭移動。

上方突然有個聲音。我抬頭看天花板下方的通風口。當通風口後方的馬達噪音越來越響時，整個玻璃牢房跟著震動起來。

我立刻覺得胸口一緊。

我呼吸速度雖然越來越快，卻仍覺得自己喘不過氣。

通風口後面的馬達靜止。

只剩下我自己的喘息。

我跪了下來。

視野出現白色光點，光點爆發又退去。

我倒了下去。

我的末梢神經無一不渴望充氧的血，雖然我也感覺得到四肢末端的搔癢，但這都比不上我肺部火辣的感覺，和頭部宛如炸裂的敲擊。

每一秒的流逝都是折磨。

我的視野逐漸狹窄。

接著，我瀕死的腦子注意到一個噪音。一開始，我以爲那是幻聽，但聲音越來越大也越清晰。

通風口後面的馬達又開始轉動了。

我張開眼睛。

眼前的黑暗緩緩退去。

世界又亮了起來。

我又開始喘氣，但空氣順利進入我的肺部深處，這帶來的滿足遠勝於乾渴嘴唇獲得清涼冰水。

我坐起來。

羅密諾博士手上的平板電腦已經換成了注射筒。

「傷害你也不是我樂見的。」他說：「但他們賦予我的任務是研究你。研究你變成什麼。你必須明白你的服從沒有商量餘地。現在，麻煩你把手臂從小開口伸出來。」

我乖乖聽話。

他抽血時，我說：「我想和我家人說話。」

「我只負責追蹤你的變化。如果你有什麼事，應該要問——」

「問誰？我被關在玻璃牢房裡。而且違反我的意願。你能不能有一點人性——」

「不，我不能。我曾經有。有個機構奪走我的人性，而你是其中一員。」

「我很遺憾。眞心遺憾。但我只是執行公務，而且——」

「而且你別無選擇？我現在也一樣。」

「你感覺自己還敏銳嗎？」羅密諾博士問我。

「是的。」

「你還要再來點咖啡嗎？我可以請人帶進來。」

「不必了，謝謝。」

「餓嗎？」

「不會。」

我坐在玻璃牢房的桌邊，面對坐在玻璃另一側桌子邊的羅密諾博士。我逮捕他時，他正値盛年，歲月沒對他留情，但這不足爲奇。羅密諾的眼袋下垂、皮膚黯沉；鼻子兩側的毛細血管明顯，這表示他用了過多的酒精麻痺自己。從前，我看過他在全盛時期的演講影片，他那時眼中閃爍的光芒幾乎已經熄滅。他看似活在令人難以忍受的環境下，體內的靈魂逐漸腐爛。無論發生過什麼事，我仍然忍不住爲他難過——他是另一個蘭姆西飢荒的受害者，一個對智力活動如飢如渴的人，就站在我眼前。

他身邊的筆電打開著，我這邊的桌上有筆記本和幾枝筆。

我們準備進行的測驗是字句敏銳度、類推、將字母重新安排成詞彙，以及解謎。

一開始非常簡單，直到最後的字句部分。他把筆電螢幕轉向玻璃，讓我看到最後一個問題。

「密字症」與下列哪個詞彙最接近：

一．好鬥好戰
二．誤用
三．嚼爛
四．左撇子
五．迫不及待
六．我不知道

到目前爲止，這題是唯一讓我稍微費神的。我可以感覺到自己的神經元火力全開。努力思索可以破解的點。

我看過這個字，這輩子只看過那麼一次。十二年前，貝絲給我的聖誕禮物是一本「每日一字」日曆，上面全是稀奇古怪又晦澀難解的字彙。

十一月十二日的字彙就是「密字症」。

我記得清清楚楚，因爲到了年底最後兩個月，正方形小日曆已撕得剩下薄薄幾頁，放在貝絲和我在貝塞斯達的第一個家裡，用磁鐵釘在冰箱上。

那日還在大清早時分，我就撕掉十一月十一日的日曆甩擲出去。〔甩擲：用力狠甩到空中；好比用力甩出棍子上的青蛙，拋飛空中。〕

艾娃那年才兩歲，當時她已醒了，正搖搖晃晃走來走去，說：「麥，吃麥麥。」這句話的翻譯是「我要吃燕麥片」，也就是她當時最喜歡的食物。

我清晰地看見那個字：

十一月十二日

密字症（Mytacism）：讀說寫時，連續多用或說用字母M。如 Okay 變成 Mmmnkay

我說：「二。誤用。」

羅密諾博士寫下註記。

「比起其他答案，這題多花了你二點三秒。」

「我從前只看過這個字彙一次。」

「什麼時候？前後文是什麼？」

我告訴他。

他點點頭，說：「到目前爲止，你還沒選擇『我不知道』來回答問題。可以說明你是怎麼找出答案的嗎？」

「很簡單。我要不是知道答案，就是不曉得。但是到目前爲止，我還沒碰到之前沒看過的字。」

「所以你不是用猜的？」

「不是。」

「你會說，你有完美無缺的記憶嗎？」

我想了想。「我不知道是否完美，但絕對非常好。」

「比在丹佛事件發生之前好？」

「那當然。而且一天比一天清晰。」

「你能回想起自己去年的今天在做什麼嗎？」

我思考一下。「可以。」

「精細到什麼程度？」

「像是我眼睛後面有個鏡頭錄下我看到、經歷過的每一件事。」

「你記得當時的想法嗎？」

一年前的今天，我人在密蘇里州堪薩斯市，和娜汀在一起。我們去掃蕩一間房子，有名嫌犯在裡面設置販售編輯強健肌肉基因的工具套組，他主要的銷售對象是舉重選手和職業運動員。

我發現自己好像可以一鍵按下，就叫出當天的任何時刻。那天我早上醒來，拿起放在床頭桌的手機，看到貝絲傳了一封簡訊給我：

早安，親愛的，你睡得好嗎？

隨後我們去亞瑟·布萊恩烤肉酒店吃燒烤，我依然記得餐廳裡的氣味、聲音，甚至是鄰桌的對話，那個女人說……

「是的，」我說：「我記得當時某幾段想法。」

接著他測試我的數學能力，我發現那比思考字句簡單。

「海中有一群水母，」羅密諾博士說：「這群水母每天長大一倍。如果九十天後牠們會占據整個海洋，那麼占據半個海洋要花多久時間？」

「八十九天。」

「你在浪費我的和你自己的時間。」我說：「尤其是你的。」

「請你給個答案。我們得先熱身，才會進行到困難的題目。」

我們來回討論空間推理，視覺、感知和分類能力，邏輯推理，以及最後的圖形認知。

「羅根，這些數字序列的下一個數字是什麼：零、一、一、二、三、五、八、十三、二十一、三十四？」

我審視他筆電螢幕上的序列。

「五十五。」

「你怎麼得到這個數字的？」

「嗯，這是斐波那契數列。每個數字是前兩個數字的加總。」

「你只是剛好想到斐波那契數列，就這麼剛好？」

「不是，我在大二那年學過這組數列。」

「在丹佛意外之前，你會記得這個數列嗎？」

「絕對不會。」

「你會不會說，你現在有能力進入你讀過或學過的一切？」

這個嘛。我想了想。「我不知道有沒有把握說『一切』，但我記得不少事，大部分的事。」

「你高中或大學時有沒有學過外文。」

「法文。」

「在丹佛事件前，你的程度如何？」

「忘得差不多了。」

羅密諾用接下來的幾分鐘考我法文文法，我發現自己現在不但說得流利，連讀都沒問題。

「我在中學學到的東西都回來了。」我說：「我現在的法文可能比大學最佳狀況時更流利。」

羅密諾博士給我看的數列越來越困難。

一小時後，我終於遇到解不開的謎。

「恭喜，」我說：「你終於考倒我了。」

羅密諾博士闔上他的筆電。

「我猜，我能過關？」我問道。

「不是這樣的，測試在四十五分鐘前就結束了。你得了滿分。我只是想看你能處理多複雜的數列。在你問我以前，我要先說我對你智商有多高一點概念也沒有。我知道那數字超過兩百，這是我做過的測驗最高上限。」

「你再說一次？」我說。

我剛剛已經聽到了，只是不敢相信自己聽到什麼。

他俯身靠向玻璃。「你的智商至少有兩百。這是測驗能得到的最高分。而且你的記憶力顯然超乎常人。」

他站起來走人。

我一動也沒動。

十四歲那年，我在進高中前做過智力測驗，根據我母親的說法，那只是個用來了解我學習成果的工具。

結果我的智商得分一一八。高於平均數字，排名世界人口的前百分之十四。

我母親隱藏得很好，但她內心一定異常失望。

謠傳她的智商有一百八出頭。

我的高中成績每科都得Ａ。

後來進了加州大學柏克萊分校，讀我自己選的系所。

我一心向學，我眞的**努力**了。

接著我遇到，有機。有機化學。我沒當掉，只是這堂課不好過，不少學生被刷掉。我班上有少數同學輕鬆過關，照理說基於我強烈的野心，應該是要成爲過關的一個，但沒想到我費盡千辛萬苦也只拿到B。

我畢業時，拿到了生物化學和遺傳學雙學位。當時我問母親，是否可以去深圳找她過暑假，到她的實驗室裡工作。她同意了。

於是我成了智商一一八先生，在一群試圖改變世界的超級天才當中工作。跟他們一起工作得越久，越了解他們試圖想做的事，我就越發看見這輩子我想躲的評價——像是寫在牆上的大告示：

牆上寫的是——

你絕不可能跟你媽一樣聰明。

我母親當然知道這點。從我小時候起，她就知道我不但沒她那樣的腦袋，甚至還可說是差得很遠。而我向來也只是想跟隨她的腳步。我這輩子都追趕我母親的腳步。在深圳度過的那個暑假，她的腳步全速衝過寫著「你能力極限在此」的磚牆。那是我與生俱來的DNA密碼中寫死的。

讓你的心去召喚一個難以實現的慾望，是殘忍至極的放任。

從來沒有人教過我們，該如何處理夢想之死。

但那已不再是我的命運了。如今，我的心智已經打磨成鑽石了。

三天後，我晚上做了狂亂的夢，腦子彷彿受了吃下魔幻香菇的達利影響。

狂喜。

陶醉。

驚懼。

恐怖。

喜悅。

還有我從未體驗過的嶄新情緒，混和了對未來的興奮之情，以及對過去的失落。

我夢到從前的自己。

夢到我可能成爲的人，或物種。

稍加練習過後，倒立完全難不倒我。我甚至可以做到單手倒立。

第一次練習時，我在床上翻了個倒栽蔥。

我在生態飼養玻璃箱裡做一百個伏地挺身，只在做最後十下時流了一點汗，接著我改變姿勢，繼續做單手伏地挺身——在過去，我根本沒力氣這麼做。

我練習在原地深蹲後往上跳到桌面。

我希望他們在看。我希望這嶄新的體能突破能挑起他們的好奇心。

玻璃生態罩本身很堅固。我檢查過玻璃罩裡的每一吋，我沒有足夠的肌肉張力打破防彈玻璃，或扯起釘在水泥地上的家具。

到目前爲止，他們只研究我的智力變化，這也只能趁我關在裡頭時進行。但根據愛德溫在第一天讀的基因列表，我部分體能也在改變，這類評估不可能在小小的玻璃罩裡進行。

如果他們想測試，一定得讓我出去。只要他們放我出去，我的機會就來了。

我知道我的骨密度和夜視力都有進步。

此外，我對痛苦的耐受度也顯有增長。

如今，我的 LRP5 基因調節網絡經過升級，我的骨頭能承受多大的壓力和衝撞？又能施展多大的力量？

我現在究竟有多強壯？

我的各種反射反應也強化了嗎？

我能跑多快？能跳多遠、多高？

我想知道這些問題的答案，我猜他們也想。

我每天在飼養玻璃箱裡健身，用迅速增長的力氣和協調能力來逗他們玩，但從未有人表示想要研究我的體能。而我又不能自己提，至少不能直說。

羅密諾博士繼續測試我認知能力的進展，但要設計出能挑戰我的題目，至少要和我的智力相當。

我猜，他們想在確認我的智力到達高原期後，才願意考慮放我到玻璃罩外進行測試。沒必要讓他們知道我還在進步。他們越早對我的智力感到放心，才會越早擬定出讓我在更大空間裡接受測試的方法。基因保護局這種小單位不可能永遠把我關在這裡，而不引起更大、更卑劣的老大哥注意。國防部一定已經緊盯著這件事。問題是，要等多久他們才來接手？

在一次測驗中，我假裝掙扎苦思答案，那是我第一次清楚警覺到一種新的感知。又或者，更精準的說法是：多重感知——

從我頭上通風口吹出來的氣。

我自己的心跳。

當空氣中極其微弱的壓力變化下，我手臂上的汗毛爲之擺動。

牢房裡所有的材料——玻璃、布料、鋼鐵、瓷器，以及玻璃罩外的素材。

這一切幾乎要壓垮我，但也同時創造了弔詭的錯覺：

時間彷彿慢了下來。

人類之所以能在無限多的外在刺激中保持專心，要歸功於「感覺門控」的神經元傳導過程。在各樣可能的環境刺激衝擊下，感覺門控這功能將我們腦中低相關性（多餘或非必要）的刺激過濾掉。如果感覺門控沒起作用，我們的上皮質區會出現過多的無關訊息。

我的感覺處理機制在改變嗎？

想像一下，走過紐約時代廣場時，各樣環境刺激全都接收進來：腳下人行道破碎小石塊的刺激，就跟迎面而來的行人身上各樣細節一樣強烈，其他像是道路廢氣、餐車香味、地鐵排氣、公廁騷味；耳邊飄過的對話，以及高速運轉的城市裡所有聲音、味道、可以觸知的種種感受。

感覺門控的缺損，是思覺失調症的一個關鍵標記，事實上，也是讓人精神錯亂的原因。任何沒有感覺門控的生命體都備受折磨。

也許我的感覺門控機制被調降了。我必須重新調整心智，才能承受得住撲天蓋地而來的外界刺激。趁我還能維持全副專注力，我得訓練自己接受更多訊息的輸入。我何不現在就練？趁自己還能一心二用的時候。我現在不就一面想這件事情，一面在算π的平方。

也許這個改變，能解釋爲何我現在隨時都可以看出行爲模式。

比方說，羅密諾博士來測試時，他會先登入電腦終端機。看到他前臂和手的肌肉動作，加上他敲打鍵盤的聲音——他左手敲五個鍵（左手小指的敲擊聲最輕，打的是『q、a或z』，無名指力道較重『w、s、x或者數字1』），右手敲六個鍵（食指和中指有力的敲擊『u、j或n，然後是k、8或9』）——我有如親眼看見他在我面前的牆壁上寫下登入帳號和密碼。

眞正幫了大忙的，是他的肢體語言。

當他靠得夠近，我還能研究他的脈搏變化和瞳孔放大的比例。

他呼吸加快的原因。

他放鬆的原因。

我發現自己的肢體語言——即使最不明顯的動作——會牽引**他的**自律反應。

在我觀察羅密諾和其他幾名看守員這種種反應時，我同時也研究自己的。

而我越能察覺外在刺激如何影響我的生命徵象，就越明白自己有朝一日終將能夠控制這些人。

我在夢中聽到愛德溫走進玻璃罩的腳步聲。我坐起身，張開眼睛，看到他拿著一份《華盛頓郵報》坐在玻璃另一側。

我坐直身體揉揉眼睛，然後下床走到水槽邊。掬水潑臉。

「有什麼新聞？」我邊刷牙邊問。

「衛星戰爭。中國指控我們派了祕密太空部隊駭入他們的一顆軍事衛星。」

我看著桌邊的椅子和相隔我們兩人的玻璃，說：「聽起來像是我們會做的事。」

愛德溫直視我的雙眼，隨手胡亂折起報紙——這動作讓我看了就難過。他來這裡，是爲了問一些有關我母親的新問題。

我說：「我已經告訴過你，我不知道——」

「我相信你不知道她在哪裡。但你可以透過其他方式幫助我們。」

「可是我不打算幫忙。」

「好。」愛德溫點點頭。「但你在這裡，你愛的人在外頭。」

他毫不掩飾地語出威脅。一個月前，這個策略還能奏效，可是現在儘管他有各種缺陷，我卻能把他看得比從前任何時候都清楚。對於觀察這個男人，我有近乎完美的記憶，而且我知道他不會傷害我的家人。如果他想靠威脅我達成目標，這代表我也能討到我要的，首先也是最重要的，就是跟貝絲艾娃聯繫。

「你的方法錯了。」我說。

「你在說什麼？」

「你應該給我胡蘿蔔，而不是拿棍子威逼。」

「她有沒有祕密實驗室？」他問道。

「我能得到什麼好處？」

愛德溫先看向玻璃罩裡天花板上的通風口，接著又看向我。在短短一瞬間，他皺起鼻子，上唇往上彎。

那股厭惡細微到幾乎看不出來。

我說：「你在想是不是要抽掉玻璃罩裡的空氣。羅密諾那麼做，是因爲他怪我——他恨我恨得有理，是我害他失去生命力和熱情。你對我沒有那麼深的恨意，想到折磨我會讓你覺得不舒服。」他惱怒地嘆口氣。「你現在正考慮是不是要叫你的手下來做這髒事，但你不確定這種方式能否轉移或減輕——」

「拜託，閉嘴好嗎？你變了，不再是我從前認識的羅根。」

我惹惱他了。很好。現在該拋出骨頭了。

我說：「我不知道我母親有什麼祕密實驗室。」

他的臉孔閃過一絲解脫。

「但如果我的升級是她造成的，那她肯定需要一間實驗室。」

「而且不是隨便的——」

「當然不會。」我說：「她會需要一間高級別分子生物實驗室，且要達到生物安全等級第四級P4實驗室的規格，來培養細胞和進行動物測試。還需要外來生物化合物的供應商。她不可能自己獨力完成。」

「多大——」

「也許兩間實驗室，大概五個人。」

「你可能會知道——」

很好。在他問出口之前，我已預測到他的下個問題。真是浪費時間，超沒效率。

「——會是哪些人？」

我說：「她會需要能夠總括處理生物化學、分子生物學，遺傳學和生物資訊學的團隊。每一個成員都是自身專業領域的佼佼者。我無法想像她在沒有量子電腦或exascale超級電腦的情況下做出這一切。」

我說得太快。一般人每分鐘平均說一百至一百三十個英文單字，我衝到一百八了。這是什麼時候開始的？我必須慢下來，不要讓自己日漸爆發的智力引起他們的注意力。這只會讓他們更怕我，而他們越害怕，就越不可能放我出這個玻璃牢房做體能測試。

「所以她需要一名電腦工程師。」

我不是剛說過？

「對。一個頂尖高手。一個能寫出高度複雜程式，而且能幫自我學習人工智慧寫編碼架構的人。」

「有沒有概念這些人可能是誰？」

這個問題的用字真糟，但我知道他想問什麼。他想要的是名單。他在十二點五秒之前不是問過這題了嗎？

我說：「曾和她在深圳共事的人不是死了就是入監服刑。我不知道她詐死後見過什麼人，或者和誰合作。」

「你能不能想到有哪個在她人生中具有影響力的人，是她在飢荒過後會去投靠的？」

「我不曉得她的朋友同事在飢荒過後怎麼看待她。我猜，多數人會背棄她，要不就是舉發她。但我倒是有個瘋狂的想法。」

「什麼？」

「我幫你找她。」

他靠向玻璃，顯示出極大的興趣。

「你的意思是……放你出去？」

我馬上就能知道愛德溫是對研究我，還是對找出蜜麗安比較有興趣。當然了，另一個可能是：處置我的決定權不再掌握在他手上。

「追蹤，」我說：「或監控我，都隨你。但我是唯一能做這事的人。」

他在思考。

最後，他終於說：「我辦不到。」

「你期待我坐在這個玻璃罩裡幫你？然後，在同一時間，你卻要釋放可能掌握了眞實資訊的人。」

愛德溫說：「有關索倫的狀況，我沒有全盤告訴你。」

「我猜猜。」我說：「正式紀錄中，索倫沒有遭到逮捕。你只是要求法官給你九十天的拘留權。」

愛德溫什麼也沒說。他試圖保持木然的表情，但沒有成功。

「所以他在哪裡？」我問道：「在你另一個祕密機構裡？還是在這裡？」

「他不在這裡。」

「你一直在偵訊他。」我說。

愛德溫點點頭。

「加強偵訊?」

他點頭。

「虛擬偵訊?」

沒有回答,但肯定是。

我聽說過,在某些極端案例中,他們會對外國生物恐怖分子下手,但聽到一個我過去尊敬的人確認此事,我還是備受打擊,並且感到極大的失望與羞恥。他們使用了軍事手段。他們侵入他的杏仁核、前額葉以及新皮質的邊緣區域去欺騙他的心智,讓他經歷所有的愉悅和痛苦。聯合國在十年前已禁止虛擬虐待,但因爲這個手法難以追蹤,這項禁令幾乎不可能執行。

「我猜,提醒你他是美國公民應該沒多大意義。」我說:「喔,等等,我也是耶。當然,我更沒必要提醒你他是人類。所以從他身上你們得到什麼資訊?」

「一無所獲。看來他眞的不知情。」

愛德溫站起來,收拾他的報紙。

「愛德溫,」我說:「我剛才只是回答了你的問題。我沒必要做那種事。」

「我知道。」

「我想讓我的家人知道我沒事。我想和她們說話,和她們見面。」

他看我的方式——緊閉著嘴,眉毛上揚——掩飾著表面下的哀傷。我看得見他頸動脈的跳動,速度比之前快,每分鐘一百二十九下。我不確定自己怎麼知道這個數字。我沒有刻意去數，但我就是……知道。我有種特定的、深及細節的覺察力，這能力過去並不存在。

被我抓到他的小辮子，愛德溫顯得難過又緊張。在那一刻，我也看穿他在第一天進來時對我說的是謊話，他並沒有告訴我家人我是因爲涉嫌編輯自己的基因而被拘留。

我的腦海立刻出現我葬禮的十六K超高清影片。闔上的棺木，貝絲和艾娃在哭泣，愛德溫正在安慰他們，說我是眞正的英雄。在所有哀悼者離開後，我家中一片靜默，悲痛才眞正開始

「你跟她們說我在進行掃蕩時殉職了，對不對？」

他只說：「我很抱歉。」

接著，他就走了。

我脫下衣服走進淋浴間，裡頭空間又窄又小，也是玻璃隔間。毫無隱私也沒有空間感。我知道某處有某個人坐在監視器前面，看著我的一舉一動。

我不忍心去想貝絲和艾娃，想像她們爲我服喪，我就痛徹心扉。

於是，當熱水沖刷我的時候，我想著我母親，猜想她此刻會在什麼地方？猜想她會設計出什麼絕招？還有，她自己是否也升級了？

一段回憶彷彿泡泡緩緩冒出水面——在中國的那一年暑假，在一切出錯之前的一

段對話。

蜜麗安罕見地說想要透透氣，帶著她的博士後研究員離開實驗室，我們一起去南山區一家叫踉蹌僧侶的比利時啤酒專賣店。

在丹佛事件和我人生記憶升級之前，我絕對無法如此清晰透徹地記起這段回憶。那天晚上，喝了一大堆啤酒之後，母親起了頭，問了一個假設性的問題：「什麼是對我們物種最大的威脅？」於是我們這群人開始熱烈討論。

大家又醉又開心，不斷接連拋出答案——

海洋上升。

沙漠化。

生態系統崩壞。

二氧化碳濃度過高。

……

博士後研究員，巴斯瑞，是我母親的副手，他說：「威脅我們存在的所有一切原因，都得歸諸在氣候變遷這把大傘下。」

我母親坐在桌首，一邊小口喝高腳啤酒杯裡的修道院精釀啤酒，一邊靜靜看著我們爭辯討論，她謎樣的大眼睛什麼也沒錯過。

最後她才說：「你們都錯了。」

整桌人都靜下來看著她。蜜麗安幾乎沒有拉高音量。酒吧雖然喧鬧，但是對這群助手來說，我母親有種魔幻的魄力。

「妳不認爲氣候變遷是對我們物種最大的威脅？」巴斯瑞問道。

她凝視著他。「對我們物種最大的威脅，就在我們當中。」

大家不自在地相互對望，不確定她的話是什麼意思。

二十年後，站在我這個玻璃罩子內的迷你淋浴間裡，我清楚記得自己完全能理解她的意思——越來越多缺點堆積在我身上，隨著更多證據出現，我甚至更加內省。

當時，我母親說：「飢荒、疾病、戰爭、暖化——這些威脅像不斷增強的風暴一樣籠罩著我們。百分九十九的人早晨看到報導得知我們的世界正在粉碎，但他們選擇不予理會，繼續過日常生活。」她環顧桌邊的人，繼續說，「你們和我在深圳，試著在穀物問題中盡自己的一份力，來促成有可能解決飢餓和飢荒的一大步，至少是試著成爲解答的一部分。」

她突然精力充沛地往前靠，說：「如果有更多像我們這樣的人存在，想想看，我們會做出什麼成就。有新的穀物餵養數百萬飢餓的人，阻止肆虐世界的疫情，終結多數疾病，結束貧窮和戰爭。再也沒有物種滅絕，有的是乾淨、可以再生又沒有限制的能源，而且擴展到整個太陽系。」

二十年後，當熱水沖在我背上時，這段話還是令我打起一陣冷顫。

「所以妳的意思是人們太笨？」巴斯瑞問道。

「不只是這樣。」蜜麗安說：「人類還拒絕承認，自我中心，想法跳脫。我們是不理性的物種。我們追求的是舒適，而不是清明看清現實。我們大肆消耗、洋洋自得，說服自己若我們繼續把頭埋在沙裡，怪物就會走開。簡單來說，我們是拒絕幫助的物種。我們拒絕該去做的事，我們面對的每一項危險終究會回歸到這個缺點上。」

我沖完澡，正在穿衣服時，我的一名管理員——要不然要怎麼稱呼他們？——拿著早餐進來。

我坐在玻璃罩裡的桌邊，濃醇的咖啡香瀰漫整個室內。

我的思緒依然奔騰。

酒吧聚會結束後，我和我母親共乘一部計程車回我們在前海灣保安區的租屋處。我多喝了兩杯，車窗外深圳的燈光一團模糊的移動。

我瞥向我母親，她凝視窗外，腦子裡想的無異是明天的工作。她腦海裡一向只有工作。

而我因爲喝多了，失去自持，我問了她一個問題——我清醒時絕對不可能問出口。「如果妳辦得到，妳會去做嗎？去製造出更多像我們這樣的人？」接著我很快更正：「像妳這樣的人？」

她看著我，加上她可能也微醺，於是她用我這輩子只體驗過一、兩次的率直態度回答我。

「是的。」她說：「我會。」

「但那只是夢想，對吧？只是個想法？」

她聳聳肩。「每當有人和『你的故事』公司簽約，就必須塡妥人格測驗的三百五十個問題，讓我們以成像應用程式進行全身掃描取得一堆數據。我擁有七千九百萬個不同的個體，以及他們超過兩萬三千筆的表現型數據點。而且這些人來自全球各地。假如我可以開發一個效能夠強的人工智慧系統來處理這些數據，然後提出正確的問題，誰曉得我可能有什麼成績。」接著她以懾人的熾熱眼神看著我。「打造一個新的生命型態、治癒疾病，甚至我們手上正在處理的蝗蟲，都是同一件事。但針對懂得覺察的物種，去改變他們的想法，才是基因編輯威力的終極表現。」

根據發生在我身上的事，這段對話有了嶄新的意義。我母親曾經試圖編輯幾種稻作的基因，最後卻奪走兩億人的性命。如果她嘗試改變像人類思考方式這麼基本的事——無論是刻意或是無意間造成的結果——那麼她可能造成怎麼樣的浩劫？

我夢到貝絲和艾娃。

我們站在一片平坦、毫無特色的平原上。天空和大地一樣是單調的灰色，如果不是因爲土地比天空的顏色深那麼一點，那地方的大小完全無法判斷——沒有地平線，沒有深度。

突然間，我們之間的平原迸裂開來。

一道黑色的深淵越來越寬。越來越寬。

我想跨過深淵，跳到她們身邊，但距離已經太遠。

於是我們只能站在原地，看著我們的距離逐漸拉大。

我從深度的無意識底層醒過來，但在完全清醒之前，我已聽到了聲音。

模糊的**砰**、**砰**、**砰**。

是槍聲？

我坐起身，張開眼睛。

獨自坐在玻璃罩內，儘管光線昏暗，但我仍然看得到。

我聽到遠方傳來叫喊聲——因爲隔著玻璃牢房又隔一層牆壁，聲音像是從水中傳出來。

有個人衝進終端機旁邊的門。

光線雖然暗，但我立刻認出是誰。他是出現在憲法中心四樓逮捕我的其中一個男人。矮胖的那個。關進這裡之後，我沒再見過他。他一手握槍，喘著氣用另一手按住腰側，血從他的指縫滲出來，身後還留下一串血腳印。

「出了什麼事？」我問道。

他轉頭看我時，門再次被撞開，伴著一陣震耳欲聾的槍聲，他的腦袋消失在一團紅霧之中。

一個身穿黑大衣的人邁步進門，手拿霰彈槍，臉戴面罩。我也立刻看出這人在動作上的特點。動作極其**準確**，絲毫不浪費力氣，超有效率。最近，我也開始受不了羅密諾、愛德溫和其他看守員笨拙又充滿誤差的動作。他們像溫吞巨人，像學步小兒，身體姿態精準傳達出所有訊息。

無可否認的是，在如此特殊時刻還注意這些真的很怪，但這人優雅的動作讓我大感折服。

黑衣人稍稍動了動指頭。其意圖我瞬間掌握。

我移動到玻璃罩另一頭，扯下床墊當盾牌，遠離玻璃罩並躲在床墊後面。

一連串霰彈槍的槍聲足以震破耳膜——子彈射穿防彈玻璃，玻璃碎片刮破床墊，像雨水般落在我身上。

這陣槍擊結束後，我拋開床墊站起來。

我牢房的防彈玻璃顯然擋不住霰彈槍的子彈。

二十五天來，我首度走出牢房。

我還在耳鳴。

戴面罩的黑衣人走向我。

「你是誰？」我問道。

對方搖頭。**這裡不是說話的地方**。

「他們會派來更多人。」我說：「遠超過——」

一個經過變聲處理的聲音說：「你不知道我的能耐。」

我彎腰撿起矮胖男失去腦袋時掉下的手槍，迅速檢查彈膛。

「跟緊。」他說。

我跟著黑衣人離開房間，走到燈光昏暗、電線貼在牆壁上的走廊。我拿到的是一把沾了血、黏糊糊的史密斯威森點四五口徑手槍。

走廊天花板有盞日光燈閃閃爍爍，走廊也時不時陷入黑暗當中。

我們經過兩個躺在自己血泊中的人。他們當時應該是從一個放滿監視器，從各種角度記錄我牢房內即時影像的房間走出來。

「你沒殺愛德溫．羅傑斯或一個看起來像個科學家的矮胖男人吧？」我問道。

「只殺了武裝警衛。」

離下個交叉口不遠處，我聽到人聲。

黑衣人舉手示意停步。

我停下腳步。

黑衣人把霰彈槍甩到肩頭，加速走向交叉口，就在這時轉彎處衝出三個男人。

重裝傭兵。

黑衣人用短刀劃開第一人的喉嚨，但第二人已經舉起沙漠之鷹手槍。

我看得很清楚——黑衣人馬上會被一把點五零轟破腦袋。

就在我這麼想的同時，黑衣人在第二人舉槍時往旁邊挪了一步，那一槍剛巧把第三人的臉打個粉碎。

黑衣人又往旁邊跨一步，趁那個還站著的男人轉動巨大手槍想瞄準時，黑衣人伸手到對方胳膊下輕輕握住，一擰對方手臂頓時折斷三處。

手法宛如拆解槍枝，只不過是拿人的手臂來操作。

對手痛得呼嚎起來，黑衣人往他肚子送上兩刀。

他跪下來，用沒受傷的手臂壓住從肚皮往外冒出來的內臟。

整趟反擊共花了二點五秒。黑衣人的動作不特別快但優雅又致命——宛如一場暴力芭蕾。

「走！」黑衣人回頭喊我。

我們轉進另一個通往旋轉梯的走廊。

我跟著黑衣人往上爬，兩人腳步答答答落在金屬階梯上。

到了頂端，黑衣人想推開艙蓋——但那東西動也不動。

「上鎖了。但還有一個出口，只是在抵達前，我們會遭遇更多警衛。」

我有個念頭閃過。「在這裡等一下。」我說。

我跑過幾道走廊，回到有玻璃罩的房間，在終端機前坐下，喚醒螢幕。我早已知道羅密諾的使用者名稱，但還不知道他的密碼，不過透過玻璃罩裡看他指頭動作，我已研究出密碼可能有十七種組合。

第六次嘗試後我登入了電腦。突破層層介面，終於找到能解開幾扇門鎖的安全協定，其中包括我的玻璃牢房、武器室、監看中心，和某個叫第六號艙蓋的東西。

我解開門鎖，跑過走廊。

黑衣人已穿過艙口。我爬到旋轉梯頂時，黑衣人一把把我拉進黑暗中。

上頭冷死了。

在眼睛逐漸適應後，我看到牆上掛著許多舊工具，上方有椽木，一個梯子通向堆滿乾草的閣樓，還有一部老曳引機。

整個玻璃罩設施竟是蓋在一個老穀倉下面。

我們跑向敞開的門。

黑衣人停在門口。

往外看。

明亮月光普照，把我們面前的牧草地染成螢光藍，星星也爲之黯淡。

遠處有農舍燈光。

在凍人的空氣中，我吐出的熱氣凝結成霧。

「你能跑嗎？」黑衣人問道。

我點頭。

我們跑過結霜的草地。這是我的身體再次重回開放空間，而我這輩子從來沒跑得這麼快過，感覺像是重回青春年少，有無限精力可以奔馳揮灑。我們連跑了五百公尺，來到圍住草地的籬笆，接著越過籬笆來到遠離農舍、穀倉和糧草的碎石路。

四圍是幾座矮丘，宛如冰凍的黑色浪頭。

高處的牧草在月光下發亮。

我不停回頭，看向逐漸遠去的農舍燈火。

又跑了大約四百公尺後，我們來到一處底下有攔畜溝的柵門。

我們爬過去。

褪色的鄉間石磚路在月光下發光。

四周唯一的聲音是，冷冽的風吹動我們上方枝頭最後幾片樹葉的噪音——曾經綠葉成蔭如今只剩乾枯骨幹。自從我的全面升級狀況穩定後，這是我第一次來到戶外，我掙扎著不讓環境刺激淹沒我的感官。

我們沿著路肩全力衝刺。又跑了幾百公尺後，黑衣人的腳步慢了下來，指著某處，那東西藏得太隱密，過了好一下子我才看出那是什麼。樹林後方稍遠處，我看到閃閃發光的金屬、玻璃和鍍鉻合金。

我們擠進一輛雙門小轎車裡。

門關上時，黑衣人終於拉下面罩，把變聲處理器丟向後座。

隔著中控儀表板，我看到的是，我的姊姊。

5

距我上次看到卡拉到現在已經有三年。

離上次我們說話也有六個月了。

我們雖然會在對方生日和聖誕節時打電話，但她通常都在國外出任務。

她看起來比我記憶中更強悍，臉上還有一條我從來沒親眼看過的疤痕。我知道她幾年前到緬甸出勤了幾次，其中一次被虜爲戰俘，最後，是一場營救行動才把她救出來，但我最多也只是知道她遭遇了這件事。我們從來沒有眞正談過。

我們突然開到路肩，直接切上公路。

卡拉油門踩到底。

車子以瘋狂的速度往前衝。

我們沒開大燈，一路高速穿過鄉間。

我的夜視能力雖然大幅提升，但還不及卡拉，在只有月光照亮的蜿蜒小路上她也能悠哉飆車。她顯然適應得很好。

我看向姊姊。彷彿預料到我要問什麼似的，她先開了口。

「去年夏天，我在我蒙大拿小屋的門廊上被蜜蜂叮了一口。」她繞過髮夾彎，速度快到我們一定承受了好幾個G力。「疼痛一下就過去了，傷口也沒腫，但兩天後，我度過這輩子最慘的高燒夜——床單全溼，還陷入譫妄狀態。在醫院住了三天才穩定下來。」

她說話的速度奇快無比。

我說：「院方做了測試，但沒有結論？」

她點點頭。

「他們認定妳感染流感，而且康復了。」

「沒錯。」

進入維吉尼亞州在山腳下沉睡的勒瑞鎮時，車速慢了下來。大街這時候空無一人。路口的紅綠燈閃爍黃燈，月光明亮到足以照亮天空和西邊宛如黑牆的雪蘭多瓦峭壁。

「十六天後，」卡拉說：「我前一晚認識的女人正要拿冰箱的柳橙汁。廚房中島上的平板電腦播著新聞，她有一搭沒一搭地看。我看到她的注意力分散，也看到中島上的玻璃杯，同時間我就知道她會關上冰箱門，轉身，拿柳橙汁的手會碰掉玻璃杯。那不是猜測，而是特別為我寫在眞實情境表面的方程式。所有這些可變因素全指向一個無可避免的結果。現在的我到處都能看到方程式。就在我翻轉鬆餅，從廚房洗碗槽上的玻璃看到她伸手到冰箱的倒影時，整個過程在我面前攤開。鬆餅掉回煎鍋，我丟下鏟子，在杯子掉到地板打破的前一瞬間，我伸手撈起正往下掉的玻璃杯。」

「妳什麼時候注意到其他變化？」

「在那之前，知覺變化出現的速度較緩慢。但那一刻，所有知覺會同時對我尖叫；更高的專注力、夜視力和記憶力，睡眠時間減短，肌肉量增多，更高的耐痛能力。」

「還能用從前辦不到的方式讀出別人的心思？」

她點頭。

「那隻蜜蜂是無人機。」我說。

卡拉微笑，說：「那蜜蜂完全沒有腐爛。」

與一群——怎麼說？平凡的正常人？——互動了二十五天後，能和一個腦子跟我一樣敏銳的人交談眞好。

我們到達藍嶺山頂時，清早的空氣吐露出薰衣草色的氣息。晨光灑下，一眼可望向地平線，我看到低低的薄霧籠罩著下一處山谷，遠處村鎭和城市燈火相互輝映。

卡拉說：「我猜想，我應該是某種基因變化的目標。所以我來找你。」

「爲什麼？」

「我知道無論背後的黑手是誰，我絕不可能是他們隨機選出來的對象。他們選中我，是因爲我姓蘭姆西，因爲我們的母親。所以，你若不是與這件事有關，就是也會成了他們的目標。」

「所以妳監視我？」

「我必須了解你的弱點在哪裡，免得你不想幫我或試圖逮捕我。所以我才知道你和我一樣成了目標，而你的老闆正在監視你。」

「妳從何得知我改變了？」

「棋局。」

「是妳發簡訊通知我基因保護局盯上我？」

「在我看來，你的變化很明顯。我知道他們遲早會懂。抱歉。我應該早點找你的。」

「對我們下手的人是媽。」我說。

車裡變得很安靜。

卡拉看著我，我立刻捕捉到她的想法。

「她沒死。」我說：「她想放出基因升級程式。」

「目標？」

「人類。」

接著，我把一切都告訴她。

早晨七點三十分，卡拉把車停到西維吉尼亞州金伍德市的楓葉汽車旅館停車場。這時飄著雪，路面正開始結霜。

我們小跑到房間，正因爲知道到處都有監視器，所以我們戴著滑雪帽遮住臉。

司法部的竊聽跟監雖然不是國家機密，但也從沒公開過。所有美國人自以爲充分了解日常生活中的監視狀態，卻不明白監視系統已完整融入他們的生活。在美國，每百人就有四十八點七個監視攝影機在進行監控，而攝影機後面是整個政府電腦網絡搭配的人工智能臉部辨識搜尋引擎，以及極度腐化的隱私保護法。

經過昨天晚上，愛德溫一定會不顧一切地找我，但我懷疑他會偕同其他執法單位發出全面通緝。他要怎麼跟人家說呢？**被我非法扣在祕密拘留處的基因保護局探員逃走了。順道一提，他的基因經過全面升級，還有，喔，他姓蘭姆西。**

不，這必須關起門來處理。

但只要拍到我臉孔的一小部分，演算法就會發出警訊，把我的所在位置告訴他。

房間裡有兩張雙人床，窗邊放著一張小桌，舊型暖氣沒什麼作用，壁紙印著大量的花朵。

我用卡拉的一部筆電訂了皮下塡充劑，付了一筆錢讓無人機在二十四小時內送達。

接著我倒在床，床墊凹凸不平，但在生態飼養箱子裡待了三星期後，現在的感覺就像躺在雲端。

「妳在農場裡的手腳眞驚人，」我說：「妳一直都這麼俐落，還是說，這也是新變化？」

「我一直是個好手。」卡拉放聲大笑，在那短暫的瞬間，她就像原來的自己。

「無論是哪種基因升級，只是提高我的能力。」

「那是什麼感覺？」我問道：「像那樣打鬥？」

「你打過架嗎？」

「在監獄裡打過兩次。」

「成果如何？」

「被修理得很慘。」

「一眨眼的事而已，對吧？」

「太快了。我的身體僵住，覺得無法動彈。」

「現在，當我的腎上腺素到達峰值，我會有相反的感覺。時間慢下來，幾乎停滯不前。我會注意到環境中的每個細節，看到那些人以半速朝我而來。我觀察身體語言的能力增強了，再微小的肌肉抽動都能傳達出他們的意圖。要放倒他們，幾乎不費我任何力氣。」

這當然，我體驗過同樣的事。

大腦在壓力下會加速運轉的說法，是個迷思。人在害怕時，杏仁核會過度活化，會放入與日常記憶重疊的額外記憶。時間變慢的幻覺就在於，豐富且過多的額外記憶。但我猜想，卡拉和我這種對時間放大的感知，不只是恐懼反應帶來的幻覺。我們的感覺門控調降後，外界刺激會在我們最專注的時候一擁而上。只要這過多刺激沒把我們的大腦壓倒，我們就能以超人的速度去預知和反應。

「他們不會放過所有發生過的事，」我說：「這妳知道吧？」

她聳聳肩。「我知道我們不親近，但你是我弟弟。我願意為你殺掉一整支軍隊。」

「我的家人還好嗎？」

「很好。但她們以為你死了。」

這我已經知道，但仍禁不住眼眶泛淚。

我不能打電話給貝絲，不能和外界聯絡，否則我會讓她和艾娃陷入協助及教唆的罪名，她們已經是我的家人了，這麼做，只會害她們和這件事的牽扯更深。

目前，讓她們繼續相信我已不在人世，會是比較安全的選擇。

我涉入導致兩億人死亡的工作；我曾在獄裡服刑；我的父母和雙胞胎弟弟死了，但是相較之下，這個選擇雖然安全，卻是我面對過最困難的事。

「現在要怎麼辦？」卡拉問道。

我迅速評估眼前的狀況——顯然我們兩個都是我母親的目標，但原因不明。這些資訊實在不夠充裕。

「我不確定。」我說：「但無論媽在計畫什麼，我們都得阻止她。」

然後我閉上眼睛睡覺。

醒來時，透過窗簾照進來的光線已經暗了，浴室傳來淋浴的水聲。我站起來，走到窗邊瞥向外頭白雪紛紛的暮色。

汽車旅館停車場裡的車罩著一層雪。路上積雪。

由於下雪，對街的房子顯得模模糊糊。

卡拉的黑色行李袋仍然放在桌上。

浴室的水聲繼續。

我拉開行李袋的拉鍊看。

四把槍，包括一把 CheyTac M 兩千千預型狙擊步槍。幾盒子彈、閃光彈、束帶、幾台筆電、監視器材、兩疊現鈔、三本護照——每本的名字都不同，以及五支無衛星定位追蹤的手機。

我拿起手機，直瞪著看，有衝動想發訊息給貝絲，告訴她我還活著，這念頭簡直要把我吞沒。我無法想像她和艾娃正在承受多大的痛苦。

接著怪事發生了。

我封閉我的感情。

也許這是新能力，也說不定這能力一直都在——只是終於被我的升級解鎖——但我發現我能夠承受我對家人的情緒和同理心，而且還能夠放下。

這就像是把感情放在物理學家法拉第的盒子裡，只不過這盒子爲我遮蔽的不是電磁場，而是當我把情緒放入其中時，我可以阻隔自己的感覺。又或者更恰當的說法是，有一種阻絕感覺、不讓自己被其左右的效果。

我可以把自己的感情放在箱子裡，放在心智深處。

我可以關上那扇門。

再努力一點，我甚至可以上鎖。

我可以拋開那些感情而活著。

這個能力令人不安，感覺像是在作弊，而且還讓我不禁懷疑——這次升級範圍是否就衝著我母親認爲我們這個物種的基因體缺陷而來？她是否發現新方法，足以再校準人類感情與理性的平衡？

淋浴的水聲停了。

我把手機丟回行李袋，拉上拉鍊。

卡拉拿出她一部筆電。

我記得羅密諾博士的帳號密碼，但是只要我一登入，三十分鐘後——或甚至用不了那麼久——就會有探員來到汽車旅館門口。

所以，在接下來的九小時當中，我下載並讀了五本關於網路架構的書，爬了不少留言板文章。在這些留言板，大家非常樂於分享祕密潛入政府伺服器的「假設性」的技巧。

過去的我可能要花好幾個月，才能吸收如此大量雜亂無章的資訊和錯誤資訊，而且還可能對無聊的過程感到厭煩。但如今我毫不費力便能專心一志的新能力，讓我順暢度過這段時間。

我透過VPN上網，不在乎他們是否知道有人用羅密諾博士的帳號進入他們的伺服器。在他們來得及反應以前，我會快速找到我想要的資訊。我只是不能讓他們知道我是在西維吉尼亞州的金伍德市登入電腦。

除了保障卡拉的筆電和伺服器之間的連線安全外，VPN還可以隱藏我的IP地址和位置——暫時可以。接下來，就是在沒有人察覺的情況下進行密鑰交換——我在黑暗網路的協助下執行了這個動作。

伺服器裡名爲「羅根．蘭姆西」的檔案夾只有一個。

我開始瀏覽自己的基因保護局檔案時，卡拉穿上她的羊毛大衣、戴上滑雪帽兜出去買我們亟需的食物。

檔案裡有我的測謊結果（我跳過沒看），有羅密諾博士主持的測驗、我的睡眠模式紀錄、進食表、愛德溫和羅密諾在我們每次互動做的細節觀察筆記、我在丹佛醫院和華盛頓特區內科醫師的醫療紀錄、我三次心理療程的紀錄，以及監視我阿靈頓住家的影音檔。

但讓我最感興趣的，是我基因體的變化。

變化極大。

打開我的遺傳密碼分析時，同一想法再次出現——來自我心底最深處的低語。

我媽絕對不會沒有理由地做任何事。

如果她只是想嚇唬基因保護局，沒必要讓卡拉也升級。而且她不可能天眞到相信基因保護局會改變策略。也許她想嚇唬他們沒錯，但她不可能只因爲這樣就亮出底牌。事情一定不只如此。一定還有愛德溫和其他人沒看見的最後階段。

她對我們另有盤算。這表示在某處、用某種方法，她一定留下了麵包屑當線索。

我一頁頁瀏覽我的基因體分析——三十億字，無可否認，這一刻相當奇妙神祕：我，意識清醒，正在閱讀創作我的說明指示。

我停下來。

光是瞪著螢幕看。

一絲想法冒出水面。

外頭有人敲門。我忽然一陣驚慌，以爲基因保護局還是追蹤到我了。但不對，基因保護局不敲門，他們會直接撞門。

我走到門孔前，看到卡拉站在雪中。於是我拉開門鍊讓她進來。她黑色的羊毛大衣上結了霜，頭髮也溼了。她把抱在身上的兩個紙袋丟在我床上。

「充電站買來的美食。那是唯一還有營業的店了。」

我翻看袋子裡的東西——垃圾食物、三明治和墨西哥捲餅。

「有沒有進展？」她問道。

「不算有，但是我有個想法。」我撕開一袋薯片，吃了幾把。「妳知不知道妳可以在ＤＮＡ裡寫字？」

「不知道。」

「就資訊儲存量來說，ＤＮＡ的資訊密度是一般硬體的一百萬倍。」

「你認為媽在我們的ＤＮＡ裡留下訊息給我們？」

「不曉得，有可能吧。」

卡拉顯得極度懷疑。

「我們的基因體不是有三億個字那麼長嗎？」

「沒錯。」

「所以在那裡頭找媽留下來的資訊，不就是海底撈針？」

「比較像在海裡找出某根針的特定原子。」我說。

我坐回筆電前面。

「那麼要從哪裡開始？」她問道。

「如果我想在妳的遺傳密碼上留訊息，我不可能隨便找一處寫。」

「為什麼？」

「因為可能會造成嚴重傷害。例如突然有某個器官停止運作，或是基因突變後罹患癌症或漸凍人症之類的。如果這是媽做的——這仍然是大大的假設——她可能會把訊息插入基因體的安全港裡。」

我看得出她完全聽不懂我在說什麼。

「把我們的身體想成一個巨大的生物電腦程式，」我說：「如果妳跳進去弄亂密碼，一定會破壞重要的東西。安全港是基因體的自然區域，科學家發現安全港可以在不傷害其他基因或引起基因體宿主負面變化的狀況下，插入新基因。」我開始打字「我想，我要寫一個查詢指令，查明我所有基因體改變的位置，但範圍限制在傳說的安全港區域裡。這應該可以大大縮小搜索範圍。」

我花了幾分鐘寫出結構化查詢語言。因爲我們用的是筆電而不是超級電腦，我猜，查詢結果應該要花一點時間才會出來。

卡拉和我坐在床邊，狼呑虎嚥吃著兩個充電站買來的墨西哥捲餅。

一小時後，我們得到第一個報告。

丹佛事件後，我的基因體在幾個有據可查的安全港裡被竄改，包括 AAVS1、SHS231、hROSA26 和 CCR5。

我爲每一個DNA區域弄了一份報告，以突顯編輯的程度。

CCR5 是白血球表面的一種蛋白質，與免疫系統有關。我的 CCR5 經過大量編輯。我無法判斷這些改變代表什麼，但有人往上加進了八萬九千鹼基對——這是值得大書特書的數量。

接著，我打開 AAVS1 變化的報告。AAVS1 是個古老、無害的基因體便車客，是在無害狀況下插入DNA的最理想位置。

嗯。我往前靠。AAVS1 的變化微不足道——有人在十九號染色體的長臂上插入短短一行新的遺傳密碼。

長度只有一百五十六鹼基對。

如果轉譯爲蛋白質，大約是五十二個密碼子。

根據基因定序片段，我身體的每個細胞基因體都插入了密碼——這需要極高且不尋常的技巧。儘管整個基因體都存在於我身體的每個細胞當中，但每個細胞表現出來的部分，乃是由其專門生物功能所決定。人體的每個細胞都包含了指示其眼眸顏色的基因體——但賽斯系統對眼眸顏色的干預，只會針對眞正影響虹膜色素的一小部分細胞。

所以，爲什麼要針對所有細胞？爲了不讓我錯過？

「可能就是這裡了。」我說。

卡拉瞪著新的DNA序列看。

TCC CCC CCG ACC CGA CCC ACG CAC CGC ACC CCT CTC GTG GTC ACC GCA CCC ACC CGG GAC CCC ACG GGT CCC CCC CCC CCC CCC CCC GAC CCG ACC CAC GCA CCG CAC CCC TGG TGT CGG TCG GTC GGT CGG ACC CCG GGA CAC CCG CAC CCC

「你眞的覺得這些字母是訊息？」她問道。

「也許是。編輯過的另一個基因體安全港插入了近百千位元組。那是個非常長的訊息。這條太短，不可能是新基因，而且蛋白質密碼不合常理。」

「然後呢？」

「DNA可以由兩個方向閱讀，每個方向各有三種閱讀框架。現在我要暫時假設這組序列遵循了插入的常規，也就是我們要由左往右閱讀。所以我們現在要搞清楚的，是如何把生物訊息轉變成人類訊息。」

「你有什麼想法嗎？」

「完全沒有。」

一道深淵吞噬了我們全家，而我弟弟的死，是深淵的第一個裂口。我當年十三歲，兩年後的一個多霧早晨，我父親在灣區東邊的代阿波羅山自盡。儘管我歷經兩次失去親人的傷痛，但母親的自殺詐死，仍帶給我深不可測的傷痛。

我爸走後，原來在康乃爾大學就讀資訊科技的卡拉輟學，入伍從軍。她成功地進入特殊兵種。當時，她只說：「我想真正做點事。」

接下來就只剩下母親和我，直到我們的蝗蟲不慎讓世界鬧了一場飢荒。母親過世，我出獄後，就成了獨自一人。

這一切使得今晚格外特別。雖然整體情況不甚理想，但我已經好幾年沒有和我姊姊好好相處了。

我們坐在床上邊吃美味的垃圾食物邊聊天。她只見過貝絲和艾娃兩次，於是我說了好些關於她們的事，而她則爲我描述她在蒙大拿州的生活。

我和基因保護局的夥伴娜汀去過一次蒙大拿。在一次掃蕩位在海倫納的實驗室之後，我們到卡拉的小屋找她，坐在門廊上聽山谷對岸的赤鹿像吹喇叭似的吼叫。那是個涼爽夏夜，星星滿天。我們聊著生命、工作和家人。看到娜汀和我姊姊很合得來，感覺眞好。

今夜，我有和那晚相同的感受——和卡拉在一起，讓我緩和了某種漸生的渴望。一種原始的、存於基因、隸屬於某個族群的需要。

她是唯一一個眞正了解我正在經歷什麼變化的人。同時，她也是唯一眞正了解我過去的人。

「妳沒想過要安定下來嗎？」我問她。

「孩子？妻子？」

「對，諸如此類。」

「如果我找到另一條通往快樂的路，你會擔心嗎？」她問道。

「妳假設我覺得孩子和婚姻等於幸福。這其間當然有關連。但不見得一定是因果。妳快樂嗎？」

「在這一切發生之前，我一直很快樂。我在海拔兩千一百公尺的布尤特山上，住自己蓋的小屋，冬天滑雪，夏天玩飛蠅釣魚，秋天打獵。你去過那地方的。」

「如果我們以前更常見面多好，」我說：「我希望參與妳的人生。」

「老弟，我不再是那個和你玩躲貓貓、堆樂高玩具和城堡的姊姊了。」

「那妳是誰？」

「現在嗎？這個問題有意思。在蜜蜂無人機叮我之前，我以爲我是個在自己空間裡尋找平靜的女人。」她怪異地看著我。「你想知道，對不對？」那道彎彎曲曲的傷疤從她左眼外側沿著臉頰延伸到下巴尖。她碰碰傷疤，說：「鹽酸。」她嘶了嘶口水。「那是在緬甸東北部的克欽邦，地勢很高，就在喜馬拉雅山腳。我們夜裡進攻，他們有紅外線監測，除了我，每個人都被狙擊手放倒。我被壓制住。他們從沒看過女性特種部隊隊員，很是新奇。

「他們把我關在幾乎只能站著的金屬籠子裡，大部分時間都蒙著我的眼睛。他們讓我經歷了四次假死刑，還有更糟的事。更糟。」

我走到我姊姊床邊，坐在她面前。

我想握她的手，但她抽了開去。

「他們其中有一個人會說英文，在倫敦出生、受教育。我們交談過三次。最後一次，我問他怎麼能對我做那種事——他們的手段包括燒燙、水淹、扔石頭、砍頭。但他們終歸是佛教徒。爲了心中創造宇宙的神而去折磨和殺戮是一回事，可是，他們的核心信念是沒有任何事能持久不變，沒有任何事稱得上永恆。他們應該要相信『結束』折磨才對。」

「他怎麼說？」

「他的聲音很柔和，幾乎可說是細緻。他說：『有時候，要結束折磨，你得先引發折磨』。」

她好一下子沒說話。

我們只聽到隔壁房間電視機穿過薄牆透進來的聲音。房裡的舊暖氣又響了。

我不知道她的記憶力是否和我一樣都變得更清楚了。我現在能夠重新經歷不少過去的黑暗時刻，但比起她剛才說的故事，那都算不上什麼。

「發生在妳身上的這些事，讓我很難過。」我說。

「我也是。」

「妳和當年救妳的人還有聯絡嗎？」

卡拉笑著說：「他們是我幾個最好的朋友。」

半夜響起警笛聲吵醒了我。我衝到窗邊，卡拉從她床下拉出霰彈槍。

透過冰冷的窗玻璃，我看到幾輛警方電動車和一輛消防車快速穿過幹道。直覺的恐懼讓我心跳加速，但我內心冷靜又善於分析的另一面低聲說，他們不會派一輛消防車來逮捕我，當然更不可能響著警笛而來。

卡拉來到我身後。

「不是來找我們的。」我說。

我回到床上關掉電燈，讓我的心智專注在彷彿層層疊印上隔音天花板的DNA定序。

TCC CCC CCG ACC CGA CCC ACG CAC CGC ACC CCT CTC GTG
GTC ACC GCA CCC ACC CGG GAC CCC ACG GGT CCC CCC CCC CCC
CCC CCC CCC GAC CCG ACC CAC GCA CCG CAC CCC TGG TGT CGG
TCG GTC GGT CGG ACC CCG GGA CAC CCG CAC CCC

我覺得這串定序有蹊蹺，它們彷彿有某種意義，只是我看不懂。

我算了算字母出現的頻率。

十二個T。

十九個A。

九十二個C。

三十三個G。

C出現的次數特別高。

這些數字代表什麼？

我讓它們像夏天的浮雲一樣飄過我的腦海，然後觀察：

12、19、92、33、12、19、92、33、12、19、92、33

然後我把數字倒過來：

21、91、29、33、21、91、29、33

十九是質數。這讓我思索了好一會兒，但沒有結果。

我的眼睛突然張開。

天亮了。

卡拉輕輕打呼。

我的大腦一定是在我睡覺時還在研究稍早的問題，因爲我現在知道這個定序有哪裡不對。

T和A從來不會連續出現。

我跳下床開燈，回到桌邊。桌上攤著好幾張紙——那是我破解密碼的筆記。假如那眞的是密碼。

我攤平卡拉從充電站帶回來的收據，寫下我記憶中的核酸定序，省略密碼子之間的空格，在每個T和A下面畫線。

TCCCCCGACCCGACCCACGCACCCCTCGTGGTCACCGCACCCA
CCCGGACCCCACGGGTCCCCCCCCCCCGACCCGACCCACGCAC
CGCACCCCTGGTGTCGGTCGGTCGGACCCCGGACACCCGCACCCC

「你在做什麼？」卡拉躺在床上喃喃地問。

「等我一下。」我說。

如果我母親想透過我的基因密碼傳送訊息給我，那麼她必定得克服一個困難：如何用四個符號和我溝通。還有，如何用只有刻意尋找才會發現的A、C、G和T創造密碼。

卡拉走過來，把手搭在我肩膀上。

我抬頭看著她，說：「如果說，T和A不代表字母，而是其他符號呢？」

「爲什麼不是字母？」

「因爲它們從不重複出現。也許它們代表某個字的開頭，或是說……」突然間，我看出自己根據DNA的A、C、G、T這四個字母可以創造什麼替換文字。「喔，天哪。」

「怎麼了？」

「如果這串密碼是妳寫的，」我說：「以溝通來說，妳想指示的、兩個不可或缺的基本單位是什麼？」

「數字和字母。」

「如果T和A代表著下個密碼是什麼呢？其中一個——也許是A——代表接下去是數字，而T表示你必須進一步將數字轉譯成字母。」

「你的意思是一等於A，二等於B，這樣一直繼續下去，到二十六等於Z？」

「就是這個意思。」

「所以G和C代表數字？」她問道。

「要是我，就會這樣設定。如果我只有兩個符號來表達數字，我會用羅馬數字系統，讓G等於五，C等於一，或是反過來。先看看第一串序列。」

我寫出 TCCCCCCCG。

「假設T表示 CCCCCCCG 是數字。這串序列可以代表十二或三十六。如果T代表這串字母列代表的是字母，這表示，那麼就是L或者……等等，不對。」我又看了密碼一眼，現在我可以微笑了。「如果我的理論正確，我知道C和G代表什麼了。G是一，C是五。」

「你確定嗎？」

「看看第二串序列。ACCCG。假設C是一好了，妳不會用羅馬數字的方式寫VIII。妳會寫成 GCCC。」

「所以G是一，C是五。」

「我們先這樣假設。這表示唯一的問題是T和A代表什麼。根據我們G等於一和C等於五的假設，我只要假設T代表字母，A代表數字，接下來再反推就可以了。」

「T不可能是字母的意思。」

我再看一眼第一串序列。「妳說的沒錯。」七個C後頭跟著一個G代表三十六，超越字母可以對照的範圍。

我去煮一壺咖啡，在咖啡煮好前，我又透過窗簾瞥了外頭一眼。現在雪停了，時間是早上八點，小鎮正在甦醒。

我回到桌邊，開始調換這幾個組成核酸的基本單位，把T代表數字，A代表字母。

前九個符號代表數字三十六。

接下來的五個序列所代表的字母，拼出「點」（point）。

我很快地轉譯剩下的符號。

三六點五六二五北（36.5625 north）

一〇六點二一七七七七西（106.217777 west）

「卡拉，我解開了。」

我啜了一口咖啡，卡拉走過來看電腦螢幕。

「十進位座標？」

「對了。」

她拉了把椅子過來我身邊坐下，接下筆電控制權，打開搜尋引擎。

她在搜尋欄位輸入北緯三六點五六二五，西經一〇六點二一七七七七。

我們靠向螢幕，等著下個畫面出現。

螢幕上出現一張地圖。

ＧＰＳ定位點落在一整片綠色上方。

「我看不出這是哪裡。」我說。

卡拉把地圖縮小。

最後，螢幕上出現了「卡爾森國家公園」幾個大字。

卡拉繼續縮小地圖，我終於看到我認識的地名。

聖塔菲。

這個座標位在距離新墨西哥州首府大約一百三十公里外的一處國家公園。

我們放大地圖，拉回定位點，把螢幕切換成衛星照片。這是超高解析度的照片，整片綠林中有幾處應該是白楊木的黃點。

我拉動畫面，尋找任何會引起我興趣的東西。

「我只看到樹木。」卡拉說。

「我也是。」

「如果這串密碼是隨機數字，只不過剛好對應一個眞正的ＧＰＳ座標而已呢？」

「可能性太小。這裡頭有小數點，西和北。」

「但這地方鳥不生蛋的，看不到任何建築或公共建設。」

「我們可能錯過陰影下的東西，要不然，就是這影像是舊的。」

卡拉再次看向座標。「緯度的一分是三十點七八公尺，經度一分是二十四點三八公尺。」

「這組座標了不起只涵蓋七百五十平方公尺，」我說：「範圍不大。」

「這是什麼地方？」卡拉問道。

「不知道。想開車去新墨西哥州查個清楚嗎？」

卡拉的筆電彈出跳窗——無人機剛把我訂購的皮下塡充劑送到我們汽車旅館的房門口。

我在浴室洗手台前剪短又染了頭髮。我選了黑色——我四十歲後就開始長白髮。在意外情況下被關進農場後，我已經超過三週沒刮鬍子，如今長了一大把夾雜著白髮和灰髮的黑鬍子。我把鬍子也染成黑色，以搭配髮色。

改變髮色有助我矇騙人類的眼睛，但監視系統和搭載臉部辨識系統的無人機不會掃描髮色或眼睛顏色這類世俗的外觀條件。它們計算的目標更精準，是不會改變的人體特徵，例如眼睛和耳垂形狀、眼角到嘴角的距離（精準至毫米），以及骨骼構造。

過去五年來，我參加過兩場有關臉部辨識新興科技的座談會，如今我還能在腦海的記憶中回想當時的每一個字。

我用半持久性的眼線筆拉長我眼睛的長度，造成我雙眼較大且眼距更接近的效果。

和肉毒桿菌（在臉部目標區域引起肌肉麻痺的神經毒素）相反，皮下塡充劑是透過注射，利用類似軟膠成分塡充至因爲老化而凹陷的區域。

相較於非法駭入基因保護局伺服器，注射塡充劑要恐怖許多。礙於美觀和健康相關因素，相關單位一再警告不自行注射。

我以試圖大幅度改變面容的病患爲關鍵字，參考能找到的所有影片。我研究醫療專業人士如何握針筒，哪些產品適合使用在五官的哪些部位，以及適當的注射分量和位置。

該是動手的時候了。

我準備好針筒，注射自己的人中、眉毛、耳垂和嘴角。

每一次的注射似乎都沒有帶來太大差別，然而，加總的效果十分可觀。

汽車旅館的鏡子有裂縫，我凝視鏡中的成果。

我看起來不像自己。雖然要通過機場或運輸站嚴密的檢查和監控仍會讓我覺得不自在，但我有自信能在不被察覺的情況下，前往卡拉和我需要去的地方。

我終於喊我姊姊。「我弄完了！妳準備變臉了嗎？」

6

我們在傍晚前抵達聖路易，把車子停在充電站後，下車到已經拉下遮簾的店面，尋找還有營業的餐廳。

聖路易拱門——一座包著不鏽鋼外皮、搖搖晃晃的拱門——的遺跡在落日下亮到無法直視。七年前，拱門在一場暴風中摧毀，州長非但沒有重建，還堅稱將數百萬美金拿來花在食物券和協助其他受暴風摧毀的聖路易社區，會更有價值。

升級過後進入眞實世界的經驗讓人震撼——和我想像中、第一次看到色彩的感覺一樣。

所有事物都更大更亮，對比更鮮明。

人們尤其吸引我。

我們從費力吹著薩克斯風的街頭音樂家面前經過，我無法自已地觀察他身上的每個細節：落在臉上的光點、呼吸的節奏、身上的衣著、倒過來等著領賞的破帽子、砲彈碎片在脖子上留下多處傷疤，以及他老喜歡顯示左腿舊傷的方式——我看得到左腿右側被手榴彈炸開的傷痕，但在那之前，我也迅速瞥見陸戰隊徽章的部分刺青。霎時間，這男人的一生在我面前活生生展現。他曾在烏克蘭作戰受傷，回到家鄉只能聯繫敗落的退伍軍人事務部，領寥寥無幾的救濟金和不管用的健康保險——

有個身穿緊身紅洋裝搭高跟鞋、戴太陽眼鏡的女人臉色緊繃地走過去，她的雙頰肌肉僵硬，心跳很快，臉上還有拭淚後形成的粉痕。十九秒前我看到她從上一條街口的酒吧走出來。她才剛結束一段關係。

我的掙扎在於別讓自己被新的環境刺激給淹沒。除了人，市區複雜的變動——接駁船、無人機、行人、空中和地面交通——全在爭取我的注意力和好奇心，挑戰我去領會新模式，去注意我從未注意過的一切。

當然了，這是感覺門控的問題。

重點不在於把聲音轉小，而是要學習同時處理每件事。學習如何在吸收**每件事**的時候活著、呼吸。

唯一還開著的餐廳賣碳烤比薩。坐在餐廳裡，可以俯瞰密西西比河和市中心附近跨越河面的七座橋。

我們吃得很快，急著上路。

接著輪到我開車。

夜幕低垂時，我們走四十四號州際公路穿過密蘇里州。

我慶幸自己是在黑暗中開車，因為路上會吸引我注意力的外界刺激比較少。

卡拉上車不到一小時就睡了，留下我、我的思緒、幾乎無聲的車和車燈前方不斷延伸的路面。

我想到我母親。

當中國的情況失控後，她回到美國。我太無知，不知道我們搞出多大的紕漏。我以爲只是單純的蝗蟲實驗失敗。

當然了，她知道接下來會發生什麼事。

她當時住在我們位在柏克萊榆木區的家裡，我一直覺得那地方不舒服又讓人難過無比。我爸和麥斯過世後，卡拉外派，房子裡孤寂的氛圍只會讓我想起我們失去的一切。

那地方像個時光膠囊，記錄蘭姆西家族的沉淪。

在無暇的完美記憶裡有著苦痛——

如果不是母親召喚我，我絕不會來。

她爲我們準備了晚餐，在悲慘的寧靜氛圍中，我們坐在老舊餐桌邊。

我們沒提深圳，也沒提我們的蝗蟲對稻作造成什麼影響。

母親甚少講起舊日時光，但這晚上是個例外。

她問起，在這屋裡的成長過程中，我最喜歡哪些時刻。

她甚至分享她的。

接著，她說了一些連我這平凡腦袋也不會忘記的話：「生命永遠不會往你想要或期望的方向走。一般來說，即使已經得到你想要的，也不會是你從前眞正想要的結果。所以說，兒子啊，假如你有機會找到一絲快樂和平靜，要心懷感激，要擁抱那樣的日子。別伸手要更多，因爲一絲幸福已經比大多數人能得到的還要多了。」

「妳就是那樣嗎？」我問：「想要更多？」

我永遠忘不了她隔著餐桌瞪視我的眼光。

之後，她坐在小型平台鋼琴前彈奏我最喜歡的曲子：舒曼的《兒時情景》。這時候她已經醉了，鋼琴幾乎彈不成調，串串音符模糊成一團。

我想著其他比較美好的時光，那些聖誕夜、新年或是隨興的夜晚，她會純熟地爲我們全家人演奏鋼琴，大家快樂相聚，渾不知這樣的時光不會到永遠。

母親提議爲我鋪床，讓我睡在原來的房間，但我找了個藉口，說我必須回宿舍準備即將來臨的期末考。

於是她送我到門邊，在門口擁抱我。

她擁抱我的方式有些激烈，彷彿想攀附住無情離去的事物。

「一切會沒事的。」她說。當時我沒想太多，只覺得她喝多了，一時困在罕見的情緒渦流當中。

我走到車邊，聽到前門在我背後關上。

前院一株高大的尤加利樹讓空氣中瀰漫著薄荷、松子、蜂蜜的香味。這個味道連結著我的童年，以及我自我認同的最深意義。

當時我還不曉得，畢竟在生命中，你絕對不會知道你正在過的是最後一章——

但此後，我再也沒見到我母親。

三天後，她開車上一號高速公路，衝進三百公尺下方的太平洋。

德州牧草地的北方天剛破曉。

這天是聖誕節早晨。

我還繼續開著車，由於我 BHLHE41=DEC2、NPSR1 和 ADRB1 基因突變，導致我一點也不覺得累。

我想著我的家人。回想妻子和女兒的面容，在我腦海中她們鮮活逼眞的身影，宛如親自來到我面前。

沒了我，我眞想知道她們會做什麼事。眼眶中的淚水讓我看不清晨光。在此同時，我馬上把那幾乎擊倒我的、難以克制的情緒丟進心底的箱子。隨著一天天過去，這箱子益發堅不可摧了。

我眞恨自己這麼做。

但這麼做一次比一次簡單。在目前這個階段，把心變成硬石仍是要刻意爲之，也還是會心痛，但我可以想像在不久的將來，這樣的控制和壓抑會成爲我的第二天性。

我們停在阿馬里洛爲車子充電，在路邊餐館隨便吃點早餐，接著繼續穿過日光下的草地。

到了新墨西哥州，景觀變得乾燥許多。

一小時內，我就看到四次火箭升空，目標是西南方特魯斯或康西昆西斯附近的太空站——億萬富翁聖誕節早晨拆的禮物是，升空前往地球低軌道觀光。

到了午餐時間，我們已經來到靠近聖塔菲附近的高海拔沙漠。大家稱這地方叫「不同的城市」，是美國第二老的城市。我們接近時，這城市躲了起來，低矮的土色建築靜靜融合進棕色山丘中。

我們開進市中心，找到一家叫做拉方達的泥磚砌旅館。接待大廳的燈懸掛在裸露的木頭橫梁上，廳裡布置了一棵六公尺高的聖誕樹，到處都是穿著可怕手勾毛衣的家庭。

我睡了一整個下午，醒來時胃口大開。

蜿蜒街道彷彿凝結在時光當中，很適合散步。這座觀光城市給人一種美國在大衰退之前的印象——一個未來仍然像是未來的地方。

泥磚住宅的窗內閃爍著聖誕樹燈光，清新冷冽的空氣中有從火爐鑽出來的木柴香。沙漠裡的月光，映照城市東邊的山巒反射出光亮。我想家想到心痛，有好一會兒，我放任疼痛自由發展。

我們在毗鄰廣場的小餐酒館用晚餐，價格出奇高，因爲他們標榜餐酒館裡使用的是非人造蛋白質。

「我猜，你原本不是想這麼過今年的聖誕節？」卡拉說。

我搖搖頭，喝了一點風味極佳的西班牙斗羅河產區紅酒。現在幾乎找不到西班牙葡萄酒了，因爲主要的葡萄產區全部往北移，許多具代表性的酒廠已經不再生產了。

在升級過後，品嚐世界級的葡萄酒簡直讓人難以置信。我一直覺得自己懂得品酒，但現在我感受到氣味和芳香的爆裂，而且發現自己可以分開或一起、同時享受——泥土、日光、濁黑的果實、玫瑰花瓣、橡木桶四散的浸透香，以及淬鍊的歲月。

「妳聖誕夜通常會做什麼？」我問道。

卡拉拿了一片鋪著塞拉諾火腿的番茄麵包。

「看天氣。」她說：「如果下雪我就留在家裡，調製我拿手的香料熱紅酒。看老電影《聖誕壞公公》。如果路況好，我會開車進城，到酒吧和那些聖誕節無處可去的人喝個幾杯。不對。」她糾正自己。「那是我在升級前會做的事。現在呢？我會留在家裡閱讀、思考。」

「妳的記憶力是不是朝完美的程度發展？」我問道。

「對。」

「我也是。」

「這太難了，」她說：「我在蒙大拿的生活是建立在**忘掉**過去的我，忘掉我從哪裡來。」卡拉隔著桌子坐我對面，在燭光下，她帶著傷疤的臉幾乎可怖。「有些記憶我希望一輩子都記不起來。你熬得很辛苦，對吧？」

我知道她的意思。

「關於情緒？」我說。

她點頭。

「這事有方法解決。」她說。

「我知道。我一直在這麼做。」

「這麼做會比較好過。」

「這也是我嚇到的原因。」

「爲什麼？」

我瞥向鄰桌。有對男女在聽我們說話。我猜，吸引他們注意的不是我們談話的內容，而是速度。

我收回目光，低聲對卡拉說：「我們應該用正常速度說話。」

「對。」

我回答她的問題，強迫自己慢下來，說話也更愼重。「嚇到我，是因爲我怕失去深切感受的能力。」

「說說能夠深切感受有什麼好處，」她說：「感覺不是會遮蔽邏輯和理性嗎？」

「到某個程度，確實會。但感覺也是同情和同理的核心。我們逐漸能將一切都合理化。也許感情這回事，有助於制衡。」

「確實沒錯。又或者你只是害怕自己的發展會超過你所愛的人。」

更多食物上桌了。

我花了全副意志力，來過濾我聽覺範圍內的七組閒談，以及從其他人、從廚房、從其他桌邊散發出來的味道。

「你希望自己沒被升級嗎？」卡拉問道。

「這個問題很難。我終於有我一直想要的頭腦了。」

她喝了口她的酒。「一定很辛苦。」

「辛苦什麼？」

「明知自己配不上，還得在媽媽的圈子裡打轉。」

「妳懂我的感覺？」

「當然。媽媽是不世出的天才。我一直覺得你執著追隨她的腳步注定會失敗。」

「我的心理師告訴我，那是因爲麥斯的關係。當你失去你的雙胞胎——」

「你等於失去半個自我認同。你和媽的連結，是爲了填補你所失去的那部分。」

我說：「昨晚開車時，我想到麥斯。想到許多我遺忘很久的事，之前，我的記憶大概只有五成。現在一切都好清楚，而且好傷人。」

卡拉微笑著說：「其實這些都沒必要。」

我們在星光燦爛的深藍色夜空下散步回旅館。

有個合唱團在廣場中央演唱。他們手上的燭光搖曳，即便在冰冷的戶外，他們的歌聲仍是輕快又活潑。

我沒看到那一刻。沒眞正看到。

我看到那一刻背後的故事——一個流傳超過兩千年的故事，訴說有個超異能嬰兒被派到這世上。

過去我從沒把「智人」這個物種看得這麼清楚過——這個物種，從最基礎、最深層的角度來說，就是說故事的人。

這種造物拿故事來覆蓋在一切事物之上，尤其是他們自己的人生，這同時，他們能在冷酷、雜亂，不時還帶著殘酷的景況中，塡入意義。

凌晨，聖方濟各主教座堂的連串鐘聲吵醒了我，這座壯觀的石砌教堂就在旅館對街。

我煮了咖啡，拉開通向陽台的玻璃門。

走到外頭的陽台。

外頭冷得刺骨。

聖塔菲一片鴉雀無聲。

我已經來到了邊緣。

今天會是個重要的日子。

還不到八點，我們就上路，沿著國道八十四號公路快速北上，進入一片我從未見過的懾人景觀，而透過我的目光，這一切更震撼。

一切似乎既清澈又富饒。

所有的顏色都非常飽和。

在聖塔菲外圍，沙漠延伸開來。

廣袤的空間感令人屏息。

每一刻都有新的顏色出現。

視野所及的景色每秒鐘都在改變。

光線和陰影在沙岩上追逐。

旱谷。

高聳的平頂大山。

壯麗的歷史遺跡。

穿過介於科羅拉多高原和里奧格蘭德裂谷之間的過度區時，我彷彿看穿了時光。

我以前所未有的方式瀏覽地景。中生代地層在山腳暴露出來，山峰谷肩是較年輕一點的新生代沉積層。

有那麼一下子，我們看到遠處有一列白色的超高速列車橫越沙漠——這條路線從丹佛通往阿布奎基。

我們越過從前和我父親一起看西部片時聽過的河流。

往東走，山坡上的鼠尾草和杜松轉變成濃密的針葉林，林線上方的高峰白雪皚皚。

在這一切之上，和大海一樣寬闊的天空，俯瞰著在白堊紀後期曾經是一片淺海的沙漠。

我們在歐豪卡里恩堤短暫停留充電——這是離開聖塔菲後看到的唯一充電站——然後繼續前進。

我們把瓦雷西多斯輸入導航系統內。瓦雷西多斯並未併入卡爾森國家公園，這裡也是衛星定位系統所能帶我們抵達的最近一點。

早上九點三十抵達時，我們才發現瓦雷西多斯不是城市，甚至連小鎮都稱不上。這地方曾經是村莊，只有幾百個居民，有些住宅顯然沒人居住，還有不少屋舍已經塌陷。

我們路經一座已坍塌的老教堂。

隨後又看到一個曾是酒吧的廢墟。缺了玻璃的窗口還吊著老舊霓虹招牌。幾十年烈日曝曬的酒店木板招牌「我的朋友」，仍然掛在入口，通往什麼都沒有的店裡。

開車的是卡拉。

我看著她的手機。

「沒有訊號，」我說：「但是車子的衛星定位系統還能運作。我要輸入座標數字，看看會有什麼結果。」

我把十進位座標轉換成度分秒座標，在衛星定位系統輸入北緯 36°33'45"，西經 106°13'04"。

大螢幕的地圖有了變化，顯示出來的定位點離我們的所在位置爲十四公里。系統的語音警告：**導航系統只能帶你到達距離目的地八公里的定點。**

距村莊三十公尺處，柏油路面已變成碎石路。

我們往上開到山麓。

路肩長滿常綠植物。

連續八公里，我們沒路過任何建築，未見半個人影。

只有我們、車子，和一路揚起的灰塵。

再往前一公里，我們轉進一條較窄、兩側石塊更多，林蔭下看得到積雪的小路。卡拉不得不大幅放慢車速，顯然 Google 電動車懸吊系統不太適應昔日爲運送林木的道路。

到了十三公里記號處，這條路到了盡頭。

導航語音說：**你已來到已知道路的盡頭。你的目的地在此地北北西方大約六百一十公尺處。**

卡拉將車子熄火。

我走出車外。

關車門的聲音在松木林間傳來回音。

卡拉也走了出來。她繞到車後打開行李箱。

我走過去，看到她拉開行李袋，拿出 Garmin 迷你衛星通訊器來取代斷線的衛星定位系統。

她把迷你衛星通訊器交給我。「你可以輸入座標嗎？」

當我把北緯 36°33’45”、西經 106°13’04” 輸入通訊器時，卡拉把彈匣裝入葛洛克手槍，放入後臀的槍套，用磁釦固定。接著她把子彈裝入霰彈槍——就靠這把槍射穿玻璃罩，我才得以逃出來。

我們步行離開小路，走進樹林，迷你衛星通訊器帶我們往北邊走。

天氣雖冷但很晴朗。

日光斜穿樹枝，在林子裡灑下一束束光井。

空氣中充斥松樹杉木香氣。

我們爬上一座緩坡。

儘管海拔超過兩千七百公尺，但我倆都不覺得吃力——多虧 EGLN1、EPAS1、MTHFR 和 EPOR 基因的改變，我們血液中的血紅素有效地從稀薄空氣中攝取氧氣。

森林廣袤無邊，到處點綴著矮樹叢。如車子底盤高一些，說不定可以開車上山。

我低頭瞥一眼迷你衛星通訊器。

離座標點還有四百五十公尺。

「上頭有東西。」卡拉說。

我什麼也沒看見。

「哪裡？」

「前方四十五公尺處。我看到樹林裡有閃光。」

我們繼續往前走了一點。

接著，我看到一輛舊貨卡。

貨卡前半部籠罩在陽光下。卡拉看到的閃光來自車側的鍍鉻後視鏡。

我們走上前去。

除了我們踩踏松針的腳步聲外，林中一片寂靜。

這是一輛老舊的黃白兩色雪佛蘭——屬於最早的全電動貨卡車款。松針幾乎糊住了整片擋風玻璃，左後輪胎壓不足。

我們躡手躡腳靠近，這下子看到駕駛座的車門了。卡拉一個流暢的動作，把霰彈槍靠上肩，瞄準車門。車窗玻璃內側結了一層霧。

卡拉在幾步遠處停下。

我感覺到胃部一抽，這像個預告，我踏入了陷阱。

又一次踏入陷阱。

卡拉回頭看我，指著門低聲說：「拉開門。」

「妳確定？」

「你有更好的主意？」

「是啊。先離開，然後穿全套生化防護衣來。」

她翻個白眼，走到貨卡邊，一把拉開駕駛座的門。

小貨卡的長椅前座上躺著一個人。

卡拉說：「喔，天哪。」

她往後退，一邊揮開撲面而來的屍臭。擔任基因保護局探員時，我見過的屍體夠多了，可是即便見識過更糟的狀況，這次經驗仍舊令人極度不悅。

卡拉把霰彈槍靠在樹旁，拉起防風外套掩鼻。我湊上前，快速看了貨卡的車斗一眼。車斗裝著殘餘的木柴，上面覆蓋著看來已經堆了很久的骯髒積雪。

我繞到副駕駛座。

拉開嘎吱作響的車門。

我現在得用嘴巴呼吸，雙眼也因積在駕駛座的什麼鬼氣體而泛起淚水。

卡拉走到我身後。

這具屍體穿著藍色刷毛夾克、黑色牛仔褲和健行靴。

一縷白髮散在座椅上，頭部枕在彎曲的右肘窩。手是唯一露出皮膚的部位，因此我也才得以看到血跟體液等體內物質沉澱的狀況。

披散的頭髮遮住屍體臉部。

副駕駛座的地上有一支空針筒和空玻璃瓶。我用衛星通訊器把東西翻過來檢查標籤。

「嗎啡。」我說。

我再次審視屍體——這最後的姿勢有某種平靜和絕望的感覺。在那一瞬間，我忘了此行目的。我脫離自己的肉身，只存在於那一刻。我不懂，一個人要在怎樣的心境下，才會開車到荒郊野外，把分量足以致命的嗎啡注入自己的血管。

我彎下腰，小心翼翼拂開遮住臉的頭髮。

屍體臉上的皮膚已經乾燥發紫，有些地方龜裂，彷彿歷經反覆冰凍又退冰。屍體的雙眼緊閉，發藍的嘴唇打開。

屍體脖子上的項鍊垂在白色塑膠椅上。

我靠過去，看到項鍊上的墜子。

白金墜子是雙螺旋體造型——那是DNA的結構。

我看到了：聖誕樹下包裝紙散落，我正拆開新的樂高玩具組；躺在沙發上的麥斯，已有最後致他於死的那個疾病的早期症狀——疲憊；卡拉在試用她的新平板電腦；空氣中瀰漫著母親每年聖誕節早晨固定會烤的司康香氣。我聽到母親說：「喔，海茲，眞漂亮。」我看著她從酒紅色小盒子裡拿起一個雙螺旋體鍊墜。

「我在費城一家珠寶店訂作的，」我父親說，「來，我幫妳戴上。」接著他繞到她背後，輕手輕腳地把項鍊繞過她的頭，在她撥開後頸的頭髮時爲她扣上。

我搖搖晃晃地從車邊退開。

我口乾舌燥。

指著貨卡前座。

用沙啞的聲音說：「好像是媽。」

卡拉靠向前座，檢視屍體的臉。

「你怎麼知道？」

「項鍊。」

我看著她恍然大悟的表情。

看著卡拉鼓起勇氣，看著她臉上的情緒轉換，看著情緒撕裂她的防備，看著她臉上出現困惑、恐懼、憤怒、心碎和震驚的各種表情。

我往林子裡走了幾步。

風吹得我臉上的眼淚冰冷。

我一屁股坐在林中一片日光下。

卡拉在我身後對著屍體尖叫：「去你的！」

我爲之崩潰。

我母親死了。

又死一次。

當我終於掙扎站起來時，光線已經不同了。太陽掛得更高。卡拉背抵著貨卡的輪胎坐在地上，雙眼茫然。

我走過去，在她面前坐下。

她的臉上有淚痕。

全身散發著怒氣。

我什麼也沒說。

最後，她才看向我。

她忍著淚水，下巴顫抖。

「什麼樣的人會對她的孩子做這種事？」

「我們該拿她怎麼辦？」我問：「通知別人？還是埋了她？」

「你覺得有誰在乎蜜麗安．蘭姆西是不是死了？而且是又死了一次。假如你覺得我會花一整天時間就爲了埋葬她……我說呢，就忘了這回事吧。回到聖塔菲——我們的旅館房間還在——然後喝個爛醉。去他的今天，去他今天的每一件事。」

「我同意。」我說：「可是還有件事。」卡拉看著我。我拿起迷你衛星通訊器。「根據這東西，我們和目的地還距離三百八十公尺。」

卡拉拿走我手上的衛星通訊器瞪著看。

她說：「還不夠明顯嗎？我們不就是該找到這個嗎？」

「也許是。但我們都走這麼遠了，再走個四百公尺有差嗎？」

我伸手拉她站起來，然後艱難地繼續往山上走。

我覺得自己好虛弱。

舉步維艱。

在找到屍體的腎上腺素升高和發現死者身分的情緒碾壓下，我什麼都不剩。

我們穿過一小片林間空地。

空地另一側的樹木茂盛。

我們往上爬到積雪的山丘。

這時，手上的衛星通訊器一震，我低頭看螢幕。

你已經抵達目的地。

「衛星通訊器說我們到了。」我說。

我上下左右四處看。我們所在的這片森林並沒有出奇之處。整片英格曼雲杉，幾塊大岩石，到處都是陳年積雪。樹長得太密，陽光沒法照到地面。

根本不可能看得出我們在北緯 36°33'45"、西經 106°13'04" 這個座標裡的哪個點。

我把衛星通訊器放地上，做定位記號。

卡拉看著我。

我說：「衛星定位系統的誤差值是五公尺，所以我們應該擴大搜索，涵蓋三十乘三十五平方公尺範圍。」

「我從這裡開始。」

她穿過樹林往前走。

我也邁步前進。

緩緩地、步履工整地走在雪地裡。

我看著地上。

看著每一棵樹。

以及我經過的每一塊岩石。

我走的範圍越大，就越覺得或許卡拉說的沒錯。我們已經找到該找到的東西——我母親用自己的方式對這世界拋出一句「去你的」，至於她為何這樣，我們永遠不得而知了。

我在座標格內完成四趟來回，正準備掉頭往反方向前進時，我聽到卡拉喊：「羅根。」

她距離我大約十五公尺左右，身在樹木後方。

我踏著雪，循著她聲音往前走。當我終於瞥見卡拉時，她正站在一截黃松的殘株旁邊。這棵樹很久以前就倒了，顯然是遭到雷擊。一道巨大的燒傷痕跡劃過半棵巨大的殘株。

我站到卡拉身邊。

殘株大約有一點二公尺高。

燒焦的外表有鋸齒狀裂痕，樹幹已經中空。

我在樹幹邊緣往裡探頭看。

雪堆中冒出一個不鏽鋼把手。我看著卡拉，接著伸手拉住把手。無論把手下是什麼，反正都已埋在雪裡了。

「幫我一下好嗎？」

她伸手過來一起握住把手。

我們使勁拉。

好一會兒過後，我們終於從積雪的洞中拉出一個東西。兩個人搖搖晃晃往後退，這才看清楚手上拿的是一個邊長大約六十公分的黑色正方形箱子。

箱子密合著，但依我看並沒有鎖住。

這東西看來頗昂貴，防水、防撞又防塵。

箱子的外殼是質地輕盈的聚合物，金屬部分都使用了不鏽鋼。

卡拉跪下來，翻開掀開三個鎖釦，小心翻開盒蓋。

箱子裡，黑色泡棉襯底上放著一台多功能翻轉式筆電。我看過特勤組隊員用這款筆電控制無人機飛行拍攝熱影像，但我自己沒用過。

「這是軍用等級裝備。」卡拉打開螢幕這麼說。

「有什麼特色？」

「耐用、耐冷、耐熱還防爆。經過放射處理加硬，很重。」

她按了幾次開機鍵，但什麼動靜也沒有。

卡拉把筆電翻個面，看到下方有一處空洞。

「沒有電池。」她說道。

我掀開一層泡棉，下面放著一個真空包裝的電池和六片ＰＣＭ記憶體。卡拉用短刀劃開包裝，拿出電池。

「如果這電池不能用，我車裡有電源插座。」

她把電池放入筆電插槽內，再次按下開機鍵。

螢幕亮起，電腦打開了。

這東西在這裡放了多久，我一點概念也沒有，但筆電似乎能夠正常啓動，十秒過後，螢幕正中央出現一個縮圖——這個影音檔的檔名是「給我的孩子們」。

我覺得自己的心跳瞬間從七十八飆升到一百零五。

我看向卡拉，問她：「妳想在這裡看？」

她把游標移到縮圖上，點開檔案。

等了一會兒，檔案終於開啓，我們倆跪在雪地中的黑箱子前，彷彿它是某種祭壇。

我們的母親出現在螢幕上。

卡拉喃喃地說：「眞見鬼了。」

之前她是聽我說母親還活著，現在她自己親眼看見，兩者感覺截然不同。

畫面上，蜜麗安從鏡頭前退開，似乎是剛把手機固定在腳架上。她不是在這片森林裡，也不是在這山中，她是在我們開車經過的沙漠中，穿著我們剛在卡車裡發現她的那身衣服。

依光線判斷，當時應該是早晨。

風吹動她銀白色的頭髮。她撥開臉上的髮絲往後攏，找了塊岩石坐下。

螢幕左下角看得見雪佛蘭小貨卡黃白兩色的車頂，遠處是綿延好幾公里的粉紅色沙漠，伸向我今天稍早看到的深紫色平頂高山。

她看著鏡頭。

「我不知道我是在和羅根及卡拉說話，或是只有你們其中一人，但如果你們在看這段影片，我以你們爲傲。這表示你們找到我插入 AAVSI 的訊息。這表示升級成功了。」

我注意到她背後有一叢白楊樹。

樹葉黃得耀眼。

她是在秋天錄下這段影片——是在十月嗎？

「我曾和你們的父親來過這裡。」

她露出微笑。

「當時我已經懷了妳，卡拉，只是我還不知道。我們當年才二十多歲，沒有什麼錢，從波士頓開車到柏克萊，慶祝我拿到第一個博士後資格。我們住在聖塔菲外圍一間叫做『沙漠風情』的汽車旅館。第二天，我們往北開車進城。我一直想看畫家喬治亞·歐姬芙花了一生去描繪的地方。至於我背後這座山呢？」

她回頭看著矗立在暮色下的平頂高山。

「那是燧石山，歐姬芙畫了二十八次。她曾經說：『那是我的山，屬於我。上帝說，如果我畫得夠多，我就能得到。』我對我的工作也有相同的感覺。

「當你走到人生的最後階段，就會開始回想美好時光，想最棒的時刻。那趟和你們父親的旅行就是其一。也許我只是美化了那一趟旅行，海茲和我才剛畢業，我們面前的未來就和這片沙漠一樣寬廣。沒發生過不好的事，沒有無法抹滅的過去。

「我們開車到瓦雷西多斯這個山腳下的小村莊。那是個溫暖的秋日，我們停在一間酒吧喝啤酒。那酒吧沒太多觀光客，老闆也不怎麼曉得如何對待觀光客。那地方叫『我的朋友』。」

她朝遠處看了一會兒，接著又轉回頭面對鏡頭。

「羅根，我們幾年前談過一次。當時你問我，如果我可以，我會不會在世界上製造更多像我們一樣的人。

「那晚到現在也過了二十年，而情況比從前更糟。過去二十年，我一直待在我最喜歡的地方，在一個小實驗室裡工作，試圖打造可以讓我們這個物種的每個成員更像我們的方法。我試圖給予人類某種禮物，讓我們可以再繼續存活五百年、一千年或一萬年。

「這個禮物就是『基因升級』，讓我們的認知表現大躍進，讓我們可以集體性地，遵循理性的引導來行動，取代那些酥鬆綿軟的情感。

「引導我們趨向情感，及其相關信仰模式的基因，仍會存在於我們的基因體之中。在人類的演進初期這些基因帶給我們優勢，因爲當時我們對宇宙一無所知。它們引導我們發展出神話、宗教和傳統，而且無疑地，正是靠這些系統把我們帶到穩定與合作的道路上。

「但現在這些基因讓我們忽略周遭的事實眞相：窮困、疾病、飢荒，以及在這些艱困情況滋養之下、益發加重的仇恨。有關正在發生的一切，我們不能繼續生活在否認一切的情緒中，也不能期望那些都是別人該解決的問題。

「恐龍從未預見自己的末日。牠們會滅絕，是因爲某個早上突然有一顆直徑十公里的小行星以時速十萬公里的速度撞上猶加敦半島。人類的滅亡即將來臨，就近在眼前了。這表示我們還有機會，但前提是我們全體必須決定開始行動。如果不做任何改變，我們會死於蠢到無法想像的原因——我們會爲了太多幼稚的理由拒絕去做能拯救我們的事。」

母親的眼光閃動。

她的雙眸顯得遙遠又陰暗。

「我所謂升級的目標已經完成，但後續仍然有工作要做。我還沒有研究出擴散的機制，而且我也沒機會了。」

接下來是我此生極少看到的影像。

我母親顯得非常情緒化。

這簡直和沙漠飄雪一樣罕見。

「這輩子我第一次對自己的腦子感到失望，又因爲我的身分，我不可能去就醫。而在死了兩億人之後，也許我該受的報應就是，看著我唯一喜愛自己的一點被硬生生奪走。如今我會忘記事情，有時候連思考都沒辦法。今天其實是我這幾個月來狀況最好的一天，所以我決定選擇今天離開。我想在還知道自己是誰的時候，用我自己想要的方式道別。」

她擦擦眼淚。

「我不能想像『升級計畫』只差臨門一腳就要夭折，所以我採取了極端手法。卡拉，我雇人到妳住的小屋施放無人機，裡頭裝載著我的『升級』。羅根，到此刻，我相信你一定已經知道是我雇韓立克·索倫誘你進入丹佛的房子。我的人生中除了你們兩人，再也沒有別人可以信任。我希望我的信任沒有錯付，我希望升級計畫成功，我希望你們不會太氣我。

「所以，我的孩子們，若你們正在看這段影片，就會知道自己是人類進化的下一步。這個地球只有兩個人『升級』，你們的手中握著人類的命運。你們正在看的筆電有個外箱，裡頭有ＰＣＭ記憶體，儲存了初代『升級』的染色體序列串聯和功能。把這當作我留給你們的遺產吧。你們要拿這些資料怎麼辦，現在由你們自己決定。」

儘管天氣冷，我仍然流了一身汗。

我努力想理解這個箱子的重要性。

「很抱歉，得讓你們用這種方式找到我。我從沒想過要傷害你們，也從沒想過要傷害那些人。我每天都想到那些死去的人，想到你們兩個和麥斯，還有我摯愛的海茲。我知道我不是你們心目中想要的那種母親，但是我以我唯一懂得的方式愛著你們。」

我們的母親站著。

晨光照在她的臉上。

她看向沙漠的另一端。

「這裡好漂亮，真希望能跟你們一起看這片景色。」

接著，她走向鏡頭。

「再見，卡拉。再見，羅根。」

她的聲音顫抖破碎。

「現在，去拯救我們這個物種吧。」

她伸手拿手機。

螢幕短暫朝天，接著畫面暗去。

卡拉和我還跪在雪中，面對著黑箱子。

影片開始播放後，我一直沒看她，直到現在才望向她。

她面無表情。沒有眼淚，沒有憤怒；只是看向他處。

我蓋上筆電。

我看著安放在泡棉間的六片PCM新型記憶體，每一片都約莫是我手掌大小。卡拉拿起一個，惦了惦重量，接著小心翼翼放回去，扣上箱子。

一陣風吹過樹梢。持續發出寂寞的呼嘯聲。

她看著我。**怎麼樣？**

「我覺得我們應該拿汽油潑這箱子，然後點根火柴。」

她瞇起雙眼。

我說：「媽只不過編輯幾種稻米基因，結果就奪走了兩億條人命。」

「她對我們做的倒是很成功，」卡拉說：「起了作用。」

「實驗目標只有兩個人。這很難確認『升級』對全人類的安全性。」

「爲什麼必須對每個人都安全？門檻爲什麼要設在那裡？」

「妳是認眞的在考慮嗎？」我問道。

「如果她對人類滅亡的假設沒錯，那我們能有什麼損失？」

我站起身子，低頭看我姊姊。

「所有對人類有意義的事。」

卡拉也站起來。「我知道媽施放蝗蟲到田裡那天你在場，我不會假裝自己懂抱著那種記憶過日子的感覺。但如果這一刻——你我在這片森林裡——是我們這個物種的十字路口呢？我們必須以冷靜、不夾雜情緒的態度來面對。對注定滅亡的物種不能眷戀不捨。」她說：「如果我們袖手旁觀，人類會在一百五十年內滅亡。你和我，我們能夠帶領我們這個物種走向未來。」

「天哪，妳講話就和媽一樣傲慢。」

「你講這話是故意要讓我難過？」

「妳正在犯和她一樣的錯。聰明不會讓人永不犯錯，只會讓人更危險。」

卡拉審視了我好一會兒。

那是小事。

再小不過的細節。

她的下巴微乎其微地抬了抬，眉毛內側縮一下然後揚起——這抹代表哀傷的微表情歷時不到四分之一秒，閃現一下就退去。

彷彿她想掩飾。

我腦子裡有個聲音問：她爲什麼想要掩飾自己的哀傷？

因爲某件事讓她難過，可是她不想讓我知道。

她會有什麼不想讓我知道的事？

答案來得輕鬆容易，像是徐徐輕風。

她在這一刻看到了機會。兩個人在新墨西哥州的荒郊野外，手中掌握著人類的未來。她認爲我錯而她對，因爲賭注是滅亡，她願意做出難以想像的事。

我垂手握住箱子把手。

「你在做什麼？」卡拉問道。

「我們不能把這東西留在這裡。我們回去好嗎？」

她凝視我一會兒後，說：「好吧。」

我只能努力不去看她插在右腿刀鞘裡的短刀，和左腿槍套裡的葛洛克手槍。

我快速轉身，翻高衣領，免得讓她看到我的頸動脈劇烈跳動。

我的心跳飆升到一百四十四。我雖然逐漸能控制自己的心跳，但還沒辦法將心跳降低到不引起卡拉注意的正常範圍。我擔心如果她注意到我心跳加速，可能會想到我對她有所懷疑，而這很可能會在我有機會想出解決之道前，提早觸發狀況。

我的調整是否來得及？她是否已經注意到？有沒有其他線索會讓她警覺到我的神經系統切換成戰或逃模式？瞳孔放大？肌肉緊繃？

箱子雖然有輪子，但在雪地中無法拖動。我拉著箱子，下山朝北緯 36°33'45"、西經 106°13'04" 座標點走去。

我開始頭昏眼花。

我瘋了嗎？

當然了，這個跟我同住十六年、我深愛著也愛我的姊姊，她不會想殺我的。這話不假。她不**想**那麼做。只是，我母親說服了她升級有多重要，而她知道自己必須立刻下判斷。

至於她犯的錯，並不在於她表現出哀傷——她大可輕鬆撒謊，或是隨口解釋，說自己難過是因爲在山腳下發現母親死在小貨卡裡。

她錯在試圖誤導，錯在壓抑哀傷。

我走到山腳時，順道拿走迷你衛星通訊器。

卡拉走在我背後的雪地上，離我不到三公尺遠。

我們穿過雪地，走回乾燥地面，帶輪的箱子順暢地滑下坡，沿路一壓到樹根或石頭就彈跳晃動。

我必須回頭看她，蒐集更多資訊，但我擔心她也會在我臉上讀出恐懼，而決定——

「也許你是正確的，羅根。」

在她平淡的音調中，我驚訝地聽出了自我防衛和設陷阱。如果我回答，我的語氣和言辭可能會顯示出我的內心狀態。

我擦掉眉毛上的汗水，免得汗水刺激眼睛，我的心跳高升到一百六十五，血壓也破表。

冷靜下來。

走進陽光下的林間空地時，我深吸了一口氣。

她肯定會在樹林裡殺了我。沒道理再等下去。這裡是下手的最佳地點。她只要把我和我母親留在一起就好了。

但我仍然不敢確定。這一切很有可能只是根據我瞬間看到的微表情所衍生出來的想像。

我回想起卡拉在農莊時的表現。她只花三秒就殺了三個男人。我現在雖然是這輩子最強壯、反應最快的時候，但我懷疑自己能否跟上她的速度、控制力，以及身體反應的精準度。她在升級前就已是格鬥高手，我則不是。我猜想，我跟她的體能仍有相當大的距離。更何況我手無寸鐵，走在我後頭的她，卻有短刀、葛洛克手槍，以及她與生俱來再經過精準校正、基因改進之後的殺傷力。

我看到媽媽的小貨卡大概在八十公尺外。

卡拉把霰彈槍靠在離卡車不遠的樹上。我看出一條通往霰彈槍的捷徑，那附近的松樹長得比較密。樹木可以提供我些許掩護。但首先，我必須突破卡拉的防衛，鈍化她的認知和反應時間，讓她用從前的想法想事情，也讓技不如她的我在打鬥上有點贏面。

我突然說：「妳還記得麥斯過世那晚，妳在醫院裡對我說了什麼嗎？」

卡拉的腳步聲停了下來。

「羅根。」

我繼續走。

「羅根。」

我停下腳步，看了穿過松樹間的捷徑最後一眼，然後慢慢轉身。

她站在四公尺外的緩坡上凝視我，眼眶含淚，雙手垂在身側，固定手槍和槍套的磁釦已經打開。這時我確定了——這點我很確定——我們離開座標點時，槍套還扣著。是她在跟著我下坡時，迅速打開了磁釦。

我只需要這個確認，我相信她也看出我臉上的傷痛，因爲我同樣眼眶泛淚。

我說：「妳告訴我——」

「夠了。」

「『我是你姊姊，我會一直』——」

「你這是——」

「『我們也會一起熬過這個傷痛。』妳說，只要我有需要，妳會一直在我身邊。」

她自制的面具落下，在那一瞬間，她看起來就像之前的卡拉，眼神透出絕望的掙扎，但後方卻有著無情的順從。

我放掉手上的箱子，箱子滾進松針之間。

「你要我說什麼，羅根？」

「我要妳說我是妳弟弟，比起別的事，這更重要——」

「但不是。我希望是這樣，我希望那比一切都重要，但那只是個很美的情懷，而且——」

她話還沒說完我就跑了。

毫無預警。

立刻轉身，穿越松林，衝下山坡，沿著我在腦中幫自己畫好的路線。

聽到卡拉隔著一段距離在背後喊我，我幾乎要停下腳步。她的聲音中有種驚訝與受傷的情緒，讓我再次懷疑自己是否完全誤判——

接著，槍聲響起。

離我兩步遠的樹幹爆裂。

我母親的小貨卡就在正前方，離我不到五十公尺。

我回頭看，瞥見林間一抹移動的影子。

另一聲槍響。

我忽左忽右地跑，讓自己不易被瞄準。

我全力以赴，急速衝刺。

接連兩槍在林中傳出回音，我覺得有什麼東西猛扯我的左肩。

我繼續跑，逐漸接近小貨卡。

我看得見卡拉那把斜靠在樹上的霰彈槍。

我的左肩開始發抖，同時伴隨而來的疼痛蔓延到整個背部，深入我的脖子。

另一聲槍響。

一顆子彈穿過小貨卡的擋風玻璃。

我的肩膀劇痛，還散發炙熱的溼氣。我反手去碰，收回來時看到滿手血。卡拉射中我了。

我碰觸前胸和肩膀，沒有子彈穿出的洞口。

我減速跑到樹邊，抓起霰彈槍，繞到樹後找掩護。

傷口一陣陣發痛，暫時靠腎上腺素擋了下來。我的心跳高達每分鐘兩百零三下。

我聽到坡上某處有啪一聲踩斷樹枝的聲音。

我努力調息，讓呼吸穩定下來。

我手上拿的是伯奈利半自動霰彈槍，我從前用過。這槍很牢靠，有標準的五加一子彈，卡拉這把甚至還加長了彈匣。

我推開保險。

從樹幹後往外瞥。

整片樹林都很安靜。

沒有風聲，沒有鳥叫，沒任何東西移動。

我的肩膀痛到像是有人拿棒球棒狠打，鮮血沿著左腿內側往下滴到褲管，在踩扁的棕色松針上留下暗色痕跡。

我回頭看。

什麼也沒有。

她在做什麼？從側面繞過來攻擊我？如果我是她，我會怎麼做？

她的行李袋裡有一把附遠距瞄準器的步槍，一把拆卸開來的美軍 CheyTac 長程狙擊槍。這把槍可以擊中兩公里外的目標，就放在我們租來的Google電動車後行李箱中。如果她不想冒著用手槍失手的風險，那把狙擊步槍絕對是她的首選。但我一直沒看到她，一直沒聽到槍響。

伯奈利是短距武器，裝載的是鉛彈，射程在四十五公尺以內。她可能先回頭去拿PCM記憶體，接著再避開我的射程範圍，繞一大圈跑到電動車邊。

我艱難地把霰彈槍架上肩膀，透過大口徑的瞄準器「鬼環」掃視樹林。

四周仍然鴉雀無聲。

我搖搖晃晃站起來，眼睛已無法聚焦。我走向小貨卡，左腳沾了血的鞋子發出嘎吱聲。

雪佛蘭小貨卡的駕駛座車門還是開著。我爬上前座，保持低姿勢，希望鑰匙就在車裡。

車裡的氣味刺激得我流下眼淚。

我爬過母親的屍體，盡可能小心地拉她肩膀，想將她拉下車。但我很快就發現這項工作沒有優雅行事的餘裕。我簡直像是在拖拉一大袋湯和棍子麵包。

我用力一拖，她從前座滑到地上。這實在缺乏儀式感。

「對不起了，媽。」我說。

我爬回前座，關上副駕座和駕駛座的車門，車門刺耳的金屬摩擦聲響徹森林。

如果卡拉在附近，如果她沒回到電動車邊，我這下就成了顯眼的目標。

現在我只需要發動這輛該死的小貨卡。

依我推算，車子從十月起就停在這裡。已有八到十二個星期。車子處於低耗能模式，就一顆滿載的電池而言，至少要六個月才會耗盡電力。如果她和我們同樣在四十五公里外的歐豪卡里恩堤充電站充電，如今電量應該很充足，即使對這款舊車型來說也一樣。但萬一她沒有充電，嗯，接下來的三十分鐘內我可能就會送命。

我按下發動鈕。

沒反應。

再試一次。

引擎慢慢轉動。

然後又停下。

「加油。」

我看向擋風玻璃外，看向後視鏡和側面的後視鏡。

沒看到卡拉。

我又試一次。

引擎又開始轉動，而且比上次快。

「拜託！」

到了第四次嘗試，引擎終於隆隆作響，而且沒再停下來。我踩下油門，胎紋平滑的輪胎空轉了漫長的好幾秒後，終於抓到地面。

小貨卡搖晃著往前走，我轉動方向盤，將車子帶回馬路方向。我把油門踩到底，因為每耽擱一秒，等於給卡拉機會——

子彈擊中副駕的車窗，玻璃應聲而碎，我希望打中我臉頰的只有玻璃碎片，但子彈不是來自狙擊槍，是連發的全自動機槍。

我捕捉到卡拉飛逝而過的身影——她站在陽光下的林間空地，光線讓她淺色的頭髮罩上一層光芒。她肩扛著機槍。

我看到槍口一閃——

擋風玻璃中彈時我彎下身，接著立刻坐直，及時拉直方向盤免得撞樹。

她對著小貨卡尾巴猛烈開火，我瞥見遠處的馬路，藍色電動車的後行李箱還開著。

我衝出樹林，猛力踩煞車，小貨卡超過卡拉的車子幾公尺，發出刺耳的煞車聲後停下來。

槍聲停下。

我抓起霰彈槍，拉開小貨卡駕駛座的車門。

我將霰彈槍拿在及腰高度，朝卡拉電動車的右後輪猛射。電動車往下沉了一些，我再朝左後輪開火。現在我確定自己在最後一段碎石路上絕對能跑得比卡拉快，就算在平坦的馬路上，她的車速也不可能贏過小貨卡。

卡拉從森林裡走出來。

我絲毫沒有猶豫——直接瞄準她射了三發子彈。她躲向倒下的大樹後，我把霰彈槍丟回小貨卡裡，爬上車，直接將油門踩到底。

我開著受損的車子飛速前進，小貨卡彷彿隨時會解體。破碎的擋風玻璃讓我幾乎看不見前方，時速已達六十五公里。我的座位染滿了血，感覺像是有人拿燙紅的火鉗戳我的背。

我不停看向車側後視鏡，半期待能看到電動車跟上來，但我只看到車尾揚起的橘色沙塵。

我的腎上腺素耗盡，疼痛來勢兇猛。

幾公里過後，我不得不慢下車速，因爲我不相信自己能把小貨卡好好開在路上。

我不知從卡拉射中我到現在已過了多久時間，但血流得太久。這點我絕對確定。我看不清楚，頭昏腦脹……

我必須止血，否則會死。

我伸手到背後壓住傷口，但血水透過指縫滲出。我不可能開著車，同時爲自己加壓止血，但我必須繼續前進，必須盡可能遠離卡拉。

我正進入人體失去百分之二十的血液時會出現的低血容性休克狀態。我的呼吸太快太淺，我感覺到心臟舒張壓筆直落向危險的範圍。

我突然發冷，開始慌亂。我試著不理會，試著用智力來保持警覺、來保命，但一抹灰色的空無潛入我視野的邊緣。

有個聲音。

非常刺耳。

沒有停歇。

正喊著我，模模糊糊地，像是從黑暗墓穴深處。

這時候抬起頭成了我人生中最艱辛的肢體動作，但當我終於抬頭時，噪音停止了。

我張開眼睛。

光線刺了進來。

閃爍的水晶光線。

我嘴裡有血的味道，我臉上的鮮血流淌而下。我仍然坐在小貨卡的方向盤後面，只不過車篷前方有一截撞裂的白楊木樹幹。我撞樹了。

附近有一幢建築。

我看到「我的朋友」的廢墟。

有個人站在車窗邊，我慢慢轉過頭，對著亮晃晃的冬陽眨眼。

對方大約十一、二歲，透過窗玻璃看著我，我可以想像，這應該是他年輕生命中所見過最讓人不安的景象了。

即將流血致死的我、充滿屍臭味的前座和滿是彈痕的小貨卡。

「你需要幫忙嗎？」

透過玻璃，他的聲音聽來既高昂又模糊。

「是的。」我說話的聲音好虛弱。「拜託。」

現在，他背後的街上來了一些人，走向他們安靜村莊大街上唯一一起車禍。

他們不可能知道——沒人會知道——小貨卡裡的這個男人剛爲人類的命運打了一仗。

一場敗仗。

第二部

我們讀出自身基因體序列的能力是個哲學悖論。具有智能的造物能夠了解創造自己的指示嗎？

——約翰・薩爾斯頓，二〇〇二年諾貝爾生醫獎得主

7

一年後

今天二月十一日，只有在一串霧氣從海邊穿進來時，我才看到大海，不過也是短短數眼而已。暴風驟雨帶來瘋狂的噪音，雨水順著窗往下流洩，一直沒停。我在火爐裡添了另一根木柴。

本來我只打算在這裡停留一週，但我可能會待得更久。此地的蒼茫荒涼，彷彿像是在對我說些什麼。

我是什麼。

我會成爲什麼。

大半時間，我只是坐在廚房窗邊看大海的變化。我在這裡不久，已見識過呼嘯的灰浪，和閃亮的靜海，還看過大海朦朧如暴風覆蓋陸地（今天就是），以及月下海面如黑曜閃亮。

比起其他我去過的地方，這裡更讓我體會大海的存在和易變——反覆無常、兇狠暴戾、安詳明亮。

以及不停地演化。

我覺得妳和艾娃會喜歡這裡。天氣好時，妳們可以走陡坡上的小徑到海灘，而且城市就在幾公里外。

我希望妳安全無虞。我希望妳能再次找到通往幸福的道路。我希望，如果我們能重逢，妳能了解我為什麼必須讓妳相信我已過世。那是因為我明白妳的心，貝絲。因為妳就是會不顧自己的安危和自由，冒險來找我。

我瘋狂想念妳，我願意放棄一切。

我停下筆，坐在廚房桌邊抬頭看窗外的大海。劃掉最後一行字以後，我才再次提筆。

我沒說實話，貝絲。剛剛寫的那些，是從前羅根因過去生活殘存的鄉愁而寫下來的文字。如果我不能對妳說實話——即使誠實帶來痛苦，那麼又有什麼意義可言？

與人互動成了挑戰。想像一下，當妳早在人們笨拙地把話說出口之前，就能知道他們想說什麼；當妳能注意到他們想以言辭掩飾的微表情；或是想像妳和所有人之間的裂隙深淵；想像妳不再覺得自己是人類。現在的我，就算和一個聰明的大人說話，感覺也像是和十歲小孩交談。我知道這聽起來很惡毒，卻是事實。

我記得我們分享的每一個時刻。我看到的妳，不僅只是我們最後一次相聚的靜態照片而已——我們當時在阿靈頓家裡的廚房，妳正在準備妳的第二杯咖啡，加了大量牛奶，半包代糖。出門前我先去親吻妳道別，妳放下手上的咖啡，直視我的雙眼，眞心而不是出自反射動作地親吻我。我們都沒料到那之後，我倆再也見不到面。

我看到的妳，是那天到訪監獄的貝絲。妳二十五歲，穿著人生的第一套套裝，妳試著隱藏自己的緊張；我看到的貝絲，是躺在病床上第一次抱著我們的女兒，精疲力盡但興高采烈；我看到的妳，是得知父親過世那天早上的妳。以及，六年半前十月的一個平凡週三傍晚，那是我們最開心的時光——兩瓶酒、笑語、精采的對話和少許淚水——我們的一切都那麼對。

對我，那些時刻都像是歷歷在目。那些有妳的時刻。無法再次經歷讓我心碎。但也許，讓我更加難過的是，即使我能再次經歷，我很清楚自己已無法擁有當時的感受。

體驗了相當於一輩子會體驗到的變化。

我幾乎不是那個在廚房裡和妳道別的男人了。我猜，妳會覺得我變得疏離、寡言、內向，甚至覺得我冷漠。

外頭的雨停了，雲散開來，陽光直射大海。一塊岩石露了出來，如果我眼睛瞇得剛好，那塊岩石看起來就像雕刻出來的船隻。

事實是，我曾對妳許諾，如果可以，我會讓自己陷入極黑之地，我會讓我們的分離與我的孤寂把我撕碎。但問題是，如今我太強，難以破碎。

要寫下這些並不容易。

我怕自己再也見不到妳。

我也害怕不光是我改變，我倆的連結也會有巨大改變。

我放下筆，蓋上筆記本，那裡頭寫滿了這樣的信——有的給貝絲，有的給艾娃。寫信給妻女成爲一種自我要求。我寫下這些永遠不會寄出的信，爲的是記住曾經身爲家庭一員的感覺——記得身爲人的感覺，還受情緒影響的感覺，至少是某種程度的影響。我的**感覺**能力宛如肌肉萎縮一般，再不繼續鍛鍊，就會完全喪失。

時間已近傍晚，我餓了。

我發了訊息給我雇來尋找卡拉的虛擬偵探、私人偵探和徵信社。接著我站起來，伸個懶腰，抓起掛在廚房門邊掛勾上的雨衣。

我走出門，穿過延伸到陡坡邊緣的翠綠草地。

在將近三十公尺的下方，浪頭打在岩石上。

我踏上蜿蜒向下的危險小徑。今天第八度想到卡拉。

姊姊對我開槍時，子彈打中我的左側三角肌，撕裂我的肌肉，但錯過了鎖骨和臂神經叢，最後卡在左上胸肌，離心臟只有五公分。差五公分就足以致命。

在瓦雷西多斯村莊的大街上，我差點死在我母親那輛撞壞的小貨卡裡。

我被後送到聖塔菲，一群醫師救下我的命。

在新墨西哥州，槍傷不需強制報備，而我希望醫療團隊能遵守醫病保密守則，別打電話給執法單位，引他們來詢問我當時在瓦雷西多斯發生了什麼事。

但這一切我都沒法控制。

我躺在病床上的每一秒鐘，都冒著被捕的風險。

入院十二小時後，我以意志力驅使自己下床。在手術室裡，他們剪開了我的衣服，而半夜三更穿著病人服在聖塔菲街上蹣跚遊蕩，絕對會讓我被警方拘留。

於是我去翻其他病房，終於找到一位老先生的換洗衣服正適合我。

我在凌晨三點四十五分的夜裡離開聖文森醫院，走進冷冽的空氣中，身上現金大約只有五百多美金。那是我和卡拉一起行動時，帶在身上的。

我沒證件，沒信用卡，沒手機。

那是我人生最辛苦的一夜。

比在監獄裡還難熬。

比在玻璃罩裡那種茫然無助更苦。

我瀕臨死亡。

疲憊不堪。

凍得要死。

如果不是已經升級，我相信自己一定會死。

火車站一開門，我立刻走進去，買了首班南下到阿布奎基的單程快車票。聖塔菲太小，我不能在這裡晃蕩，而阿布奎基是個看似天天都有暴力事件發生的城市，在那裡，我比較有機會躲過搜查。

穿過車窗照進來的光線溫暖了我的臉。火車柔和的搖晃讓我安然入睡。抵達蒙坦諾車站時，列車長來搖醒我。我蹣跚下車，對著垃圾桶嘔吐。

我在看到的第一間藥房裡買了紗布、繃帶、抗生素藥膏和止痛藥。到了廁所脫下襯衫後，我才發現傷口滲出的鮮血已經染到醫院包紮的最外層。我拿紙巾壓住傷口直到血停，再抹上抗生素藥膏，用新買的繃帶重新包紮好。包紮結束後，我累得站不起來，就直接在廁所隔間裡，靠著骯髒的馬桶睡了好幾小時。最後，是一名清潔人員發現我，才把我踢出門。

一旦到了外頭，我又再度身入險境。

我沒錢、沒地方去、身受重傷，後頭還有人追殺。

但我不斷看出周遭一切事物的模式，還痛苦地體認到我所經歷的一切並不算是新鮮事。街上有多少疲憊、身無分文、又冷又孤單的人？他們當中，誰能像我握有升級後的大把資源，並藉此拯救自己？

映襯著新墨西哥州藍天，遠處教堂鐘塔清晰可見。

我打起精神，走到車站的接待處。

有個好心的女人憐憫我，讓我用他們的電話。

我聯絡的第三個收容所有床位。

在收容所住了幾天後，我的傷口復原了許多，終於可以好好走路，不至於倒下。

於是，我的焦點轉移到該如何阻止卡拉。在我能做到之前，我必須要能自由行動。想要自由行動，我必須有萬全的身分資料，而這個就需要時間和錢。

錢的問題難解決。

升級過後的我可以得到世上的任何工作。

只不過我不能。

我是羅根・蘭姆西，這個國家裡有一群人為了找我上天下地也在所不惜。搶劫、竊盜、詐騙——這些方案也都有違我努力隱藏身分的原則。

但根據我白天在圖書館上網找到的資訊，阿布奎基有六家賭場。

於是在卡拉射傷我的一星期後，我在慈善二手店買了些衣服，把自己打點乾淨，走進一家賭場。

賭場的錄影機讓我很緊張。錄影機**到處都是**。我的皮下填充劑效果能維持一年，但很快我就能知道在西維吉尼亞做的變臉措施是否足以愚弄連通了全國所有監視系統的AI人臉辨識系統。

儘管如此，這些都不重要。

我太需要錢，別無選擇。

吃角子老虎完全是浪費時間。至於二十一點，像我這樣的數學天才當然可以算牌，但和牌盒對戰——裡面有六到八副完整的牌——要花費太多時間。這裡頭的勝敗都只是運氣問題。

然而德州撲克倒是提供了一個有趣的機會。過去的我打過不少次德州撲克，從沒大贏過。

但現在……

計算賠率變得易如反掌。坐在桌邊，我可以立刻回想我前一天才在圖書館裡快速讀過的七本德州撲克教學書籍。書中的焦點，都是以對手下的賭注來判斷他們的底牌範圍，如何以小博大，如何對付後位置的玩家。

這個遊戲看重的是，計算以及快速吸收多種特定規則的能力。而且，除了計算之外，玩德州撲克的終極技巧是讀人的意念。讀他們的興奮、他們想掩飾興奮的企圖、他們的恐懼無聊欺瞞和悔恨，然後根據這些來做選擇。

一個星期五傍晚，我在無限注德州撲克桌邊坐下，手上只有四百三十二美金。這桌共八人，莊家發出第一手牌時，我遭槍傷的部位開始抽痛。我隔絕痛感，專注玩牌。

我觀察大家——即使是撲克高手——意外拿到好牌也會眉毛揚起；反之，拿到爛牌則是會微乎其微地往內側下壓。我為每位對手建立方程式來追蹤他們洩漏的情緒。

如果是費德爾——我對面的男人——他要是拿到一張牌，接著露出超過百分之十的眼白，我便知道他拿到比對子更好的牌。如果剛好百分之二十的眼白呢，那麼除非我自認手上的牌有可能勝過他，否則我就蓋牌放棄。

不同的人，會透過不同的微表情洩漏自己的祕密。

有個女人拿到沒用的牌時，老會皺皺鼻頭，彷彿聞到臭味。

有個年輕人只要虛張聲勢，心跳就會超過一百一。屢試不爽。

我收下幾手牌，觀察桌邊的每一個人，很快就歸納出他們不同的反應，看著他們的情緒跟著翻牌、轉牌、河牌上下起伏。

我邊玩邊看著籌碼逐漸堆高，同時不禁猜想是否我母親在大半成人時期都有這種感覺。這就像是她的跑速、思考速度、處理事情速度都比其他人快十倍。我了解這絕對會築起外顯的傲慢姿態，但內心深處卻是濃烈的孤寂感。她沒有隔離情緒的能力，所以，與旁人——博士後同學、朋友，甚至家人——那股格格不入的感覺勢必十分沉重。

那天晚上，我帶著一千九百零七塊美金離開，這感覺和我十二歲那年夏天替鄰居修草坪賺到錢一樣。

我每晚都去不同的賭場。

慢慢重新累積我的財富。

等到第二個星期結束，我已累積有八千美金，而且上了更具挑戰性的牌桌。一名賭客甚至偷偷告訴我在里約蘭町有個賭注極高的地下賭場。

我搬離收容所，留下我付得起的最高捐助金。接著，入住我能找到的最便宜汽車旅館，租了一星期房間。

我晚上賭撲克，白天籌劃如何建立新身分。

我沒辦法從無到有建立一個新身分，但我也不相信暗網上提供的資料有多可靠。

我用贏來的錢買了一部筆電，開始尋找可以讓我偷竊身分的特定人選。

對方年紀必須和我相當，面容跟我夠像，我可以加強我的五官好唬過無所不在的ＡＩ面部辨識系統。他們的出生地必須離我出生地加州柏克萊夠遠，最好是一個我沒去過也不認識任何人的地方。這人必須已過世，沒結過婚，沒小孩。我需要某個在社群網站上足跡最淺的人。最好是死在國外，在某種大量傷亡的意外中罹難。

我的想法是，如果能找到某個人符合上述條件，很有可能他的出生紀錄不會連結到死亡紀錄。這就給了我在官方資料裡能來去自如的機會，這人的身分證明與行動自由，我可任意取用。

當然了，這些搜尋條件光想就讓人怯步，但現在我已有了目標和範圍，每個晚上又可以鑽研數千條訃文，注意力連一秒鐘都不分散，同時還以雙倍速聽有聲書並記住每一個字。

如果我找到這個人，我會挖掘得更深，去找出他的生日、出生地、雙親的名字和母親的娘家姓氏。

一旦有了這些資訊，我會去阿布奎基找個最便宜的辦公空間當作我的住所，然後寫信去人口登記辦公室，以這人的姓名去申請出生證明。

有了出生證明和幾封寄到我阿布奎基辦公室的信件作為居住證明，我便可以申請駕駛執照。

接著再申請新的社會福利號碼。

隨之而來的是護照。

最後，我就能自由隨興走動了。

到了海灘後，我往北走，在吸飽水的冰冷沙灘上留下一排腳印。

風在呼號。

我肚子餓。

我想，也許我進城去吃晚餐，找間酒吧坐下來，點個飲料。

我找到的身分是個叫做洛比．佛斯特的男人。他來自明尼蘇達州的杜魯斯，在一次旅行中喪命。他當時在祕魯，搭的船隻起火，沉在亞馬遜河底。

我用他的資料建立了自己的新身分。

靠賭博賺足了買車的錢。

當我在阿布奎基的小撲克圈有了名氣後，我就知道是時候該離開了。

我仍然想家，想回到貝絲和艾娃身邊。但理性上，我曉得如果我去找她們，不但不會終結痛苦，還會製造更多麻煩。

我會把她們拉進我這個令人難以忍受的處境中。

我相信自己已是基因保護局的頭號要犯。他們不知道是我姊姊從農場裡把我救出來，但如果他們夠聰明，應該會起疑，並試著搜索她。但她沒有犯罪紀錄，只能算是我的共犯。就他們的觀點而言，是我殺了數名探員和外聘的保全，打算去跟我母親合作，發動全人類基因升級計畫。

只要行動稍有不慎，讓我的家人知道我還活著，就會害她們的生活陷入險境。

儘管如此——我的弱點幾乎獲勝。

我只想撫平她們的傷痛，讓她們知道我還在人世。

回家聽來像件小事。

但我要回到家人身邊的路，卻不是大方穿過前門。而是先找到卡拉並阻止她，結束蘭姆西家族的魔咒，我才能再次回家。

至少我是這麼告訴自己的。然而更深層、更沉重且更痛苦的事實已經開始在我耳邊低語。

也許你早已離家太遠。也許早已沒有歸途。

我不停換地方過日子。

去了國內我從未到過的地方。

密蘇里州奧扎爾克山區。

新罕布夏州白山山脈。

一路開車觀察美國各地——偏鄉、與世隔絕的荒僻之地、小村落的大街——是個深沉的經驗。我現在能夠以新的角度來理解我們共同的苦難：空蕩蕩的櫥窗和貨架；開車經過時，在屋舍前廊瞥見的痛苦絕望眼神。

生活品質嚴重失衡。

你可以站在華盛頓特區市中心，心想著未來一片光明。然後等到開車經過十年內遭遇兩次七級颶風襲擊的密西西比州沿岸地區，這些地方經濟徹底崩壞，令人不禁懷疑當地人要如何找到活下去的力量。

在太多地方，生存條件實在嚴酷。

而掩蓋在下方的是憤怒。

我大可在一處停留，但好奇心催促我上路前進。

我在威斯康辛州一個湖邊住了一整個月。在那裡，寂寞的夏夜直到晚上十點才天黑。若不是魚兒蹦跳躍起，湖水就像鏡面一樣，而陽光流連忘返，像個不願離開的賓客。

十月中旬某天下午，我開車路過大煙山時，看到一個三年前我帶妻女來度長週末時看過的瞭望點標示。

我把車開到停車區，關掉引擎。

一眼看出去，整片繽紛樹林覆蓋著全世界最老的幾座山頭。

我跳過一堵石牆，走下陡峭的草地。

進入林子裡，很快就能聽見淙淙流水聲。

那是一條小溪，岸邊空氣更涼爽、甜美。三年前——正確時間是一千一百一十五天前——我就坐在同一地點。我的記憶清晰無比，我記得自己看著溪流穿越這片原始林。景緻壯美秀麗，靜謐的氛圍深深打動我，心中洋溢喜悅，耳邊聽到另一側傳來艾娃和貝絲的談話聲。

但是，事實上，現在我什麼也看不到。這地方是個鏡子，將我的脆弱和情緒映照到我身上。

我已不再是同一個男人。

能打動他的，不再能感動我。

今天，我看到的是構成這片景色的要素。

小溪沖刷變質沙岩圓石、流水的速度，以及遠岸的侵蝕地形顯示某個夏天溪水曾氾濫；水中的四條鱒魚，有兩條感染了迴旋病；光線在水面折射出無數個角度，光影後方藏著方程式。吹下每一片凋零枯葉的微風，也吹散我頸後的熱氣；杜鵑花叢、山月桂叢濃烈的精油味。還有，上百萬葉片分解時，形成的糖分和有機化合物交雜組成的深秋氣味，以及在這氣味之下、只有風向偏北轉時我才聞得到的隱約腐臭味——應該是出自四百公尺外一頭鹿或嚙齒動物的殘骸。

我花了一個小時，就只是觀察。

我大可花一年時間，研究這一大片無足輕重的土地內部結構和成分。

我爲一千一百一十五天前的羅根感到一絲失落，他竟單純只享受這片鄉間美景。

我轉戰線上撲克。線上賭博比較難，因爲少了讀取臉部表情的幫助，但我覺得純粹的數學讓我放鬆。我先確保自己輸得夠多，以免被演算法排除在外，但一星期贏個幾把也夠我過活，一切都可以透過加密行動支付結算。金錢對我來說，除了能提供自由之外，別無意義。

我在每州都雇了偵探尋找我姊姊。

我站在她的立場，想像她爲了完成我們母親的工作，必須怎麼做。

我想起自己與愛德溫的對話。

我跟他提到我母親要散布「升級」所需用的資源，現在卡拉同樣需要：生物安全等級第四級的分子生物學高級實驗室，兩到五名人手，但考慮到她缺乏經驗，也許需要更多人幫忙——更多熟悉分子生物學的人。再加上病毒學家、計算生物學家，以及安全人員。

她的人必須知道自己在創造什麼，必須願意冒著被監禁的危險。所以，我要怎麼找出這些人？

這不是件容易的事，但我來自那個領域。

如果我還在基因保護局工作，並且能進入資料庫的話，就能靠進入神祕客系統，利用監視器網絡累積的臉部辨識資料庫去尋找卡拉。

我不斷回頭搜尋她可能用得著的 exascale 超級電腦和量子電腦。

她可以在黑市買到實驗室裝備，那些交易幾乎無跡可循。但超級電腦不是能偷偷買得到的東西。買賣這些設備不違法，只不過價格非常昂貴而且罕見。但她肯定知道我在注意，所以會試著去隱藏交易紀錄。

世上只有八間公司能夠打造她需要的硬體：Atom 電腦、Xanadu、IBM、Cold-Quanta、Zapata 電腦、Azure Quantum 以及 Strangeworks。

我雇用了企業級私家偵探去找出這些公司的顧客名單和採購單，但我當然知道還有另一個方法。

我們的母親可能早已架構出能實踐她升級計畫的實驗室。而實驗室地點的資訊可能藏在新墨西哥州荒郊野外她留給我們的箱子裡，那裡頭可能還有工作人員的聯絡方式。

如果情況眞是如此，那麼卡拉應該早已完成母親交代的工作，展開下一個階段。

如今我有了我一直想要的聰明腦子，我決定去確認我母親的說法，確認一下人類的滅亡眞是指日可待？我當然相信這件事。但我想眞正去理解，爲自己去了解這個年限的眞實性。

要讀的資料很多，可能會花我好幾輩子。但如今我的感覺門控經過調降，我沒道理一次只讀一本書。

我可以一邊看書一邊聽有聲書，對兩者的理解正確度大約有百分之七十。我什麼都讀，不停地讀。我讀得很快，幾乎不用睡覺。

數千本科學期刊、文章背後的研究，以及研究背後的數據。

我仔細比較全球災難的人爲和自然因素，例如超級火山、小行星。我也研究其他會對宇宙構成威脅的項目，比方核子恐怖行動、生物恐怖行動、自然及人爲設計的疫情、奈米技術意外、超級人工智慧、飢荒、火災、水災、海水上升、海洋及全球暖化、極端氣候、農糧生產不足、森林過度砍伐、沙漠化、大規模水源污染和不足、礦源耗盡、能源匱乏，以及所有衝突爭端（網路戰爭、核子戰爭、內戰、基因戰、太空戰）。

要不是有超級智能出走或是奈米科技爆發，就是數項威脅結合，全部一起出現，讓人類文明退化到極度危險的地步。

我母親造成的饑荒導致全球百分之二的人喪命，即便已過了二十年，我們仍要不斷爲了餵飽眾人而努力。下游效應影響之下，數百萬人死亡，就連位居現代文明上層的人士，也是一團亂。

此外，威脅本身是無法單獨評估的。這個錯綜複雜的方程式中必須加上認知偏誤：對於範圍、廣度的不敏感——人類不善於區分兩百人和兩百萬人的死亡有什麼差別。雙曲貼現——這種心理偏誤讓人對短期獲利，賦予較高的價值，或是在今日做出日後的自己**寧可當初沒做**的選擇。另外還要加上情意捷思，人們當下的情緒會影響重要的決定。過度自信更是讓一個人的主觀判斷壓過客觀正確的判斷。而以上這些還只是開端而已。

我吸收的資訊越多，就更相信自己能掌握到我母親在考慮人類整體狀態時的想法。

我們是一群靈長類，在重重困難下，一起打造了美好的文明。但矛盾且悲哀的是，這個文明雖然由我們打造，但其複雜性已經遠遠超過我們大腦能負擔的程度。

簡單來說：我們的處境一團糟，但我們做得不夠，不足以拯救自己的處境。

儘管我母親高傲、有野心，又相當自豪自滿，但她對人類處境的判斷並沒有錯。

只不過她還是會犯錯。深圳事件就是證明。

這也表示，無論問題有多嚴重，把她的最新力作釋放到全世界並不是解方。

我在海灘上走了一點五公里，沿著沙地小徑走到位在加州的特里達。

壞天氣又回來了，破碎的灰霧從海面往陸地上飄。

開始下雨，幽暗天色中，城市的燈光閃爍，令人欣慰。

夜幕降臨時，我穿過安靜的街道，找到一間座落在高岸上俯瞰大海、久遭海風吹襲的小酒館。石砌煙囪冒著煙，我聞到像是烤眞魚的味道。

酒館裡又擠又暖，石砌火爐散發的暖氣範圍內坐著好幾個家庭，架子上放了滿滿的遊戲，他們正在玩。

我坐在酒吧邊唯一的空位上。

黑板菜單上有兩個選項：炸魚和薯條，或是檸檬奶油鱈魚。

酒保走了過來。他粗糙的臉和灰白頭髮讓他看來像是歷經滄桑的海蝕柱，是屬於這環境的一部分。

我問他魚是不是眞魚。

「今天早上才在海邊捕來的。」

「我要一份炸魚和薯條。」

吧台上方掛著三台電視。

兩台正在播放足球賽——現在是季後賽時段，一台播放新聞。

等餐時，我掏出隨身攜帶的皮革小筆記本，翻到下一張空白頁，開始寫另一封信。

艾娃，

我坐在北加州一家酒館，正在等好幾個月以來難得吃到的炸眞魚。記得我們在蘇格蘭林納湖邊威廉堡去的那間酒館嗎？有個人上前來問妳不知什麼事，妳連一個字都聽不懂?這裡讓我想起那地方。

我身邊的火爐旁有一對父女正在下棋。我一進來就看到他們,心裡閃過一絲我認爲是孤獨的情緒。在那一刻,我允許孤獨出來呼吸,放任自己羨慕這個男人和他的女兒。我允許自己回想我們的棋局、送妳上學在車上的談話,我允許自己想念那段還能知道妳生活大小事的時光。

接著,就像拿遙控器轉台一樣,我關掉那波情緒。

這個避免感情波動的方式,會不會讓我離妳越來越遠?但我告訴自己,我別無選擇——要是不關上這扇門,我會忍不住聯絡妳和妳母親,害妳們陷入險境。也許這話是眞的,但並不全然眞實。甩掉人類情緒的那股引力——沒有憤怒、心碎或悲傷——讓日子簡單多了,也安靜許多。

「先生?抱歉打擾。可以請你把番茄醬遞給我嗎?」

我抬起頭,看向坐在我旁邊高腳凳上的女人。她大概六十多歲,有雙慷慨寬容的眼眸。

我抓起瓶子遞給她。

「寫日記嗎?」她瞥向我的筆記本問我。

「寫信給我女兒。」我努力用正常速度說話。我上次和另一個人類互動已經是九天前的事了。

臉上皮膚粗糙的酒保端著我的餐點出現——壯觀的魚片和炸薯條——和第二杯本地精釀的爽口麥芽啤酒。

我蓋上筆記本，塞進背包裡。

「她幾歲？」女人問道。

「十五歲。」

「喔，你們現在是關係最緊繃的時候。」

在低溫中從租屋處走過來讓我胃口大開。自從接受了我母親的升級改造之後，我的肚子隨時都餓。我懷疑這和神經活動的提升有關。

我埋頭吃魚，眞魚因爲罕有所以特別好吃。再好的廚藝也遮掩不了合成魚的橡膠嚼感和河谷的怪味。

但這盤從大海——從我坐的位置就能看到——捕來、料理完美的鱈魚入口即化，香味飽滿。

「我的孩子都大了。」她說，繼續深入對話。

「幾個孩子？」

「兩個。馬克在芝加哥，愛咪住在灣區。」我邊吃，她邊說起孩子的事，他們做什麼工作，孫子是什麼樣子。「時間過得好快。」她問：「你叫什麼名字？」

「洛比。」我說。

「我是米蘭達。你是這附近的人嗎，洛比？」她不是惡意探聽，而是和我一樣，也是好一陣子沒和人互動了。我從她略嫌沙啞的聲音裡聽得出來。

「只是路過。」

「我也是。停車場那輛露營車是我的，在法蘭西斯過世後買的。」我進酒館前看到了她的車，我不覺得那車適合在公路上跑。

「法蘭西斯是妳先生？」

她點點頭。

我喝了一口啤酒。

「很遺憾。」我說。

米蘭達說話時，我刻意不要太近地看她。只要一讀微表情和內心意圖——特別是在這個我想暫時當個正常人的地方——太多訊息會撲天蓋地而來。但現在我直視她的臉。我看到勇敢的神情下有著滿是痛楚、無法結痂的哀悼。

「他死後，我失去了房子。」

「妳住在露營車裡？」

「那當然。其實住起來沒我想像的糟。我想找個車隊跟。有些人會分享資源。法蘭西斯和我從前老是說要在退休後買一輛露營車，四處看看這個我們只在電視上看到的國家。我從沒想到我要獨自做這件事，而且是不得不然。生命充滿驚喜，對吧？」

我好奇她怎麼會失去房子，但我沒多問。也許同樣的悲劇讓太多退休人士失去他們住了一輩子的家——通貨膨脹讓社會福利金化作塵土。

我拿啤酒杯輕碰她的葡萄酒杯。「說得好。」

「你的家人沒和你一起旅行？」她問道。

「不巧，沒有。她們在家。」

「你家住哪裡？」

對一個四處爲家，到過國內各地的人來說，這個問題很難回答。從她的口音聽來，她是東岸人——可能是康乃狄克州或羅德島——於是我挑了一個位在西部的遙遠地點。

「亞利桑那州南部。」

從她眼中，我看出她沒去過亞利桑那州，還看出她很想多聽我說一些家庭生活，好比，爲什麼沒帶妻子女兒一起旅行？同樣的，她沒惡意，只是出於好奇和太過孤單的緣故。

她抬頭看吧台上方的電視螢幕，我看到她睜大了雙眼。順著她的目光看去，由於電視切靜音，我只能看到顯然是無人機在高速公路上方幾公尺拍到的連續鏡頭。士兵在道路拉起橫向黃色封鎖線。

我讀著螢幕下方的標題：

繼九十五人死於神祕疾病後
軍方封鎖蒙大拿州格拉斯哥鎮

「你有沒有跟上這條新聞？」米蘭達問我。

「沒有，發生什麼事？」

「顯然是某種病毒。」

我瞪著電視螢幕，但是字幕沒有打開。我只能看到盤旋的無人機。接著，畫面切換到穿戴防護衣和呼吸面罩的士兵身上。他們走在一條放哪都可以稱之為大街的馬路上。除了我對新聞快報的一般好奇之外，這則新聞標題也讓我覺得有些不對。

我可以感覺到自己潛意識正在挖掘這當中的連結，但米蘭達又開始說話，問我接著要往哪裡去。

這頓晚餐剩下的時間，我努力維持禮貌、投入對話，把我的好奇存在心裡的角落，稍晚再回頭檢視。

當米蘭達離開座位去洗手間時，我付了自己和她的帳單，正要滑下高腳凳時，看到她朝吧台走回來。

「你要走了？」她的聲音裡有一絲哀傷。

「明天的行程是長途。」我說：「也就是說，我得早起開車。」

接著她擁抱我，久未與人接觸與孤寂的張力，像是發自骨頭裡的震動。如果我願意，我對她的同理心會擊倒我。

「眞的很高興認識你，洛比。」

我祝她一路平安。

接著我走進冰冷的大雨中。

即使在城裡，我的手機仍沒有訊號。

這時太暗，雨又太大，不值得冒險從海灘爬陡坡回家，於是我走南邊的馬路離開。

我走的速度越來越快。

在我眾多轉變中，有幾個讓我樂見，而且絲毫不覺得歉疚的改變，其中之一就是體力的精進。我的身體像個完美機器嗡嗡運作。我不只和自己二十歲時一樣好，而且還強上好幾倍。我三十多歲時嚴重扭傷的腳踝從未徹底痊癒，但現在完全不是問題。我左膝的關節炎也一樣。我可以喝六杯酒，短短睡個幾小時，隔天還煥然一新地醒過來。而且我從不生病。年輕時我愛跑步，直到中年因為身體的大小疼痛，才變成在冷氣健身房裡踩滑步機和用划船機的人。但現在我什麼問題都沒有，我可以為了跑而跑馬拉松，可以衝刺上坡，游過山間的湖泊。我精力無窮，感覺無敵。

當我瞥見我海邊小屋的燈光時，才發現在我腦子裡嗡嗡作響的是剛才的新聞標題。二十年前，當我離開我母親的實驗室從中國飛回美國時，我在機上雜誌讀到一篇文章介紹美國最偏遠的小鎮——蒙大拿州的格拉斯哥。衡量的標準很具體。有哪個小鎮人口必須超過一千人，但要離至少有七萬五千人居住的城市最遠？離格拉斯哥最遠的城市開車要四個半小時。

全美最偏遠的小鎮怎麼會成為新種病毒爆發的起源地？

我掛好雨衣，脫下淋溼的衣服。火爐裡只剩餘燼還亮著。我拉開玻璃爐罩，丟了幾塊木柴進去。

接著我打開電視，固定在我轉到的第一個新聞頻道。

現在正好是新聞開播時間，主播正在說：

「……正在監控蒙大拿州東北部不明疾病的發展狀況，上週已有九十五人死於此一疾病。疾病管制局兩天前趕到當地，國民警衛隊也接到徵召，協助執行蒙大拿州長的就地隔離令。戒嚴法已生效，所有進出格拉斯哥的道路均已關閉。三小時前，格拉斯哥鎮範圍內的無線網路全都阻斷。」

螢幕上的影像出現一隊穿正壓隔離衣的醫師，從一幢房子裡抬出一具裝在屍袋裡的屍體。

「疾管局隨時會召開記者會，屆時我們會及時連線轉播。與此同時，我們邀請到……」

我轉到下一個新聞頻道。

一名流行病學家猜測問題來源可能是致命的特殊流感病毒，但很明顯，他只是來拖時間，沒有真正的資訊。

我轉到的下一個新聞頻道，聽到的只是重述我剛才聽過的消息。

我讓電視開著，起身去打開廚房桌上的筆電，迅速搜索格拉斯哥的新聞。我在可靠的新聞網站上讀到三十篇文章，但沒有任何新消息。

社群媒體像是充滿陰謀論和僞新聞的污水池，但我不停看到有人分享同一段影片。

我把電視關到靜音，按下播放鍵。

這段手機錄下的影片長度一分二十一秒，畫質極差，是手機拍攝的影片。

影片開始是一名少女靠向自己拿在手上的鏡頭，背景有像是歇斯底里的笑聲。我不確定是否因爲品質不佳，但她的雙眼中看似有淚水。

「我不知道這裡出了什麼事。」

她站起來，穿過一片模糊的空間。

笑聲越來越響亮。

她朝笑聲的來源走去。

她終於停下腳步時，我看到她身在加大型拖車的陰暗起居室裡。

她將手機鏡頭轉個方向，我看到一個骨瘦如柴的男人坐在活動躺椅上。他劇烈顫抖，每隔幾秒就發出只能說是病態的陣陣大笑。

「爹地，怎麼了？」

他沒有回答，連看都沒看她一眼。

「你到底怎麼了，爹地？」

他試圖站起來，但無法保持平衡。

他搖搖晃晃倒下，笨拙地爬過地板。

女孩衝過狹窄的通道時，鏡頭中的影像又開始模糊。接著她走進一間臥室。一個女人坐在床尾，身上睡袍半敞開著。她一樣也在發抖，但沒有男人那麼嚴重。

「媽，讓我送妳去醫院。」

「醫院滿了。」

「我開車送你們兩個去畢靈斯。」

「出去!!出去!!」

她母親衝向她。

影片在這裡中斷。接著女孩回到房裡開始哭。

「到處都像這樣。我們的小鎮四分五裂。我覺得我也要生病了。我全身痛了三天。一一九打不通。我開車去過醫院，但醫院外排了長長的隊伍。我們需要協助。我不知道怎麼——」

可怕的笑聲再次響起，這次就在她背後。

她轉頭看站在她房間門口的人影。

影片在這裡結束。

我安靜地坐在小屋裡，雨水沖刷著窗戶。

我的脈搏逐漸升高：一〇九、一一〇、一一五。

這段影片的分享次數高達四萬次。

我瀏覽下方的流言：

——媽的該死，殭屍末日開始了嗎？

——有沒有人覺得這傢伙該接演下一任小丑？

——賤貨，他們要吃掉妳了，快跑！

——帶他們上車，送他們去醫院，現在就去。

留言中沒有足以供我蒐集的資訊。我甚至不確定這段影片的眞假。

我回頭瞥向電視，看到記者會已經開始了。

我回到起居室，坐在火爐旁，打開音量。

總指揮官，傑克森·陶馬赫正對著一簇麥克風說話，背後一架波音C-17軍用運輸機正在跑道上滑行。站在他身後的，是我的前老闆愛德溫·羅傑斯。

「……小鎮南側二號高速公路和二十四號高速公路的交叉點已設立了攔車桿，西北側二四六號高速公路、阿提肯路和四十二號高速公路已關閉。所有學校公司行號和政府機關也都關閉。北方橫貫鐵路會繞道，通往格拉斯哥的超高速列車暫時停駛。居家令仍然有效，沒有任何活動例外。蒙大拿空軍國民兵運送的口糧剛剛抵達，會分送給受到影響的格拉斯哥居民。若你需要立即就醫，第一大道和北五街正在搭建野戰醫院。現在我要請曼波爾醫師來發言。」

這位國民兵指揮官讓到一邊，一名穿西裝，一頭茶色頭髮、下巴冒著鬍髭的男人走向麥克風。

軍人就是軍人，渾身散發著苦幹實幹的沉著感。

至於曼波爾醫師，縱使影片畫質差，我仍然看得出他顯然嚇壞了。

「晚安，我是大衛．曼波爾，疾管局發言人。五天前，我們接到法蘭西斯．馬洪．迪肯奈斯醫院的有關不明來源疾病的首件通報。當時有五個案例，病患接連就醫。

「症狀包括突發的性格改變、記憶喪失、失眠、身體不協調、顫抖和爆發性的聲音。病患在就醫三週前首次注意到症狀，所有人都經歷了智能衰退的階段。第二天，十一名類似症狀的病患就醫。第三天，病患人數增加到三十人。當地醫院只有二十五個床位，於是迅速造成醫療危機。」

他低頭看筆記，接著看向鏡頭。

「目前我們有二百一十八名染病者。醫院轉換成檢傷分類中心，我們會增加病床數，並與國民軍和聯邦緊急事務管理局合作，設置野戰醫院，國內各地也會有醫生護士搭機前來支援。至於死亡人數，到十分鐘前，共有一〇四人喪生。」

一名記者大聲提問：

「死亡率多高？」

「呃，到目前是百分之百。」

另一名記者問：

「死因是什麼？」

「患者最後會陷入昏迷，接著是多重器官衰竭，但吸入性肺炎是主要死因。」

有人問：

「你們有沒有找到首發病例，或判斷出我們面對的是什麼疾病？」

「答案是沒有，但我們正在進行一系列解剖研究。」

我關掉電視，靜靜坐在小屋裡，聽雨水打在窗上的聲音，和下方海浪不停拍打的浪濤聲。

我在心裡一格格重播剛剛看到的影片，特別是網路上那一段：「我覺得我也要生病了。我全身痛了三天。」

我能感覺到，有個假設掙扎著從所有可能性中冒出頭。而我也能感覺到，自己潛意識地抗拒這個假設。重點不在於這個假設沒價值。

而是在於，倘若假設成眞，這代表讓人不寒而慄的事已經發生了。某件比這麼多人喪命更糟的事。

我走進小臥室，拉出放在衣櫥裡的行李箱，拿出抽屜裡的衣服，開始迅速打包。現在時間已晚，外頭又下大雨，但我連一秒鐘都不能浪費。

我今晚就得前往蒙大拿。

8

兩天後，在我見過最遼闊的天空下，我以高速駛過蒙大拿，來到格拉斯哥西方一百六十公里處。

這片景觀帶著溫柔的孤寂。行駛在曠野間，偶爾會瞥見穀倉或校舍向後退入一片荒蕪。

或是基礎建設只剩郵局或磨坊、宛如鬼城的小鎮。

只有無所不在的風電設備和白色旋轉葉片，才能證明我是在二十一世紀中期的美國西部。

否則，這片景觀完全不合時宜。

而且這趟路不只距離遙遠而已，簡直是看不見盡頭。

我開的是一輛賓士四輪驅動廂型車，但已被我改裝成兼具最基本分子物理學實驗室功能的行動臥鋪。在找不到租屋處時，這部廂型車便是我的家。在索諾拉沙漠的豺狼呼號聲中、在科羅拉多的暴風雪掩蓋大地時，我拉出折疊床，躺臥入睡。

到了格拉斯哥西方八十公里處，我轉開廣播，找到當地的公共廣播電台。

「……已檢驗附近農場的牲畜及格拉斯哥肉鋪。到目前爲止，沒有跡象顯示格拉斯哥上週一百七十七起死亡病例，與肉類遭牛海綿狀腦病——也就是俗稱的『狂牛病』——污染有關。」

我路過兩個相隔一百公尺左右的電子告示寫著：

辛斯代爾東側二號高速公路東向交通封閉

接著是

請繞道五號高速公路北上，或二〇〇號高速公路南下

我繼續往東行駛。

蒙大拿州的辛斯代爾人口二百四十二人，這個一眨眼就錯過的小地方，位在一千公尺高的風力渦輪陰影下。

穿越主要幹道時，我看到遠處有閃爍的警示燈。

小鎮東方八百公尺有三輛蒙大拿公路巡邏車，列成一排停在路肩和雙向車道上。

我靠近路障時，一名穿卡其長褲、深綠襯衫和寬邊帽的巡警走出車外。

我把廂型車停在巡邏車的五公尺之外。

過去一年我四處爲家，奇蹟似的從未被任何警察攔下。我有信心，自己改造過的臉孔能通過安全盤查。儘管我的身分證件從未被執法機構檢查過，但其他時候都行得通。

我讓自己的心跳維持在每分鐘七十下。

巡警用舉起的指頭畫圈圈，要我打開車窗。

我照他的指示做。

他戴著飛行員太陽眼鏡，鏡片反射出坐在駕駛座上的我。我在猜，不知道這鏡片是否會在內側顯示出我和汽車的相關資料，或純粹只是復古設計。

我注意到他臉上有早上刮鬍子留下的痕跡。

「幫個忙，把引擎關掉。」

我熄掉廂型車的引擎。

我看不到他的眼睛，這點我很不喜歡。解讀一個人情緒和企圖的最有效方式，就是從眼睛的活動來判斷。

「你從哪裡來的。」他問道。

我說：「新墨西哥州。」

「好。你有沒有看到三十公里外的告示？」

「當然看到了。」

「所以你知道格拉斯哥附近的道路因為疾病爆發才關閉。」

「我是洛斯阿拉莫斯國家實驗室的細胞生物學家，要去格拉斯哥。」

他摘下墨鏡，用淡藍色的眼睛看著我。

「你叫什麼名字？」

「洛比．佛斯特。」我說。

「駕照和行照。」

我早就拿出來了。

他接過去，一言不發地走回車邊。

大風拍打著草原。

廂型車跟著抖動。

五分鐘後，他踏出車外走過來。

「歡迎來到蒙大拿，佛斯特先生。你爲疾管局工作嗎？」

「比較像是獨立僱員。」

「嗯，很高興你能過來。」

他的名牌上寫著D．特勞曼。D是大衛的縮寫。

他是蒙大拿州二百三十七名州警之一，轄區是V區，以葛林岱夫爲基地，轄區含括十六個郡，我目前所在的瓦雷郡就是其中之一。大衛二十四歲，一年前剛從警校畢業。

還很生嫩。

他的直屬上司是貝琪．連恩警官，後者對湯米．密朵副警督負責，而密朵的長官是潔娜・史懷斯谷警督。今天早上我花了兩小時研究蒙大拿高速公路巡警的組織架構，以及就目前格拉斯哥的狀況，巡警與疾管局和蒙大拿國民兵如何互動。

蒙大拿高速公路巡警接到的任務是以格拉斯哥爲中心，在四十公里周邊建立最外圍的檢查哨。

兩小時前，我假冒疾管局跨部會暨策略事務組長隆恩・奧伯巴赫之名，用看來像是發自亞特蘭大的電話號碼打給史懷斯谷警督，給了她一張科學家的名單，這三名科學家會取道二號高速公路前往格拉斯哥，清單裡有車牌號碼、車款描述，以及預估抵達辛斯代爾的時間。

「車廂裡面是什麼？」巡警問道。他不是愛追問或懷疑，我看出他純粹是好奇。

我走出車外。即使在八百公尺外，我仍然聽得到風力渦輪的巨大白色葉片轉動時敲擊空氣發出的單調噪音。

我拉開廂型車的滑門，最先看到的是掛在篷頂的一套白色毒物防護衣。

另外還有個負二十度的冷凍櫃。

一個迷你離心機。

一個帶攝影鏡頭的螢光顯微鏡。

以及一個相當於微波爐大小的深灰色機器。

「那是自動數位奈米孔基因定序機，」我說：「我全副武裝進入疾病爆發區，從受感染的病患身上蒐集ＤＮＡ樣本，例如皮膚、細胞、黏液檢體和血液樣本。接著把樣本放進那台機器裡分析DNA，好判斷病患可能罹患什麼疾病。如果我們能發現定序或找出有哪些基因變化，那麼我們就有機會找出眼前是在對抗哪種疾病。」

「我聽說這病和吃了壞掉的肉有關？」他說。

他的語氣裡有某種感情……不單純是什麼討人厭的好奇心。

「我們還不知道。你住附近嗎？」

「馬爾他。」

「你有認識的人也病了。」

這是個陳述，不是問題，這讓他來不及提防。

「我姊夫。他和我姊姊住在格拉斯哥。」

「很遺憾。」

「我兩天沒和她說上話了。」

「他們的名字？」

「蒂芬妮和克里斯·賈維斯。」

「地址呢？」

他把地址寫在名片背後。我接過來，把名片放進口袋。

「我會試著去看他們。我們會找出發生這件事的原因。」

我看出我的提議打動了他，但他只說：「非常感激，如果你看到她……」

我看著他試圖把感情推到一邊。

「我會轉告她。」

辛斯代爾和格拉斯哥之間的高速公路，像末日般空無一人。我知道我剛才通過的檢查哨不是最後一站，檢查也稱不上嚴謹。但是我不打算在另一個檢查哨碰運氣。下一個檢查哨會由軍方人員看守，而不是駐紮在三十公里外，還在狀況外的高速公路巡警。

我在離格拉斯哥五公里外把廂型車開到路邊，把車停在我一整天下來看到的唯一一排樹後，盡可能藏好。這排白楊樹長在米爾克河岸邊。米爾克河長度將近一千二百公尺，是密蘇里河的支流，正好會經過離格拉斯哥四百公尺處。

我的打包清單包括毒物防護衣、迷你衛星通訊器、望遠鏡、一把黑克勒暨科赫VP9半自動手槍、防彈衣、一副看似奧克立太陽眼鏡的最新一代夜視鏡、一部筆電，以及一盒針筒和真空採血管，以備抽血和儲存之用。灌飽氣的橡皮艇看起來不怎麼起眼，是我昨天在沃爾瑪商場的運動用品部花九十美金買來的。

我把裝備放到橡皮艇上，等待天黑。

頻繁出現的直昇機、無人機和飛機低空飛過，準備降落在格拉斯哥機場。但路上沒看到半輛車。

我背抵著白楊木坐，等待太陽滑落到地平線下。

少了陽光，氣溫跟著下降。

天上出現了第一顆星星。

晚上八點，我把橡皮艇拖到河邊，爬進去，用其中一支槳將橡皮艇推進河裡。

河水冰涼刺骨。

橡皮艇旁漂過好幾塊冰。

銀月黯淡，我裸眼視力雖好，但夜視鏡讓我將一切看得清清楚楚。

米爾克河非常適合漂流，流速緩慢，河面又寬，不是水花四射的激流。

河水並非沿著道路，而是緩緩蜿蜒流動，繞過好幾塊農田。

我看到遠處農莊的燈光像一顆顆綠色小太陽般閃爍，也看得到格拉斯哥鎮上的大片燈火。

我在河裡划了好幾個小時。

橡皮艇每次隨河水轉個彎，小鎮的燈光就亮一些，也近一些。

我保持警覺，仔細觀望河岸的每一吋。儘管我不覺得他們真會在河邊設哨站，但這誰也說不準。我的想法是，國民兵和疾管局不希望外人進入格拉斯哥，但主要重點是，不讓鎮民離開。

晚上十點四十五分，我的迷你衛星通訊器響了。

我昨晚花了不少時間研究格拉斯哥和周邊的 google 衛星影像。離岸前，我已先在衛星定位系統設下了出發點。

我划船上岸，跳出橡皮艇，把它拉到乾燥的岸上。

小鎮邊緣就在離我一千公尺外的東邊，中間隔著一片開放的空地。

我拿出望遠鏡觀察格拉斯哥。

我在陰影中，靠視力優勢能看到二四六號高速公路有個軍方檢查哨，距離小鎮西邊還不到一百公尺。他們在馬路上橫向架起紐澤西護欄和鐵絲網，五、六名穿著生物防護衣的士兵在兩輛悍馬車之間走動。

一名戴夜視鏡的士兵旋轉著悍馬上的機槍架，仔細掃視相鄰的空地，包括我必須穿過才能抵達小鎮的這片空地。如果繞遠路穿過空地，保持低姿勢，我有相當把握自己可以靠斜坡掩護通過。

確認橡皮艇在樹林邊藏好後，我揹著背包，開始慢慢爬向遠處的格拉斯哥。

爬到小鎮邊緣時，時間已過午夜。

我放下背包，拿出防護衣，與其說是擔心接觸，不如說我更期待防護衣能帶給我掩護。一個身穿防護衣的人穿過疫區，會引起多少關注？

我穿上磁釦防彈衣後，又花了好幾分鐘，在黑暗中笨手笨腳地穿上防護衣。接著戴上呼吸面罩，把手槍放在防護衣底下靠後臀的臨時槍套裡，最後才再揹起背包。

我小心翼翼穿過一排樹，這排樹隔開了我剛才爬過來的空地和格拉斯哥。離我最近的建築是一家修車廠，外頭野草叢中堆滿了鏽蝕的車。

我跪下來，花了一點時間觀察環境。

一段距離外，幾幢樸實房屋裡有光線。

根據蒙大拿國民兵的規範，宵禁巡邏隊會在傍晚到黎明時派士兵鎮守，此外，偶爾也看得到悍馬或布雷德利裝步戰車在路上巡邏。

一名戴著全罩式面罩的國民兵走進我的視線範圍，朝和我相反方向的無人街道走過去，他手拿機槍，隨時準備射擊。十四秒後，另一名士兵穿過離我最近的街道，和我的路線正好呈直角。又過了五秒，才隔兩個路口，第三名士兵出現，短暫朝我的方向走來，接著向右轉。

我計算他們的個別速度，發現分別是時速零點二、零點一和零點三五英哩，接著我迅速算出如何能讓自己安全走在他們之間，不致遇上他們。

到了算準的時間，我離開這排樹的遮蔽，快步走向人行道。我的面罩讓我視野受限，防護衣內的潮溼也妨礙了我的感官敏銳度，讓我不是太舒服。

我聽到：

一隻狗在吠。

一個男人啜泣著哭求某個名叫珍的女人醒來。

五、六條街外，有人透過擴音機對群眾大聲下指示。

小鎮遠端的噪音聽似槍響。

不止一幢房子裡傳出魔性的笑聲，和我之前在社群網站流傳影片裡聽到的一樣。

幾乎我經過的每戶人家門口都掛著布，有抹布、毛巾、撕開的T恤，分成三個顏色：綠、紅和黑。

根據格拉斯哥調頻廣播節目KLTZ的報導，疾管局和國民兵下令要求每家每戶都必須在門口掛上識別標記，以便區分屋內人員的狀況。

綠色表示沒生病。

紅色表示屋裡有人表現出病徵。

黑色表示屋裡有人過世。

沿著北九街往北走看到的景象讓人心碎，每隔九或十幢房子就有一戶在門把上掛著黑布。

每當我看到新的巡邏士兵，便會把變數加入我剛算出的方程式當中。

我經過的前幾戶人家都進不得，不是有狗吠，就是裡頭亮燈或鎖著門。我沒必要觸動警鈴。我需要一間沒有燈光、沒有狗而且門沒鎖的房子。

往北走時，我看到這次的行動中心。

照明燈打在幾頂白色帳棚上。

幾排居民等著接受治療。

無人機在上方盤旋。

我停下腳步，想記下這個景象。

你幾乎能感覺到空氣中漂浮著活生生的恐懼。這些可憐的人。他們一定怕得手足無措，不知道究竟是什麼病態的命運轉折給他們帶來這場疾病。而他們不像我，沒辦法隔離恐懼的情緒。

我必須找到一幢房子。取得樣本。

回到我的廂型車。

對街停著一輛車，我及時在擋風玻璃上看到一個移動的人影——一名穿著夜間迷彩裝的士兵繞過轉角走過來。

即使距離三十五公尺遠，我仍能計算出再過兩秒內我就會出現在對方的視線範圍內。

我立刻衝到一輛車子前面趴下，等對方經過。

又過了一個路口，我看到一個熟悉的地址。我走到有屋簷的前廊。釘在門上的黑布曾經是一件完整的碧昂絲T恤，來自她的告別巡迴演出。

我輕輕敲門。

我頭上的門廊燈亮著，但屋裡是暗的。我伸手將燈泡轉下來。

我把耳朵貼在門上。

沒有走過來的腳步聲。

沒有人聲。

我伸手試轉門把。

門沒鎖，於是我繼續轉動門把，門打開了。

屋子裡一片黑。

鴉雀無聲。

我走進屋裡，順手關上門。

即使我戴著呼吸面罩，仍然聞得到屍臭。

我走進小小的起居室。

再經過通道來到廚房。

按下牆上的開關。

上方的投射燈照亮了桌台上堆成好幾疊的發臭碗盤。

我喊道：「有人在嗎？」

空無一人的屋子吞噬我的聲音，卻沒給我回應。

我踏上鋪著地毯的樓梯向二樓走去，樓梯平台處通往幾扇門。門全關著。

我拉開中間的門——是一間浴室，兩側各有一扇門，我猜想應該是通往相鄰的臥室。

右邊的門裡是一間工作室。

我打開天花板的燈。

看到一張用來剪接照片的桌子和各種刀剪工具。

桌子後方牆上掛著一張好幾代同堂的全家福，大家站在一棵高高的聖誕樹下，當時無疑是經濟狀況較好的時期。

我回到浴室，拉開通往第二間臥室的門。

我的眼睛被嗆出淚來。

我聽到——因爲頭罩隔絕讓外界傳來的聲音十分模糊——最輕柔的呼哧聲。

我丟下手上所有東西，抓起手槍，差一點就朝坐在臥室最遠、最暗角落那個身穿絲質睡袍的女人開槍。

她直直看住我，雙手還抱著膝蓋，頭髮垂在臉上，整個人一動也不動。

「你在我家做什麼？」她單調的語調、壓抑的聲音，顯示出她受到驚嚇。

「我看到妳家門把上的黑T恤，」我說：「我敲過門，但沒聽到回應。」

女人沒有動，在黑暗中幾乎看不見她人影。

我放下槍，走到她的身邊。

「有什麼我能幫上忙的地方嗎？」我問道。

我好像看到她搖頭。

我走到牆邊，按下電燈開關。

桌邊一盞燈亮了，照亮一個腫脹的男人跪在雙人床邊。他的雙眼圓睜，蒼白的皮膚宛如蒙上一層蠟。他年紀大約是四十到四十五歲，穿著T恤和睡褲，身邊放了十來幅裱框照片，像是要當成追悼紀念品。

照片裡的，是死去的男人和坐在角落的女人。

在「倫敦眼」摩天輪。

在猶加敦半島的奇琴伊察。

在西雅圖的太空針塔下。

在音樂會中。

騎雪上摩托車。

「他什麼時候過世的？」我問道。

「三天前。我想打電話給他母親，但我們的無線網路被切斷，除了撥一一九之外，手機的訊號也被截斷。」

「他死前有奇怪的表現嗎？」

「有。」

「就只是坐在床上顫抖？」

她點點頭。

「無法控制地大笑？」

「狀況越來越糟。他不願意吃喝，不肯去廁所，拒絕和我去醫院。等到最後我去求救時，鎮上已經一片騷亂了。」

「一直沒有人來幫忙嗎？」

她搖頭。「最後他甚至連我都不認得。」淚珠沿著她的臉頰往下滑。「五年前我父親死於失智症，但這次就像是短短十天內經歷失智的整個過程。我最後一次試著餵他喝水時他動手打我。打斷我的下巴。」我往前傾，看到她臉部左側瘀青腫脹。「他後來變得毫無反應，連續好幾小時眼光茫然看著前方。後來他進入昏迷狀態，我和他一起躺在床上，把頭枕在他胸前，感覺他呼吸的起伏。我睡著又醒來時，發現他的胸膛已經沒有動靜。」

「妳介意讓我採他口腔黏膜樣本嗎？」

「爲什麼？」

「他的基因樣本可以幫助我們了解導致他死亡的疾病。」

「他都死了。樣本還有用嗎？」

「希望有，我們還有機會。」

「我想，現在反正也無所謂了。」

我把背包放在床尾長凳上。拿出採樣工具：一個小塑膠管和一根十五公分長的棉花棒。

死去男人的嘴巴是閉著的，我希望屍僵狀況已經退了。否則，我必須切下他指頭的一小片皮膚。

幸好不需太使力，我就打開了他的嘴巴。我把棉花棒伸進他的牙齒下抹拭他的臉頰內側，接著把棉花棒收進小塑膠管裡。

「我也會死嗎？」女人問道。

她的聲音是那麼柔和。

流洩出恐懼。

我走向她。

「妳有妳先生的病徵嗎？」

她搖頭。「但我覺得不舒服。」

「哪方面不舒服？」

「每天晚上我身體都好痛，像是骨頭要在體內迸開一樣。」

「還有呢？」我問道。

「我的記憶改變了。」

「怎麼說？」

「就好像……和克里斯在一起的時刻不斷湧向我。我現在看得好清楚，比以前更清楚。我從沒有過這麼清晰的記憶。

「我們十三年前在博茲曼市相遇。我現在可以跟你說我們說過的每一句話，我的每個感覺。我不會畫圖，但如果我會，我可以把克里斯那晚的樣子畫給你看，連下巴上的鬍碴、頭上一綹頭髮翹起來的樣子都不漏。我可以說出他的味道，像家一樣的味道，還可以讓你知道當晚我就曉得這輩子我都會和他在一起。」

她的眼神中帶有懇求。

「我從來沒想過我們會這樣結束。」

我想幫她，想抒解她的痛苦。

但我心中只有夾雜著興奮和驚恐的情緒。

興奮，是因爲這女人表現出和我在丹佛地下室冰彈爆炸後、升級初期時相同的症狀——而且來得更快。

驚恐，是因爲這代表的意義。

網路流傳的影片中，那位少女提及自己的身體痛就引發我的懷疑，我也是因此而來到這裡。顯然眼前這女人就是我一直在尋找的證據。或者說，至少是在我用檢測他們的DNA定序前，最接近的一個證據。

我跪在她面前。

我說：「妳可以讓我採集妳口腔黏膜的樣本嗎？」

「爲什麼？」

「我只是想了解眼前發生的狀況。」

她點點頭。

我拿出另一支棉花棒，採了她右臉頰內側的黏液。

「你會拿這些樣本做什麼？」

我走到床邊，從我的工具箱裡拿出一支黑色馬克筆，在裝著她樣本的塑膠瓶上寫著「女性，無症狀」。

「我分析妳丈夫的DNA時會一起分析妳的，試著了解爲什麼他會生病，但妳卻變得更好。」

「更好？」她說：「我不覺得好。」

「這麼說也對。但妳會活下去。」我揹起背包，說：「請考慮一下是不是要去城裡的帳棚，找他們醫治妳的下巴。」

我拉開門，踏到走廊後回頭看臥室。

「我今天在辛斯代爾一處檢查哨遇見妳弟弟大衛。他很擔心你們。他想和你們說話，但是他們不讓公路巡警進城。他要我告訴妳他愛妳。」

她哭了。

「很遺憾妳丈夫過世了，蒂芬妮。」

我關上門走下樓，腦子裡已開始設想離開小鎮回到廂型車的路線。來到門廳時，我突然被某個力量大如卡車的東西打中。

我重重撞向牆壁。

槍掉到地上。

某人的手肘擊中我下巴，打得我眼冒金星。

我甚至不知道自己在和什麼對象打鬥，只知道我被修理得很慘——因爲這個人和我一樣，都經過升級。

另一拳揮向我肚子，令我痛得彎下腰喘氣。

突然間，我被舉到離地兩公尺高，活像是我沒點重量似的。然後往下丟——凌空墜落歷時零點八五秒。

我倒在廚房邊緣的硬木地板上。

我聽到自己的呻吟聲。我把大部分的痛覺推到一邊，抬起頭，看到樓梯口有個男人正要撿起我的槍。

他沒戴呼吸面罩，這表示他知道這個疾病並非透過傳統方式傳染。

我聽到二樓地板有腳步聲。

他也聽到了，他往上看，舉起手槍等待，接著開火。

蒂芬妮滾下樓梯，倒在他腳邊。他拉開手槍退膛，子彈掉落，他邊朝我走來邊拆手槍，零件散落一地。

這男人大約三十五歲，鬍子刮得乾淨，下巴方正，髮長及肩，穿著牛仔褲和一件幾乎裹不住他壯碩手臂的緊身馬球衫。他比我矮幾公分，寬肩窄腰，有一副摔角選手般令人生畏的體格。

毫無疑問，他已升級，但還沒法掌控自己的微表情。他臉上的表情無異在高喊自己有多愛暴力、多愛製造痛苦——碰上這種人最糟，尤其還是升級過的。

我沒看到他攜帶任何武器。

我仍然躺著，等他靠過來。

我的思緒光速般轉動。

他怎麼找到我的？

很簡單。

他在等我。

他和我一樣事先用 Google 地圖考察過地形，決定米爾克河是進入小鎮的最佳路徑，我之前爬行而過的空地是最安全的路線。

然後他等著我現身。

我搞砸了。

我只顧著找出進入隔離區的最好方式，忘了考慮與我智力相當的人也會挑選相同路線。

我應該選擇次好或第三好的選項。要不，至少也該爲這個結果做一點準備。

但現在，那些都不重要了。

在他來到離我大約一公尺處，我撲了上去。

他俐落讓到一邊。

我衝過頭跌了一跤，接著搖搖晃晃站起，並扯掉呼吸面罩讓自己的視野開闊些，也任肩上背包滑落地面。

他看著我，把頭髮塞到耳後。

「嗨，羅根。」

我可以感覺到自己的腦子在快速搜尋，試著找出這聲音屬於哪個我見過的人。

他彷彿看出了我的想法，說：「我們沒見過面。」

「你在這裡等我多久了？」我問道。

「三晚。」

「在哪裡等？」

「修車廠的廢車裡。」

我從他身邊走過，竟沒發現。

「我姊姊在這裡？」

「你樣本拿到了嗎？」他問。

在我還搞不清他究竟要殺我還是活捉我時，他只是自顧自地大笑。

我們在起居室交手。

我注意到他左肩往前，右肩往後收。我躲開有可能打倒我的右直拳，朝他的鼻梁賞了一記犀利的肘擊。

他踉蹌後退，臉上直冒鮮血。

我們互相攻擊，有失手也有命中目標的時候。我最重的幾拳似乎威力不足，這感覺像是和一棵橡樹打架。

我打中他左邊的太陽穴，他甩甩頭繼續攻擊，壯碩的雙臂大張。我的內心在尖叫：**別讓他把你壓倒在地**。

我們來到階梯後方通往娛樂室的走道，他掃向我的雙腿，我直直跳起用雙腳蹬牆，接著直接下墜跌在他身上，膝蓋砰一聲撞向他的後腦。

他倒在走廊的硬木地板上，我用右手握住他的長髮，將他的頭撞向地板。

一次。

兩次。

三次。

四次。

簡直不可思議，他掙扎著站起，但我緊攀在他背上，右手死命環住他脖子，想扼住他的頸部血液讓他腦缺氧，爲自己爭取幾秒寶貴的思考時間——

他拿我墊著撞上牆，這股力道擠出我肺部的空氣；接著他轉身朝走道另一側的牆，又是墊著我猛力一撞，連石膏牆都撞破。

這下，我的肋骨痛到無法忍受。

他揹著我繼續撞牆。

一次又一次。

不停地撞。

直到我再也勒不住他。

直到我無法呼吸。

我鬆開手臂。

癱倒在地，喘著呼吸，這個男人的拳頭像雨水般落在我臉上——

醒來時，我發現自己躺在廚房地上，男人坐在餐桌前，從一個黑色小袋裡拿出一支針筒。

我全身上下無處不痛，覺得自己像是破碎了似的。這種痛苦已經超過我阻隔感覺的能力。

我看著他輕彈針筒側邊，然後轉頭朝我看過來。我閉上雙眼。

他走過來跪在我身邊時，地板跟著嘎吱作響。我感覺到他暖暖的手搭著我的肩膀，眼看針頭馬上要刺下。

我張開眼睛，攤開右手，一掌打向他柔軟的喉嚨。

這是完美的一擊。

他發出慘烈的喘聲，放掉針筒，握住自己的喉嚨。

他的臉脹得通紅。

眼中充滿驚慌。

我翻身站起，在他試圖呼吸時瞪著他看。他似乎還吸得進一絲空氣，但顯然不夠。我估計他還剩下兩分鐘會是清醒且極度不適，然後距離腦死只剩四到十二分鐘。

「我打爆你的氣管了。」我渾身疼痛，咕噥出聲。「我可以讓你窒息或救你一命。」

他拚命點頭，臉色開始變紫。

「你那個袋子裡有刀子嗎？」

他點頭，努力想呼吸。

十五秒。

男人打開的袋子就放在桌上，裡頭有一把九厘米的金伯微手槍，手銬、小塑膠瓶、注射筒和一把 Viper-Tec 藍幽靈折疊刀。

「躺下，」我說：「把手拿開。」

四十一秒。

只短短幾秒，就從想殺這人到要救他確實很奇怪，但他有我要的資訊。

我爬到他身上。

「稍有差錯，我就會把你割成碎片。」

他狂亂地點頭。

他的臉色非常難看，我看得見我那一掌落下的確切位置。我打碎他喉頭上端一部分。我的指頭沿著他的喉嚨往下摸，摸到另一處凸起——環狀軟骨。我要在他的環狀軟骨和喉結間的凹處開個切口。

我彈開折疊刀時，他張大了雙眼。

刀鋒無比銳利。

我一刀刺進他喉嚨，在血水從新傷口湧出來時，男人低嗚了一聲。我小心地把刀子推穿一層薄膜，直到我刺穿他的氣管。

他的臉已經轉成藍色。

七十八秒。

我知道我刺穿了他的氣管，因爲新傷口吸進了一些血。我把切口拉長到一點五公分。

不管是因爲疼痛還是缺氧，男人這時失去了意識。

我收起刀尖，站起來看著打開來的廚房抽屜，想找吸管或——

我抓起一支尾端有咬痕的原子筆，迅速把塑膠筆管和墨水管分開。

我在男人脖子上開的切口很醜陋——傷口不平整且大量出血，但稍加努力後，我成功地將空心筆管插入男人脖子，深度大約五公分。

他一動也不動。

我把嘴唇湊到筆管上，對著他的氣管吹了兩口氣，然後等著。

什麼動靜也沒有。

我開始施作心肺復甦術，每分鐘按壓胸部一百下。

接著對筆管吹兩口氣。

重複施作。

我正要開始第二輪時，插在切口裡的筆管開始抖動，並且發出咯咯聲。

男人睜開了雙眼。他透過筆管急切地吸了幾口氣，雙眼無助地凝視我。他的臉色逐漸恢復正常。

他張嘴要說話，但發不出聲音。

我看著慌亂神情又回到他臉上，在那一瞬間，我幾乎要爲他難過。

「你的命在我手上。」我說。

他點頭。他知道。

我碰碰筆管。「你想活命就只能靠這個了。」

我快步走進起居室，從背包裡拿出我的筆電，再回到廚房。

我坐在破喉男身邊，開啓空白頁面。

我的時間不多，一定會有人聽到了他槍殺蒂芬妮的聲音。

「你叫什麼名字？」我問道，然後把筆電遞給他。

他輸入幾個字：安德魯。

「我姊姊在格拉斯哥？」

他搖頭。

「你怎麼會和卡拉勾結在一起？」

我們一起在緬甸。我是當初救她出來的救援隊成員。去年她來找我，邀我參加計畫。

「這個升級計畫爲什麼會害死人？」

我完全不知道。

這話有可能是眞的。

「你本來應該怎麼處置我？」

把你帶出這地方。

「帶去卡拉那裡？」

對。

「她在哪裡？」

我不知道。

我彎腰，拉出筆管。

喘氣。

絕望。

他雙手握緊脖子，臉上又出現缺氧的紫色。

「你不信我會看著你慢慢窒息而死？」

安德魯瘋狂地打字：科羅拉多。

「科羅拉多州哪裡？」

席爾維頓附近。拜託。

「把地址給我，我會再讓你呼吸。」

歐魯斯路五十八號。

我把筆管插回他喉嚨上的切口，趁他喘氣時看著他，試圖判斷他是否在說謊，但是氣切手術讓他除了痛得皺臉再無別的表情，遑論可供判讀的微表情。

我聽到前門廊有腳步聲。我抓起筆電跳起身，跑回起居室把筆電塞入背包，這時前門傳來拍門聲。

我拿起安德魯放在餐桌上的黑袋子，從他身邊跑過，在前門被推開時，我正好打開後門的鎖。

士兵走進屋裡。

我跑過後院，穿過一扇老舊的柵門和棚屋，接著跨過不到一公尺高的搖晃柵欄，進了後巷。

當我終於能深吸一口氣時，上半身傳來劇烈疼痛。我的肋骨在剛才打鬥時受了挫傷，胸口痛得厲害，但我不能停。

我不停地跑。

穿過好幾戶人家的後院和前院。

穿過一條無人的街道。

最後，我穿過後方只剩下一片黑暗的一戶後院，來到我之前爬過的空地。我拚命跑，滑進一處溝渠，戴上我的夜視鏡——夜視鏡奇蹟似的毫無損傷，有點彎，但基本上使用無礙。

我瞥向溝渠邊緣上方，格拉斯哥的燈火一片螢綠。有三個人影從防風林走了出來。

是國民兵。

我們距離約十五公尺，我看得見他們的步槍和呼吸面罩。他們沒戴夜視鏡。我看著其中一人走一小段路進入空地——這名士兵矮小健壯。他的步槍上肯定配置了某種夜視瞄準器，因爲他就只是站在原地端著槍環視空地。

我靜靜退到溝渠底等待。

他的腳步聲慢慢接近。

我聽得到他靴子踩著泥土的聲音。

他在幾步之外。

我聽到他的呼吸聲，看得到他的槍管。

這時，他一名同伴喊：「有什麼發現嗎？」

他猶豫了一下，仍在掃視空地。

「沒有。」他終於說了，朝同伴走去。「他們一定繞回鎮上了。把消息告訴大家。」

我爬到溝渠邊，看著他們走進樹林，消失無蹤。

我在原地躺了一下，背靠著冰冷土地，胸口起伏，每次呼吸都一陣劇痛。在升級前，這種程度的疼痛應該會要了我的命，雖然現在也相距不遠。

痛苦幾乎遮蔽了一切，但我推開疼痛，開始緩慢爬過這一大片空地，心裡想著格拉斯哥的居民。

他們不知道——他們不可能知道——在哀傷中，他們正見證著地球歷史上重要的一刻。

那些活下來，但是嚇壞的、困惑的、身心交瘁的人。

那些死去的人。

每一次大戰，都有第一場戰役。

正如納粹進攻波蘭引發二次世界大戰。

正如薩姆特堡一役之於美國內戰。

正如獨立戰爭中的列辛頓和康科德戰役。

正如中國侵犯台灣時派出的無人機轟炸大隊。

格拉斯哥之戰不是軍事戰爭。是基因和變種之戰，物競天擇之戰。

第一次攻擊已經發動，但無人知曉；我姊姊的暴力襲擊就是，成功地感染每個格拉斯哥居民的細胞。

與這次的賭注相比，意識形態、領土版圖或宗教都顯得渺小。

這次賭上的是我們物種的未來。

是我們這個物種的走向。

是我們終將成爲的人。

卡拉揭開了這場基因戰爭。

9

黎明降臨草原時，我才回到廂型車這裡。晨曦溫和，舒適宜人，只不過極東處遙遠地平線上泛起一片通紅，彷彿暗示這夜並不安寧。

我小心地靠向我的車。之所以提高警覺，是怕有人在裡頭等著我。例如國民兵。

或是我姊姊的其他手下。他們既然能成功預測到我會如何進入格拉斯哥，也就很有可能在廂型車附近等待。

但車內安然無損，而這一帶我也只看到我自己的腳印。

我爬進車裡，脫下防護衣時忍不住呻吟。接著我脫下汗溼的襯衫。

我不知道確切情況，但我敢肯定有好幾根肋骨在打鬥時挫傷。

太陽能電池滿載，我把它們接上自動數位奈米孔基因定序機。我把從蒂芬妮和克里斯身上採來的樣本放入，另外放進一名未經升級者的ＤＮＡ作爲比對，讓機器開始運作。

提取ＤＮＡ之後，定序機將會一股一股讀取所有核甘酸，並依序記錄核酸甘鹼基對，接著將讀出的資料上傳至核心引擎去組裝出完整的基因體。整個定序與分析過程，大概要八到十個小時。

當定序機開始進行讀取和重組程序時，我發動車子，把格拉斯哥甩到我身後去。

席爾維頓在一千六百公里外，要往正南方開十六個小時，穿過蒙大拿、懷俄明，最後才會抵達科羅拉多州的西南部。

才剛過懷俄明邊界，我的身體和視線焦點就潰不成軍。我把車停在蘭契斯特外圍的休息站，從急救包裡拿出嗎啡，在自己手臂上注入少少幾毫克——

接著，疼痛，

就這麼，

消失了。

我拉下折疊床，脫掉衣服靴子爬上床。

從上次在卡拉試圖在新墨西哥州槍殺我，以及我被迫在半夜逃離醫院之後，我還不曾這麼累過。

但在藥效發揮作用的極樂時刻，所有的疼痛都不見了。

我看著穿過骯髒擋風玻璃照進車裡的正午陽光，直到眼皮沉沉蓋上。

定序機發出安撫人心的喀喀聲和旋轉聲，催我入眠。

醒來時已經是晚上，車裡安靜得很。

我慢慢坐直身子，謹慎地試著呼吸。

嗎啡的效果已退，疼痛又回來了，但沒有之前那種全身上下無處不痛的感覺。

我爬下床，拿出急救包裡的止痛藥，走到正輕聲嗡嗡作響的DNA定序機旁。

我輕輕觸控點開螢幕，看到一個訊息：序列A已上傳分析完畢。序列B正在分析中，剩餘時間五十一分鐘。

喝了三大杯水之後，我坐在當成辦公室的後座上。

我啓動電腦，點開分析引擎——這軟體名叫「生命密碼」。序列A是蒂芬妮的DNA。我因爲定序又註釋過自己的基因體，所以知道要在哪裡找。我有一張清單列出突變的基因和基因路徑，它們跟原有基因活性及基因表現程度的差異，都是後來我母親強加於我的。事實上，我已經破解了分析軟體的原始碼，用我的DNA序列爲範本去排序和比較其他基因體，寫入更進階的程式。

人類的基因有百分之九十九點九是相同的，這從大約三百二十億對基因排序上可以看出。即便我們擁有大致相同的基因，但這些基因序列上的微小差異（即所謂遺傳多型性），會在基因表現上出現個別差異，甚至改變基因的功能。這些微小差異，導致我們在同一物種內各有各的樣貌。

我寫下程式，是爲了找出並凸顯這些差異。

我把包括蒂芬妮原始DNA序列的大檔案丟進我的查詢程式中。

趁程式在跑時，我從櫃子裡拿出一罐湯，倒進平底鍋裡放在爐子上加熱。

我餓壞了。

我邊讀蒂芬妮的DNA分析資料邊喝湯。

一如我的猜測，我基因體出現的變化同樣也出現在她的基因體中。連改變都能追蹤。

這些DNA彈藥已對基因展開編輯、重組，連帶影響多個基因串聯路徑——每一回略改基因體，都有如蝴蝶效應一般，逐漸逐漸，改變蒂芬妮的基因體，讓她的智力、壽命、韌性有所增強，直到她能升級到與我相當的程度。

看過卡拉和安德魯的表現之後，我開始懷疑升級在改變我們智力、記憶和體能之外，還可能以倍數衝高原有的傾向——好比卡拉和安德魯這類人的力量和敏捷度；或者像我這樣較傾向於心智活動的人，則是加強了模式認知和讀人心思的能力。

在蒂芬妮被安德魯槍殺之前，她正在升級歷程中，即將成爲像我這樣的進階版人類。

藉由軟體協助，我分離出她感染的升級病毒包上挾帶的基因編碼。每一組都只有八千鹼基對——如此微量的DNA，卻能攜帶編碼。雖然已經能複製，卻未能達到包裹和分泌到足以傳播的程度。

蒂芬妮並非受到感染。

但眞正的問題是B序列的狀況。

體。

我聽到DNA定序機發出嗶一聲，表示機器正在把B序列上傳到「生命密碼」軟

既然卡拉的病毒不能人傳人，我不禁納悶，爲何格拉斯哥會有這麼多居民遭到感染？是不是幾個月前她派了團隊潛入小鎮，以手動方式，盡可能去感染當地鎮民？她可以選定四、五個地點，如此一來，她很有機會可以感染小鎮至少過半的人口。

我的筆電跳出訊息，通知我B序列（蒂芬妮丈夫的DNA）已經上傳完成。

我把檔案丟入我寫的查詢程式中，然後到車外小解。

天空烏雲密布，看不到星星。

新降雪的味道滲入空氣中，黑暗沉沉迫近休息站明亮區域。

我回到廂型車裡，快速看著B序列的初始分析結果。

立刻發現了基因碼中的錯誤。

蒂芬妮的丈夫同樣接收了升級基因包，但他只出現幾項升級。有許多例子是，僅只有部分改變，不但無法完成升級，還會搞亂重要基因。

這套包裹病毒的基因沒能順利啓動升級，反倒觸發某個新基因片段，開啓一系列基因脫靶效應。

我複製新序列，丟入軟體籠統查詢，看是否能找對應或可能的互相影響。

不意外的是，我沒找到有一模一樣的對應。

但我震驚地看著結果清單，就是那些「百分之五十到百分之九十五重疊」的清

單：綿羊瘋羊病、狂牛病、駱駝棉狀腦病、貂傳染性腦病、殭屍鹿病、貓科動物海綿狀腦病、外來偶蹄類腦病、海綿樣腦病、賈庫氏病、醫源型賈庫氏病、新型賈庫氏病、遺傳型賈庫氏病、散發型賈庫氏病、格斯特曼–史特勞斯勒–申克症候群、染色體遺傳造成的致死性家族失眠症、庫魯病，以及可變蛋白攜敏感性病變。

該死。

這些是普恩蛋白變異的所有形式。

普恩蛋白是一段折疊錯誤的蛋白質，具有誘發正常蛋白質變異的可怕能力。這些變異會讓腦內普通蛋白產生錯誤的折疊，而且是名符其實地讓腦組織變成空洞海綿，進而產生一系列可怕的神經退化疾病。病患會失去辨識人和地點的能力，也無法照顧自己，到最後階段，還會完全停止思考。

通常，普恩蛋白變異疾病極爲罕見——美國每年通報病例低於三百例——增加速度緩慢，傳染方式也非常特殊。主要的三種致病來源分別是遺傳性基因問題導致、來自受到污染的角膜移植或醫療器具，或是像感染巴布亞紐幾內亞法雷部落的庫魯病，起因是來自食人行爲。

我蓋上筆電，拉掉定序機的電源，發動廂型車。

我的思緒飛快轉動。

對像是蒂芬妮和我這樣的人來說，升級是經過設計。

但如果升級計畫嚴重走樣，普恩蛋白疾病正是你可以預見的差錯。

10

我開著車，在雨中來到科羅拉多州的席爾維頓，這個昔日的採礦小鎮目前有五百名居民。小鎮所在的山谷緯度很高，周圍環繞著鋸齒狀的破碎山峰，三千萬年前，兩座大陸相撞形成了這些山峰。

我驅車經過安靜的小鎮。

除了位在小鎮兩端的鄉村酒吧和餐館之外，這裡沒有別的店營業。半數建築都處於等級不同的年久失修狀況。這小鎮就像是上百年來都沒有重大改變，無視於未來般兀自矗立於世。

小鎮正在敗落。

行車到小鎮尾端，我靠路邊停下。

根據衛星導航系統指示，歐魯斯路五十八號在我目前位置的北方五千一百五十公尺外，而在我環顧這個氣數將盡的空蕩小鎮時，很難不以爲安德魯是欺騙了我。又或者他沒有。也許我這麼做正中卡拉下懷。

總之，我很快就會知道答案了。

柏油路中斷在小鎮北方一千六百公尺處。後續黃土路面泥濘不堪，有些地方還積水。在彎進長青樹林時，雨下得更大了。

雲層低垂，充滿壓迫感，橫斷了最高的山頭。

我經過一處廢棄滑雪場的基地。一間黑漆漆的小屋，窗玻璃破損，戶外吊椅隨風晃蕩。兩具被忽略許久的鏟雪機靜靜地隨時間鏽蝕。

又走了三千兩百公尺後，導航提示我已到達歐魯斯路五十八號。

我沒停車。

我右側岔出一條通向山側的單線車道，最後消失在陰暗樹林深處——我看不到門牌號碼，但是一扇柵門擋住車道入口，柵門旁有個小鍵盤和對講機。昨天在我預作準備時，已在低解析度衛星地圖上看到這些設備。

我繼續往前直直開了兩、三公尺，才把車停在離卡拉家車道有一定安全距離的位置。

我來到車廂後端，打開安德魯的袋子。在格拉斯哥時，他在蒂芬妮家拆解了我的武器，但我在他的袋子裡發現一把九厘米金伯微型手槍。我檢查彈匣：七加一發子彈。這把武器很袖珍，但以目前情況來說，是聊勝於無。

我走出車外，空氣裡有一股清新的潮溼雲杉香和燒焦木頭的味道。我走進燒焦的樹林中，踩著穩定的腳步爬上山側的陡坡。

十五分鐘後，我來到高於道路幾十公尺的位置，這才看到遠處通往歐魯斯路五十八號的車道。車道蜿蜒穿過樹林爬升。我猜想，車道沿途應該裝有攝影機和紅外線感測器。

我繼續爬上陡峭的山坡地，眼睛直盯車道看，以樹林當掩護。

一個小時後，我終於來到林間空地的邊緣。我的正前方是山屋。透過窗戶，我看到裡頭陰翳的燈光。

我背抵著樹坐下，讓濃密枝葉爲我擋雨。時間由下午進入傍晚，光線逐漸暗去，我從背包裡拿出望遠鏡，觀察那幢房子。

裡頭沒有動靜。

我查過房子的產權。房子建於十二年前，至今只有一名所有人：J6。J6是一家匿名有限公司，註冊代理人在德拉瓦州，其他資料查無。我駭進席爾維頓建管局，找到了房子的建築平面圖。假如房子眞的是依平面圖建造，我已掌握地理形勢。

在黑暗中等待時，我突然想到自己目前人在科羅拉多州山區，海拔超過三千公尺，現在是一月，竟然下著雨而不是下雪。從前從前，山頭在這時節早已覆蓋好幾公尺的新雪。從前從前，森林是綠色的。但連年森林野火燒乾了這些樹。

傍晚降臨。

我站起來，繼續在樹林中沿空地邊緣移動，終於來到了屋側。

我沿著石牆移動，轉進後院，看到房子以一片不規則形狀的露天平台與樹林相接。我站在最先看到的窗子前面。

她就在裡頭，背對我，正在花崗岩中島料理台前切菜——離我只有三公尺。

我繼續往前走。如果平面圖可信，房子另一端會有一扇通往日光屋的門。那裡可以在我接近卡拉時提供最佳掩護，而且，如果我打破玻璃，遠在廚房的她可能聽不到。

我穿過露天平台，沿著屋子後側跑，終於來到一面內側起了霧的玻璃牆前。

我掏出放在外套裡的金伯微手槍，伸手拉落地窗。

落地窗的門把轉動了。

溫暖空氣撲面而來。

我走進屋裡，身後的門喀嗒一聲輕輕關上。

這裡是音樂室。玻璃牆內放著一架椴木平台鋼琴，闔上的琴蓋上仔細排列著一系列裝框相片。

我在黑暗中檢視這些照片。

麥斯和我八歲大，在內華達山脈騎馬遠足。

卡拉在高中畢業典禮上戴著帽子、身穿禮袍。

我們的父親海茲在舊金山灣一艘他愛的帆船駕駛座上，戴著太陽眼鏡的臉上掛著微笑。

生日、聖誕節、感恩節、萬聖節。

從前，這些影像會讓我動搖——如今已然家破人亡的佐證。但今天我只覺得情緒在遠距外震動，震波離我的感情範圍太遠又太微弱，所以我幾乎沒感覺。

這就是我母親在世人以爲她開車墜海之後生活的地方？鋼琴蓋上有個我認得的缺口。幾十年前，當這架鋼琴還在柏克萊的家中時，卡拉追著我滿屋子跑，我騎滑板車不小心撞上鋼琴。

我想像母親坐在這裡，彈奏她在往昔美好時光彈過的樂曲，回顧那些她已難觸及的舊日記憶。

我解開鞋帶脫掉鞋，走過日光室，來到將一樓一分爲二的寬敞走廊，在高海拔的稀薄空氣中我聽到姊姊在廚房裡的聲音。這時我每分鐘心跳比平常快五下。

走廊右側牆上掛著八幅維梅爾的畫作，上頭微妙的多層光影顯示這些都是眞品。左側牆壁的裝飾，是四幅巨大的歐姬芙作品——在強調每處明艷色彩的聚光燈下光澤耀眼。

大廳拱形天花板上的木頭橫梁外露，一座兩層樓高的石砌火爐生著火，兩側開口分別開向我所在的起居室，以及另一側的廚房。

我握緊手上的微型手槍，順著火爐慢慢往前走。

我深吸一口氣，繞過轉角，用槍瞄準我姊姊。

她仍然站在中島流理台前，用我從未見過的速度快刀切洋蔥。

她沒有立刻看向我，但我知道她早已看見了我。

「安德魯死了嗎？」她把這個問題當作問候。

「沒有。但我不會說他很好。」

依我所見，卡拉身上沒有武器。她穿著瑜伽褲和挖背背心，頭髮比我上次見到她時短了一些，而且，看來她也替自己的臉做了額外的升級。

「是不是——」

「這裡只有我一個人。」她說話的速度比上次我們在一起時更快。要不然，就是我不習慣和另一個升級版人類說話。

「我一直在等你，小弟。」

她的身體語言給我某種感覺，讓我不敢輕舉妄動。

「準備對我開槍嗎？」她問道，一邊走到爐子邊，把洋蔥放入裝著滾燙奶油的鍋子裡。

「看情況。」

她將備用蘆筍放在砧板上迅速切片，然後擺在陶瓷烤盤上，淋些橄欖油，再送入預熱過的烤箱。

「一起吃個晚餐吧，」她說：「之後，你還是可以對我開槍。我身上沒帶武器。不過，你要不就立刻殺了我，要不就別拿槍瞄準我。」

我放下槍。卡拉打個手勢，要我和她隔著中島對坐。她拿起一個平底鍋，走到冰箱，拿出一袋雞肉。

「所以，這是媽從前住的地方？」我說。

「她還有其他房子。她在政府沒收資產前藏了好幾百萬。格拉斯哥怎麼樣？」

「我採了幾個妳的手工藝樣本。」

「到目前爲止有兩千零一十六個人升級。其中兩百七十四人確認罹患類普恩蛋白疾病。」

「是故意設計？」我問道。

她搖頭。「我不知道爲什麼有百分之十三點六的人不是升級，而是發展出普恩蛋白疾病。」

卡拉俐落地剖開兩片雞胸，放進綜合香料中揉滾。她的動作精確，比我看過的任何一個專業大廚更快速、更精準。她大半時間都直視我的雙眼，哪怕是在切剁時。

我把微型手槍拿開，放在花崗岩台面下。

「妳早知道我會到格拉斯哥？」我問道。

「我希望你會——這是假設你在新墨西哥州存活下來。我派安德魯過去，以防你還活著。好讓我過來。」

「格拉斯哥的樣本定序了，」我說：「升級不能傳染。」

「首先要確認升級可以成功。」她說。

「這麼說，又要從頭來過了？」

「不必。我能接受百分之十三點六的不良率。對這個強度的基因治療來說，副作用和脫靶效應是免不了的。這個數字沒更高，我已經夠驚訝的了。」

卡拉走到爐邊，將白酒倒入正在煎炒的洋蔥裡。酒精的蒸氣讓廚房滿室生香。

「妳有沒有研究出可以傳染的版本？」我問道，儘管我心裡有些害怕聽到答案。

「快了。」

老天。我猜測過這可能性，但親耳聽到證實……

她說：「我用修改過的 HEK293 細胞來培養高滴定量的升級攜帶病毒。」

我點點頭。HEK293 是人類胚胎腎臟細胞，數十年來基因科技業廣泛使用，因爲這些細胞不但容易培養，也能有效轉移外來 DNA。要是我，也會這麼做。

她把雞肉放在爐上的鑄鐵煎鍋裡。

「基本傳染數，R0值是多少？」

「八點七，是從初發個案感染起算，十五天內能感染的人數。」

這個數值很高。在病毒學中，R0值指的是特定疾病的傳染力，是單一一個感染者能造成多少案例的期望值。麻疹病毒是目前人類已知傳染力最強的病毒，R0值是十二到十八，這表示每名患者能傳染十二到十八人。相對之下，一九一八年的大流感，也就是西班牙流感，奪走了五億五千條人命，其R0值只介於一點四到二點八之間。而新冠肺炎的R0值大約在五點七左右。

我說：「如果讓每個人都暴露在升級病毒中，又按照格拉斯哥的那個死亡比例，妳現在說的就是殺害幾十億人。這不會讓妳夜裡睡不著嗎？」

「該死，我當然會。但如果只因爲良心不安就放棄該做的事，未免太自私。這一刻，我們還能糾正錯誤。若非我們的集體智慧升級到一個我們能團結拯救自己的程度，就是坐看人類在下個世紀成爲絕響。」

她把注意力轉回雞肉上。雞肉煎出漂亮的顏色。卡拉用夾子把雞肉放到白酒醬汁中，接著在上面灑上新鮮香草。

「妳在哪裡完成升級配方？」我問她。

她光是微笑。「擺盤時候到了，去挑酒，酒窖在你背後。」

我等到她眞正動手擺盤，才滑下高腳凳。

我母親的酒窖是石砌控溫大型酒窖。我走進去，研究了一下，才挑了華盛頓州瓦拉瓦拉附近一家酒廠的一支卡本內蘇維翁紅葡萄酒。在瓦拉瓦拉被燒掉之前，那裡是我最喜歡的酒區。

我拿著酒瓶走出來時，卡拉已經把熱騰騰的盤子擺在餐桌上。看到酒，她說：「你的出生年份。挑得好。」

我們面對面坐，我把微型手槍放在我身旁的椅子上。

食物非常美味。黑夜籠罩，闇然暮色從窗子掩入，只剩牆上閃映爐火爍光。

卡拉看著我。「難道你不相信人類眞的有麻煩了嗎？」

「並不是。」我又吃了一口風味絕佳的雞肉。「我看到媽之前看到的，我知道我們會面對什麼，這讓我非常困擾。」

「那麼爲什麼不合作？」

「萬一這不是解決辦法呢？萬一妳殺了幾十億人，卻發現自己的所做所爲徒勞無功呢？萬一妳最後打造出蜜麗安．蘭姆西的那種世界，搞出一堆人自以爲知道什麼是最好，又有能力去執行，萬一他們不幸錯了，結果卻給世界帶來無法想像的傷害？又萬一妳創造出一堆人在他們的強項上變得更強，妳想想那些士兵、罪犯、政客、資本家吧。」

她啜了一小口酒，坐在原木餐桌前看著我——我能想像我母親多次在這桌邊孤單地用餐。又或者這些用餐時間並不孤獨。說不定她愛獨處，喜愛有她自己的智慧作陪。

我繼續說：「妳的根據來自一個有破綻的假設。更高的智慧並不一定讓人比較不貪婪、不自我中心或比較不邪惡。更高的智慧不見得讓人變得更好。」

「我不是說這會解決一切問題，這不是魔杖。但如果我們能給人們能力去看到世界眞正的樣貌，給他們智慧去採取行動，難道這不是至少給自己一個機會？難道這不是我們欠自己的？聽我說，我懂。你想知道那個未來裡頭有什麼？你需要先知道我們的選擇是正確的才肯行動，但你根本沒法知道。」

「證明給我看，證明升級能解決妳認爲它能解決的問題。讓我看看妳的精密測試和數據。」

「我知道我把升級改得更好。我必須相信，大部分經過我升級的人都會經歷類似的轉變。」

「所以說到底，這一切的根據就只是妳這麼**相信**？」

「我們沒時間了，羅根。我們能做的，是運用我們能掌握的事實，檢視我們的動機。我剖析過自己的動機。我這麼做不是爲名利，不是爲權力或後代子孫。」

「那是爲什麼？就只因爲妳覺得這麼做是正確的？」

「正確與否，是來自人類的感覺，是我們編造並賦予意義的故事。正確與否跟客觀事實無關。而現在唯一客觀的事實是，我們要生存下去。」

我說：「也許同情心和同理心只是溼軟黏稠的情緒，是我們鏡像神經元創造出來的幻想。但這些情緒從哪裡來眞的重要嗎？這些情緒讓我們有人性，甚至可能是讓我們**值得**被拯救的原因。」

「拜託，羅根。抽象理論說夠了。也許在新墨西哥那時你還不相信我們的時間不夠了，但你現在該知道了。而且你也該知道我們不能容許那種事發生。」卡拉舉起她的酒杯。「你到底要不要站在我這邊？」

我舉起酒杯和她的相碰，在喝酒時和我姊姊保持目光接觸，與此同時，我慢慢地，很緩慢地，伸手去拿微型手槍——

杯、盤、醒酒器、酒瓶、食物、銀質餐具——所有東西瞬間向我飛來，接著是整張桌子的重量把我撞向地板，隨後壓在我胸口上。

我沒料到她的下一步。她絲毫沒洩漏自己動向，但當然了，她肯定是從我臉上的表情讀出她沒能說服我。

我從桌子下爬出來，終於握住我的微手槍。

「別動！」

卡拉慢慢轉身，停在通往起居室的通道，一動也不動。我盯著她的手看她是否有武器。她的手中空無一物。

她用驚愕眼神看著我。「我愛你，羅根。我盡可能給你機會。別逼我動手。我知道這只是感情，但我不想也失去你。」

我用微手槍瞄準我姊姊的左腿，希望能看出一絲哀傷或恐懼，但她仍舊面無表情。

「妳在哪裡純化病毒？」

她說：「艾娃會繼承一個正在死去的世界。我從你的臉上可以看出你——」

「我當然恨！」我的聲音在安靜的屋子裡迴盪。

「那你爲什麼拿槍對著我？」

「因爲一定還有其他方式。」

「太好了。什麼方式呢？」

「我不知道。」

「那好，在你思考的同時，我要去做一些眞正有用的事。」

「妳在哪裡純化病毒？」

她光是看著我。

「我不想傷害妳。」我說。

「我知道。」

我瞄準她左側的股直肌——這塊肌肉從臀部彎曲延伸，一直到膝關節。我可以在不威脅她生命的情況下，讓她動彈不得。

在密閉的房子裡，槍聲震耳欲聾。

我的耳朵嗡嗡作響。

卡拉仍然在原處，站得好好的。我尋找血跡，但什麼也沒看到。尋找槍擊痕跡，仍然一無所獲。

她只是往我瞄準位置的右邊站一點。

沒打中。

我——

她動了。

——再次開槍。

那一瞬間，我甚至懷疑她是不是動了什麼手腳，把我的彈匣換成空包彈，甚至懷疑這是不是一場複雜難懂的陰謀。但接著我看到她背後牆上的彈孔。

我上前一步。

現在我們的距離只有三公尺。

又一次，她在我扣下扳機的同一瞬間移動，消失在火爐的轉角後。

搞什麼鬼？

我追著她跑進起居室，試圖了解我姊姊怎麼可能輕易躲過近距離的射擊。當然，她沒有躲。大部分九厘米子彈的速度在每秒鐘三百六十五公尺。不管有沒有經過升級，沒有一個人類能以這種速度移動。

她蓄勢待發，移動，就在不到一秒的時間，就在我起心動念到扣下扳機之間。連我這升級過後的人，都掌握不到她那種精準度。

我背後傳來踩踏地板的嘎吱聲。

我轉身，正好迎來踢向我胸口的腳。我往後倒猛力撞破了玻璃咖啡桌。我試圖拿槍，但卡拉一腳踢走槍，撲到我身上，拿她用來剖雞胸的刀尖抵住我的喉嚨。

她說：「你有沒有想過媽爲什麼要幫我們**兩個人都升級**？」我可以感覺到刀尖刺進我的皮膚。「也許她知道你沒辦法做出這個困難的選擇。」

「妳又幫自己升級了，對不對？」

她沒回答。我偷偷把手伸進口袋，抓住遙控器，按下按鈕然後壓住。我外套左口袋傳來一陣震動，連軸馬達和真空幫浦開始嗡嗡作響。

卡拉低頭怒視我，臉上的面具落下——我看到憤怒和心碎。

「我要你知道，我一點也不想這麼做。」

然而她是眞打算動手。她讓我找到她，因爲她想做最後一次嘗試，說服我和她站在同一陣線。但這個嘗試失敗，如今她必須痛下殺手。

「我很抱歉。」她說，淚水讓她眼眸發亮。

「如果妳殺我，我們都會死。」

她檢視我的臉，想找出我說謊的跡象。但她沒找到。

我說：「我的拇指壓著一個按鈕，如果我放掉，我外套裡的擴散器會立刻持續釋放霧化——」

「霧化的什麼東西？」

「蓖麻毒蛋白。」

她的瞳孔放大，腎上腺素分泌。

蓖麻毒蛋白是一種核醣體抑制蛋白，會抑制細胞合成它們所需要的蛋白質，阻斷人體主要功能。這種毒素來自蓖麻籽。蓖麻籽可以製作對人體無害的蓖麻油，原料取得很方便，而要製作成蓖麻毒蛋白也相對簡單，平均一點七八毫克就可以讓一名成人致死，不論注射或吸入都有效，只要幾顆食鹽的份量就能致命。

「妳知道吸入蓖麻毒蛋白後會怎麼樣？」我問道。

她全身僵硬。

「在幾小時內，妳會乾咳或咳血，肺部會開始充滿液體，讓妳像是溺死一樣。蓖麻毒蛋白中毒無法治療，也沒有解毒劑。」

「你眞會嚇唬人。」

我舉起左臂。「看到我袖子裡的管子嗎？」

她的視線飛快看向我的袖口，然後轉回來。

我看著她，拇指壓在按鈕上。她看向掉在兩公尺外的金伯微手槍。

我說：「這個擴散器是訂做的，妳還來不及碰到槍，就會散發出霧化蓖麻毒蛋白的粉狀奈米微粒。」

「就這麼剛好，你手上有這東西？」

「把妳的刀從我的喉嚨拿開。」

她收回刀子。

「丟到起居室另一邊。」

刀子落在我們兩人之間的地板上。

「沒關係，」她說：「你阻止不了我。」

要是我能確定殺掉卡拉，就能讓世界躲過升級威脅，我會放掉拇指下的按鈕，釋放毒霧。但她之前提到過一名病毒學家。她還招募了出現在格拉斯哥的安德魯，又讓他升級。她一定還有其他幫手，就算她不在了，這些人也能完成升級計畫。況且，聽來他們離終點線不遠了。

「慢慢，很慢地爬向我這裡。」我說。

她趴向地板。

「面朝下趴著。」我說。

她翻過身，面朝著滿地碎玻璃，說：「如果你去拿槍——」

「我不會。」

我瞥了前門一眼。六公尺遠。

我坐起身。

緩緩站起來。

卡拉用右眼角看著我，兩個手掌平貼著地板，準備跳起來。

我小心地往後退一步。

接著又一步。

到了離厚重前門大約三公尺處，我轉身衝向入口。我聽到背後碎玻璃的聲音，知道卡拉也開始行動了，但我沒停下腳步，只希望門沒鎖，因爲多花一秒鐘摸索門鎖，我就可能得賠上一條命。

我扭開門跳過門檻，這時，我背後傳來一聲槍響。

我跳下門梯。

跑出了吊燈的光圈範圍，加速衝入凍人的雨中，我手上仍然按著遙控按鈕。

別跌倒，別跌倒，別跌倒。

更多子彈在群山間跳動，我光裸的雙腳在泥地中幾乎沒有阻力。

我沒有回頭，沒有停下腳步。

衝過下坡，穿過空地，接下來只要抵達黑暗的樹林就能有掩護，我的心跳來到每分鐘一百九十五下，在打鼓般的心跳聲和傾盆大雨間，我完全不知道我姊姊是否追了上來。

我進入燒焦的森林。這片林地很陡，我的夜視能力搜索著僅有的光線，以便我能躲開樹幹，跳過落枝，現在我只擔心地心引力會讓我滾落山底。

我減慢速度，終於停在一塊大圓石後面。

豎起耳朵仔細聽。

什麼也沒有。

我開始發抖，腳上的撕裂傷遭到寒氣侵襲。我聽見聲響，不是腳步聲，距離頗遠，是機器聲音。原來是車庫門開了。

十二秒後，兩束強光穿過如織的雨水，掃過森林。我聽到輪胎壓過柏油路的聲音。

就只閃過一秒，車道上的汽車大燈稍縱即逝。

卡拉要離開了。她不需要打鬥就已經贏了。

我用左手拉出口袋裡的擴散器，用手動的方式關閉它。在確認連軸馬達停止運作後，才敢讓大拇指放開遙控器按鈕。

我控制不住地發抖，腦袋裡出現了黑暗的想法。

失敗了。

這場戰爭輸了。

我不知道她怎麼辦到的，但她將自己的能力提升到遠高於我的程度，現在竟然還可以躲開子彈。沒錯，我活了下來，但有什麼用？我不可能成功的。

這時，我突然想到一件事。

我母親木屋的門仍然開著。

我走進去。

裡頭安靜無聲。

卡拉帶走了手槍，但這不是我回來的原因。

我上樓，找到卡拉用的臥室。衣櫃裡還滿是衣物，床頭桌上放著一杯水。

我走進浴室。梳妝台上放滿了卡拉的化妝品，我在當中找到了我要的東西。我拿起梳子仔細檢查，看到微弱的希望之光。

我姊姊有幾根頭髮留在梳子上，其中一根的毛囊還在。

11

那晚，我很晚才南下。當第一道曙光為天空染上顏色時，我發現自己已來到科羅拉多州南部紀念碑谷的沙漠道路上，儘管低地仍逗留在黎明前的暗紫之中，高聳砂岩孤峰卻已捕捉到晨曦的光芒。

我把車開到路肩，讓自己休息一下。

我走出車外，這裡的氛圍寂靜迫人。

連一絲風、一抹雲都沒有。

我看著光線順著宛如異世界的孤峰延伸到在古生代曾是海洋的谷底，感受這片永恆不變的景觀帶來的撫慰。

沙漠上有層薄雪，周圍都是赭紅高聳台地或山峰。這片地景在人類統治地球的數億年前便已存在，在我們離開後，也將繼續留在這裡。

一月的傍晚時分，我開著車取道十五號州際道路前往拉斯維加斯，這天氣溫高達攝氏三十八度。幾公里外，壯觀的賭城大道宛如一朵綻放在沙漠盆地的異國奇卉。

我開向一團混亂的眾家賭場，路過北端的幻框旅館——這棟摩天旅館的造型是一千公尺高的相框，相框中二十四小時隨機輪播社群媒體的貼文。

在這些公然蔑視地心引力的豪華賭場之間，有一些小一點、髒一點，幾乎在四十、五十或六十年前便已經超過使用年限的建築。

我沿著賭城大道前進，大麻、嘔吐物、尿騷、酒臭和歌舞女郎的香水味滲進了車裡。

我經過在陽光下閃耀的百樂宮噴泉。他們一天用一次眞水。其他時候，則是改以立體投影取代。

凱薩宮賭場酒店早已夷爲平地。現在，某個跨國集團在原址蓋了一座巴別塔——這座人工假山高達一千六百公尺。一條名爲「空中花園」的十六公里林蔭大道從巴別塔底沿坡環繞而上，直達山頂。道路兩旁有花園、店面、餐廳、咖啡館、綿長的行人步道、數位水雕，還有許多可以停下來坐著欣賞下方閃亮城市和旁邊沙漠風光的觀景台。

賭城大道的南端是拉斯維加斯最新最高的建築，藍色建物在剛入傍晚的天空下閃閃發光。「藍色地球」是個巨大的球型建築，在沙漠的陽光下閃耀得像是舞廳的多面鏡彩球；入夜後，則耀眼得像顆複製的地球。

賭城大道周邊還有看來髒亂的廉價公寓，供維持這個城市運作的人員居住。

公寓建築後方，像是地獄外圍的是拉斯維加斯的其他部分：二十年前，在人造的米德湖乾涸後被放棄的地帶。

我穿過無人的街道，閃躲垃圾和廢棄物。

太陽往西落到加州，讓莫哈維沙漠的顏色從橘色調變爲紅、洋紅，到紫色。

夕陽的光線消逝，拉斯維加斯的郊區一片黑暗，賭場像盛開的霓虹花朵。

一度是沃爾瑪賣場的建築如今已成廢墟，我把車子停在幾條街外，下車走進安靜的街道。

我邊走邊從舊大衣口袋裡拿出一瓶威士忌。這件大衣是我離開科羅拉多州時在二手商店買來的。我打開瓶蓋，倒了一些酒在大衣上，接著又含一大口再吐掉。

停車場裡沒停車，電線桿沒有一根是直的。我看到燒焦的車身和幾處從前流浪漢的營地——破碎的帳棚、汽油桶，以及殘存的絕望。

這晚沒有月亮，但星光指引我前進。

賣場正面入口用板子封了起來，無法進出。

我拖著看似酒醉的蹣跚步伐沿著建築側面前進，在繞過轉角前就已經聞到香菸和幾乎難以察覺的廉價古龍水味道。

我繞到建築物後方。一段距離之外，大約在整棟建築的中間，就在上下貨的出入口附近，停了四輛黑色休旅車。

他們說話的聲音傳過來。是俄語。

五個男人。不對，是七個。

到我距離他們只剩下二十五公尺時，他們才把注意力放在我身上。我毫不懷疑，他們在幾分鐘前早已看到我。這建築外面一定設置了許多攝影機，但他們只把我當成在夜裡遊盪的醉漢。

他們安靜下來看著我，看我會不會從他們身邊經過。

我停下腳步，轉頭面對他們。

一名身材壯碩如山，身穿全套黑色運動衣的男人走出他們的小圈圈。

「繼續走。」他說，揮動香菸指著巷底。

我維持搖晃的步伐朝他走去。

「你聾了嗎？」

男人在離其他人三公尺的地方攔住我。以他的體型來說，他的腳步算輕盈，動作也很優雅。他低頭俯視我，那模樣根本像是冒出手臂和雙腿的大石塊。

「費爾德在裡面嗎？」

星光下，我看到他的反應：驚訝。他舉起左手，對著袖口說了幾句他的母語。又過三十秒，他的眼睛轉動；他顯然是透過耳機聽對方說話。

他回答：「Da，da，da*。」

他的嘴角上揚，臉上露出微笑，這個表情和他的眼神完全相悖——他打算傷害我，而一想到暴力他就開心。

他的右手往後探向腰帶上的槍。透過他們某一輛休旅車的側面後視鏡，我看到了槍枝的金屬倒影。

我一腳踢向他的左膝。這一踢，讓我聽到從未聽過的慘烈聲音——啪的爆裂聲。他踉蹌後退，我伸手抽出他腰帶上的 MP-443 烏鴉手槍，順勢轉個方向，用槍柄敲破他的腦袋。

他倒下時，我依序射殺動作協調又優雅的第三、第一、第四和第六個男人。不，其實他們一點也不優雅。在他們的朋友紛紛倒地時，他們笨拙地掏槍，根本一團混亂。

第二個男人本來在抽菸，他的遲疑救了自己一命。這群人當中最聰明的是第五個人，他直接高舉雙手。

「送貨區的門通向裡面？」

「是。」＊第五個男人說。

我拿出腰包裡的束帶丟給他。

「把他綁起來。」在他把第二個男人的手束在背後時，我仍然拿槍指著他們，一邊留意對準後巷的攝影機。

如果攝影機後面的人看到我，他們有幾個選擇。派更多人來——假設他們還有人

＊俄語，「是」「對」之意。

手，或是從另一個出口逃走。

「費爾德在嗎？」

男人捆好了同伴，站著看我。我的問題嚇到了他。他點點頭。

「裡頭有多少個警衛？」

「兩個。」

他說的是實話。

「你叫什麼名字？」

「阿雷克西。」

「帶我進去，阿雷克西。」

我解除阿雷克西的武裝，跟著他走上通往送貨區門口的階梯。他把門拉高，讓我們兩個從下面鑽過去。

我們踩在空倉庫的拋光混凝土地板上。刺眼燈光從橫梁往下照，我聽到遠處有發電機的嗡嗡聲。

「帶我去找費爾德。」

阿雷克西帶著我走到一條陰暗的走廊。

到了終點，他從口袋裡掏出一串鑰匙，打開沉重鐵門。

我們走進一個房間，這個空間讓我想起動物園的室內展示間。牆面放著成排不同尺寸、用來飼養動物的玻璃箱、水族箱。室內瀰漫著木屑、動物排泄物和清潔用品的味道。

我們沿著成排的玻璃箱牆走。許多玻璃格裡都有培養皿，負責照顧這些培養皿的是機器手臂。機器手臂這時不是在壓出玻璃滴管裡的液體，就是移動乾淨培養皿的角度好迎向光線或熱源。

我們越往前走，排列的玻璃箱就越來越大。

我看到其中一個裝了泥土的玻璃箱裡有幼蟲鑽動，蟲小到肉眼幾乎看不見。另一個玻璃箱裡有腰果大小、看似幼鼠的粉紅色動物。也有看似常綠植物的幼苗，但上頭長了深紅色的針葉。有一整排玻璃箱裝著我從未見過、從未想像過的昆蟲。在一個裝滿水的大水族箱裡住著不知是海水還是淡水魚，這條形狀會變化的透明魚看起來像是來自另一個星球的怪物。

接下來的玻璃箱和水族箱越來越大。

我看到像是袋鼠、大小像家貓的動物用三隻爪子抓著倒掛，靛藍色眼睛張開，黑色瞳孔只有針孔那麼大。

一條兩端各有一顆頭的鰻魚在滿是粉紅色水草的水族箱裡游動，皮下放電時像水銀般閃亮。

來到我從未見過的大型玻璃箱前，我忍不住停下腳步。玻璃箱和牆面等高，裡面空間約莫有衣帽間那麼大。

箱裡角落的蕨類植物下方坐著一隻生物，牠讓我想起一九八四年的電影《小精靈》，但牠的耳朵比較小，有翅膀，看來性格沒那麼壞。

養育場尾端的一扇門打了開來。

我把阿雷克西拉到身邊，用手槍抵著他的頭。

門口來了一名穿白色實驗袍的男人。看到我時，他露出微笑。泰伊・費爾德比我矮五公分，長了一頭黑色鬈髮，鬢角又長又密，臉上的小鬍子讓他更像是個美髮沙龍的老闆。基因保護局監視費爾德好幾年了。我們從來沒緝捕過他，但我們知道他住在巴別塔一處閣樓裡，以拉斯維加斯廢城區的好幾處舊建築爲實驗室。官方從未正式說明費爾德爲什麼可以不受管束，但我們私下都很清楚。他是國防高等研究計畫署的後門供應商，賣給他們一些違法的生技產品，而且偶爾會透露一些生物科技恐怖分子和競爭對手的情資給基因保護局。所以一來一往之下，只要他能證明他的自由是正當的，那麼他便得以繼續經營合成珍禽異獸的生技事業。

他背後有兩名身穿黑夾克的斯拉夫男人等著他的指示。

「小羅根・蘭姆西。」他說。

「你好啊，費爾德博士。」

「來逮捕我的嗎？」

「我已經不爲基因保護局工作。」

「那是來殺我的嗎？」

「我需要借用你的實驗室。」

「我爲什麼要借給你，而不是乾脆殺了你？」

「如果你覺得你能殺了我，那你就儘管下手。你派在貨物出入口的七名保全訓練有素，可是他們沒什麼好下場，但也許這兩個躲在你背後的傢伙是狠角色？如果他們想開槍，我就不得不殺掉阿雷克西。我希望不用這樣。或者……還是說……你看得出自己占不了便宜，我們就直接進入結論。」

費爾德博士熱情地放聲大笑。他說：「我上次看到你，你大概只有十二歲。我那年在柏克萊演講，你母親請我去你們家用晚餐。」

「其實我當年九歲。而且你是住在我家。」

「是嗎？」

「我們還下了一盤棋。」

「我不記得。誰贏了？」

「你走了十九步就打垮我。」

「厲害。」他瞥向身後的兩個男人。「退下去。」

我放開阿雷克西，他走向費爾德，頭低低垂著，像隻愧疚的狗。

費爾德說：「殺了他。」

說完這句話的一點二秒後，三個男人都死在費爾德腳邊，而我對準他腦袋的槍裡還有一發子彈。

「抱歉，」他說：「我必須親眼見識一下。」

「看來你在這裡孵恐龍？」我指著大型玻璃箱說。

「要是你知道有人願意爲別人沒見過的新生命型態付多少錢，一定會很吃驚。一旦我得到完美設計，這東西可以賣到五千五百萬。」

「牠眞的能飛嗎？」

「不行。可是牠會拍翅膀。但很不幸，牠也沒法噴火。」

「你試過嗎？」

「我們**開發出**這個想法。動物王國裡有些生物耐得住極端溫度。我們在研究龐貝蟲的基因。這種剛毛蟲生長在深海溫泉區附近，可以耐受超過攝氏七十六度的高溫。我們也研究了阿拉斯加樹蛙和俗稱水熊蟲的緩步動物門微小生物，牠們可以在幾近絕對零度的溫度下存活。但是在動物王國裡，我還沒發現可以耐受攝氏五百度以上高溫的生物構造。」他笑著說：「我不知道該怎麼打造能夠產生並且噴出火焰的器官。」

「這東西的構思，是來自現存物種，還是單純從實驗室培養出的物種？」

「是實驗室利用人工合成獨立子宮培養出來的物種。我們叫牠史矛格＊。」

牠看起來不像那條強大、奇幻的龍。牠看起來……呃……有些可憐。

牠的硬皮上有銳角，還有鵝卵石的花色。我懷疑他們從鱷魚的基因裡取了一部分DNA。牠的後爪像是科摩多龍的腿。

這個超乎自然的爬蟲類眼睛張著，透過玻璃凝視我們。

「這是個極度不完美的造物，」費爾德說：「牠長大時，身體質量增加的速度超過骨骼橫斷面能承受的重量。我們剛完成骨頭的細胞編輯，爲的是增加骨骼的尺寸和密度。接下來幾週內，應該就能知道我們是不是成功了。」

那隻龍離開蕨類植物的遮蔭，朝一小池水低下尖尖的腦袋，開始喝水。

「你爲什麼來這裡？」菲爾德問道。

「你看到了格拉斯哥的新聞嗎？」

「當然。我聽說軍方在小鎮周邊架設圍籬，把每個人都關在裡面。」

我很快地把整件事告訴他，聽我講完，他仰頭笑了好久，笑到眼睛充滿淚水。

費爾德說：「你母親在殺了兩億人，破壞了整個科學圈——其中有我畢生心血——之後詐死，只爲了東山再起，而且帶來的震撼還更大。」他嘆口氣，收拾自己的情緒。「所以，這個升級配方成功嗎？」

「在有些人身上是成功的。」

「她怎麼辦到的？」

「我一點概念也沒有，但如果你硬要我猜，我會說她使用超級電腦運算，她公司『你的故事』搜集到的生物數據。」

---

* Smaug，托爾金筆下虛構的噴火巨龍。

「肯定是這樣。」他眼神一閃，我瞥見罪犯背後的科學家。「她掌握了數據，說不定還寫出演算法，把客戶的身體特徵以逆向工程設計出DNA密碼。哇。她真的辦到了，眞的建立程式，從表現型反推出基因型。」我看著他思考，把整件事想通。

「接受問卷調查時，人會說謊。她可能設計了網路蜘蛛去蒐集公共紀錄，比較死亡證明、社群媒體，駭入幾家保險公司拿自己的數據和他們的醫療紀錄互相比對，取得合理的可信比率。」他的笑語背後藏著嫉妒。

「我姊姊會釋放出我母親的升級配方。」

「怎麼做？」

「透過可傳染的無症狀病毒。」

「R0值多少？」

「將近九。」

費爾頭佩服地搖頭。「接下來好玩了。」

「我需要實驗室。」

他聳聳肩。「你覺得有必要費這番工夫來阻止她嗎？」那瞬間，我看到他眼底無盡的貪婪。「我們這艘船要沉了，羅根，想舀水已經來不及，也不是說我們眞的努力過。況且這艘船上沒有救生艇。就當作世界要結束那樣活著吧，因爲這是眞的。」他盯著我看了好一會兒。「我沒能改變你的決定，對吧？」

「沒有。」

「那麼，」他低頭看看死在他腳下的人。「我想，我家就是你家了。」

大實驗室在從前沃爾瑪的一角，占地好幾十平方公尺，四面牆邊排列著伺服器和一排DNA生物印表機。

費爾德帶我到3D介面的基因工作站，教我登入他們的系統，然後放我自己玩。

利用從卡拉梳子上取得的頭髮毛囊，我自己設計的程式已經完成了我們姊弟基因的功能分析比對。她增強了自己DNA中部分基因的表現，比我母親原始設定的門檻更高——主要在控制專注力、模式辨識和一般認知上。

我把卡拉的新基因分析上傳到費爾德的人工智慧介面。很快地，軟體整理出一份修改清單，以及相對應的目標器官和基因系統。

如果我想要阻止卡拉，我必須把自己的能力提升到她的程度，甚至得超過。她可能用好幾個月時間，一項一項慢慢修改。但不幸的是我沒有那種時間。無論我想出什麼辦法，都必須夠快夠不擇手段。

我有個想法，因爲我所有讀過、學過的基因工程學現在都隨我取用。

我們多數基因和調控序列都有兩組副本。我母親做的初次升級遵守大自然的計畫，只修改了其中一組副本。但修改兩組副本，也就是增加基因劑量，經證明是以暴力破解法來提升表現型的外在表現——儘管風險很高。打個比方，人類的第二十一號染色體基因劑量提升百分之五十後會改變發育的時間、模式，和延遲發展，造成遺傳性的唐氏症候群。

爲了匹配卡拉的作法，而且必須在短時間內完成，對於已修改過的基因，我要啓動這些基因的沉默副本，以求得到最大的表現——對於微妙的平衡系統而言，這作法很粗暴。

只要有機會，我就到廂型車裡睡幾小時補補眠。費爾德的細胞生物學家和病毒學家偶爾會晃過來探頭探腦，但我只管自己的事，盡可能不和他們交談。

透過DNA變造，我排列了六種不同的DNA微環，每個微環都是獨立、可以自我複製的傳遞載體，負載一組特別的基因或指示。

到了第三天，我上傳原始基因序列，讓費爾德的DNA變造和組裝陣列上工，以精確的數量和純度建構DNA，我所需要的一切全以化學合成。

然而，我仍然需要一個遞送方式，某個可以與我的系統結合成一體的方式，但必須夠快，快過我母親用來爲我和卡拉升級，或是快過卡拉用來第二次升級的病毒載體。我需要的載體，要能夠承載我的DNA混和物與片段基因，把新的DNA灌入我已經擴張過度的細胞。

我已經毫無間斷地工作了二十二小時。

我離開工作站，漫步在曾經是運動部門的通道上。

我想起一篇文章。十五年前，我在從華盛頓特區飛往洛杉磯的超音速班機上讀到這篇文章，當時我一知半解。現在，這篇文章完完整整地存在我心裡。

文章中檢視了各種基因遞送方法的優缺點，其中一種方式運用了流體力學——靠加壓注射大量DNA，靠滲透壓原理使基因包在細胞壁上爆開，以極高的效率滲入體內。流體動力的強度對領受者來說不輕鬆，但對於我所需的夠快夠不擇手段的遞送方式而言，倒是個不可多得的好方式。

除了替自己注射，我還需要一個特定遞送系統來穿越我的血腦屏障，以達到改變腦部的目的。某種快速敏銳的方法。爲此，我製作出攜帶我基因包的奈米粒子，這些奈米粒子會透過人工吸入器直接進入我的大腦。

我把我的打算告訴費爾德，他像看到瘋子似的看著我。

「比起災難性的器官衰竭，要殺你還有更多有趣的方法。」

「你有別的方法完成快速遞送嗎？」我問道。

他沒有。

在我抵達的六天之後，我在貨物出入口的平台邊和費爾德握手，感謝他別無選擇的熱情招待。

「你這麼做就完了。你知道，對不對？人體不可能承受你打算要經歷的一切。」

「你可能是正確的。」我說。

「我仍然要祝你順利。要記得啊，我幫過你。」

「那是在你嘗試殺我之後。你試了兩次。」

「是啊，才兩次。」在他微笑的時候，我跳下貨物平台，穿過太陽燒烤下的馬路，朝我的廂型車走去。

要找出卡拉，我的時間不多。於是，自從我建立新身分之後，我頭一次決定搭飛機。

從拉斯維加斯國際機場起飛的十二分鐘後，我們抵達兩萬九千公尺高空。我搭的是一架八十人座波音客機，儘管噴射推進引擎每秒鐘帶我們前進一點六公里，但在我看到一千一百公尺下方幾架老式超音速客機和更下方的次音速噴射機之前，我一直感覺不到飛機的移動。至於那些老舊飛機，看起來簡直像是往後飛。

我看著地球的弧度——大氣層脆弱的藍霧轉變成空洞的黑色太空。

在飛行高度飛了二十分鐘後，我聽到也感覺到引擎關閉的聲音。機長廣播我們已開始滑行下降，馬上要抵達華盛頓特區。

過了一年多，我總算要回家了。

12

儀表板上的時間顯示下午六點四十五分，擋風玻璃外既暗又有細雨模糊視線。我家重新漆過了——木壁板換了色，原來酒紅色窗框也變成深藍色，門漆成紅色。

幾個月來，我首度猶豫不決、躊躇難定。副駕駛座上繫著我再次升級所需的迷你冰箱。我大可在拉斯維加斯就動手。我應該在拉斯維加斯升級的，但我卻來到這裡。

我不知道將來會怎麼樣，但我想見我的家人最後一面。

我對著後視鏡整理頭髮，想讓自己看來體面一些，這時，前門打開了。

貝絲出現在門口。

她身穿我從來沒看過的綠色裹身綁帶式洋裝，原本及肩的自然披垂髮型如今剪成髮質絲滑的不對稱鮑伯頭。

貝絲出來後隨手關上門，沿著石板路走向大街。

我的機會來了。

我正要伸手拉開車門，遠處一輛車亮起大燈，直射而來的光線，照亮灑落在擋風玻璃上的雨水。

貝絲拉開後座車門，爬了進去。

經過三公里，貝絲搭的共享汽車停在佛蘿拉餐廳前。從前有幾次特殊機會，我們來這裡用過餐。那是個專門用來慶祝紀念日和生日的場所，是一個想要讓邀約對象留下深刻印象的餐廳。店裡供應的是天然食物，索價不菲。事實上，他們販售的是某些人願意出高價去買的體驗——過往還能在外面用餐的氛圍。

貝絲跳出車外，急急忙忙地穿越馬路，消失在餐廳裡。

我把車停到我看到的第一個停車位，走進下著雨的傍晚。

天氣雖然不好，但人行道上仍然鬧哄哄的。

我穿過幾種不同香水停留在空氣裡的味道。

佛蘿拉餐廳門口人不少，接待桌前有人排隊。貝絲不在其中，但紅色簾幕遮住了用餐區，我看不到裡面。

我邊道歉邊擠出一條路，趁接待員拿著小手電筒低頭看訂位表格時鑽進簾幕後。

用餐區人聲鼎沸，光線昏暗。

每張桌子都有人，好幾張鋪著白色桌巾、放著燭台的桌子上還擱著裝香檳的冰桶。

我退開一步，讓路給端著一盤馬丁尼、繫著黑領帶的侍者，正好瞥見貝絲的綠洋裝。

她背對著我，坐在餐廳深處最遠角落一張隱密的桌邊。

坐在一個男人對面。

我穿過在忙亂中掌控全局的侍者和用餐者，朝他們走過去。

除了坐在我妻子對面那男人的臉，我什麼也看不到。他長得很英俊，髮型鬍子修得極好，在昂貴的白T恤外面套著訂製黑西裝。

他傾身大笑，我走近時看到他的右臂就放在桌上，手只離貝絲只有幾公分遠。

「先生？」

我轉頭看到帶位員。

「你在找你的桌位嗎？」

「是的，」我掩飾地說：「但是我沒看到我的同伴。我以為他們已經到了。」

「你用什麼名字訂位？我去查查他們到了沒有。」

「我不確定是誰訂的位。」

「好，那請問你的名字？」

「羅比。」

「如果你願意，你可以在吧台邊等。」

我坐在吧台唯一的空位。從這個位置，我能毫無阻礙地看到貝絲的桌子，感受到我對陪伴她的那名男人熾熱的妒意。但現在，就跟處理其他眾多情緒一樣，我有能力把這個感覺放到一邊，不帶任何情緒去觀察。

我叫了一杯飲料，但我沒碰，就只是專注看著貝絲的桌子。

他們叫了雞尾酒、葡萄酒和食物。

輕鬆愜意地交談。

他們的身體語言、場景，加上這是個週四夜晚選在幽暗法國餐廳的會面——在在說明這是場約會。第三，也許是第四次約會。

侍酒師爲他們拿來葡萄酒。貝絲的約會對象賣弄地檢視軟木塞，侍酒師先爲他斟了一點酒讓他品嚐，他仔細研究葡萄酒的成色。

侍酒師離開後，她的約會對象急急坐直然後站起來。我看著他走向餐廳另一側應該是通往洗手間的走廊。

我在吧台上放了一點錢，走向貝絲的桌邊。

她離我只有六公尺了，正用手機發簡訊。

我的心臟狂跳到每分鐘一百六十下，感覺像是我被另一個人附身。當然了，我知道那是誰——是過去的羅根，對於自身的存在，他難以掌控，也無法理解，就像沉浮於汪洋中，隨風漂流。

現在的羅根不會有那麼多掙扎，他會用冷靜堅定的聲音說：**你知道自己不該這麼做，你會危及她的安全。**

我離她的桌子只有三公尺。

然後是一點五公尺。

你知道自己不該這麼做。

在充滿各種氣味的餐廳裡，我聞到我妻子的味道。她的香水、沐浴乳和乳液的化學香氣，以及層層香氣下，那神祕又奇妙的費洛蒙和她的體味，滲進我殘存的爬蟲腦裡。自從我升級後，還不曾經歷過這麼強大的情緒衝擊。

我仍然愛著她。

接著，這波衝擊過去——過去的羅根被關了起來。

我眼前突然一片清明，我看到自己在餐廳裡，一層紗被揭了開來，我看到帶我來到這裡的各種力量。

嫉妒、恐懼和哀傷的毒爪。

悖離眞相、出於自私的合理化說詞。

對貝絲，對我們的女兒而言，我就是危險。

對她們而言，我的存在不再是最美好的一件事。

貝絲的眼角餘光瞥見我正在接近。

她正要轉頭看過來。

我立刻轉身，經過她的桌子，和剛從洗手間出來的約會對象擦身而過。他沒看到我。他的目光焦點落在貝絲身上，我可以讀出他臉部的微表情：興趣盎然、興奮、慾望。

回到外面，我坐在雨中的車子裡，看著人行道上來來往往的人。

我解開繫住小冰箱的安全帶，打開蓋子，伸手從融化的冰水裡拿出八支大針筒的第一支。這八支針筒上都清楚標示該打在我身體的哪個部位。

我把新的升級配方放在扶手上，捲起左臂的袖子，在手肘上方綁上橡膠繩，用酒精棉片在前臂尺骨靜脈的位置消毒。

車裡充滿丙醇刺鼻的味道。

我拿起針筒，輕輕一壓，看到針頭出現一滴液體。一旦注射入體內，所有效果會在一個小時內發作。而我已在東方文華酒店訂了房間。我採用加壓注射方式，讓流體震波刺激主要系統升級，以及用改良式鼻吸入器讓奈米粒子穿過腦血管障壁，直接進入大腦。但我會等到回旅館後再吸入奈米粒子，因為那會讓所有效果立即發作。

雨水模糊的玻璃窗外，一抹綠色掠過。貝絲來到人行道上，頭上遮的傘，握在和她一起用餐的男人手上。她挽著他的手臂，指頭上沒戴婚戒。他們往前走，可惜雨水打在車頂上太吵，我聽不到他們在說什麼。

雨傘遮住她大半張臉，但我仍看得到我妻子的嘴唇。

她在微笑。

這會是我看貝絲的最後一眼嗎？

過去的羅根問道。

他們從我窗前走過，隔著玻璃，我捕捉到貝絲的笑聲。高昂有致。她的笑聲總是會讓我想到陽光。

接著他們從我眼前消失——成了傘海中另一對男女。而作爲置身在外的觀察者，我再次爲我們這個物種的成員有多麼需要彼此而感覺到震驚。這些人在冷冷的雨中來到外頭，來笑，來喝酒，來說些沒有意義的話。幾乎可以說，對聯繫和接觸的需要，是我們的……他們的……的救生艇。

我不孤單。

過去的羅根很孤單，但他正在死去。

我看著針筒。

把針頭插進我的靜脈。

第三部

在二十一世紀，人類的第三大計畫會是爲我們自己獲取創造和毀滅的神力，將**智人**升級到**神人**。

——哈拉瑞，《人類大命運：從智人到神人》

13

我腦子裡火花四射。

我直翻白眼，全身抽搐，手臂往內捲，嘴角冒泡。

這陣痙攣過去了。

接著是，骨頭彷彿要融化，好似有人拿著冰鑽一路從我頭蓋骨往外挖鑿。我好不容易踏著旅館套房浴室沁涼入心的磁磚，把自己拉進浴缸——我早早在裡頭裝滿了冰塊。

我把自己安置在冰凍的水中，不住發出呻吟。

我**全身上下**都痛。

細胞在慘叫。

我滾燙的皮膚彷彿要融化在浴缸裡的冰塊中，我心想：**我就要死了**。

我的理智在潰散；心智失去理解事物的中心點，難以釐清外來刺激的優先順序。我手臂上的每一根毛髮都狂放怒張，同一時間，我注意到洗手槽每四十二秒滴下一滴水、油漆刮刀在天花板上留下刮痕、我的眨眼頻率、牆上磁磚的圖案、水泥塗層厚度不一、我的脈搏降到四十多下。我又想到我的視丘，想到將感覺訊息從外圍傳遞到皮層的下皮層轉接神經元，這些神經元過濾並組織訊息，視丘皮層回路透過調節與維持皮層區域內和皮層之間的功能的互動，以掌控感覺信息的注意力……我搞砸了。

我全搞砸了。

毀了自己的心智。

我低聲啜泣。

這簡直是在虐待我的大腦。

我凝視前方，感覺訊息宛如慢動作的洪流，淹向我的臉孔，我的注意力緊緊附著在每一滴襲擊我的水珠上。我的意識分散，分散，繼續分散——

我的左胸有一顆滾燙的石頭。

越來越燙，

器官衰竭。

顫抖畏縮。

疼痛在全身爆開。我不能呼吸……

……大口吸進空氣，我的心臟又開始跳動了。

心跳停止了漫長的一百四十八秒。我仍然處在感覺訊息大混亂的狀況下，思緒宛如外部聲音一般嘈雜，而我的心智仍持續一再分裂，分裂……

一次想八件事。

接著是十六件。

然後——

閉上你的眼。

黑暗。

暫時解脫。

我躺在攝氏二十度的冷水中發著抖醒來。我抓住浴缸兩側，想讓自己站起來，但力氣盡失。

我環顧四周。

毫無方向、沒頭沒腦的恐慌感消失了，但我不知道那是眞的過去了，或是，我是處在基因重組暴風眼當中。

刺眼的光線從窗簾縫隙鑽了進來。我不知道今天是星期幾，不知道自己在這個房間待了多久。我只知道我渴得要命，而且仍然發著高燒。

我勉強自己起床，抓起離我最近的水瓶一飲而盡。再次吸入奈米粒子前，我爲自己注射生理食鹽水，但在第一次發作時我掙扎得太厲害，把針管扯掉了。

喝了兩瓶水之後，我試著站起來。

搖搖晃來到一扇窗前往外看，亮晃晃的陽光讓我立刻遮住眼睛。冬季灰暗的天空籠罩著這個國家的首都。從我位在八樓的套房，我看得到華盛頓水道和遠處傑佛遜紀念堂的白色圓形拱頂。

我的體力急速消失，整個人癱坐在窗邊椅子上。

那一夜，我的夢有如萬花筒。

我目睹自己的思緒捲曲、變形。

疼痛猶如刀鋒讓我瘋狂。

我明白所有力量——包括基因、環境、我預先確認過的成串選擇——讓我變成**此刻的我**。我的存在是個方程式，我看到自己成爲必然的解答。最後，我了解到自由意志不存在，因爲我不能選擇自己有哪些慾望，只能選擇要不要奮力追求。

我看到各個不同階段的舊版羅根。

從受精卵時期一直到現在。

我眞想知道自己變成怎樣的人。

變成**什麼**。

我哭泣。

我放聲大喊。

我歇斯底里地大笑。

我抓自己皮膚，扯自己頭髮。

我想死。

我想要永生。

早晨我醒來後，知道自己已熬過這場風暴。我爬下床，來到起居間。

我環顧四周，讓一切訊息沖刷我。

對於所有外來感覺刺激，我仍然超級敏感，但情況已改變。現在我能刻意將自己的心智分成不只兩重意識。而且最重要的是，如果我想要，我能夠阻隔外來感覺的進攻。

我做了測驗，把注意力放在——

中控暖氣系統讓窗簾飄動，像是外星生物的肺在呼吸。

迷你酒吧旁的垃圾桶裡有隻蒼蠅瘋狂地嗡嗡作響。

小冰箱發出四十九赫茲的噪音，因爲壓縮機髒了。

我的智力已具備強有力的引擎，像卡拉一樣。

我的口渴——是一種神經系統的干擾，是血管收縮素II受到位於穹窿下器的血管收縮素II受體所誘發，穹窿下器位於靠近腦室的大腦區域，爲因應低血量情況發生，具有高度血管新生的特色。

我的飢餓——現在我也知道這同樣是種干擾，是我的血清素（又稱5—羥色胺），以及血清素神經元、腸親鉻細胞、腸胃道黏膜中的腸肌神經叢，和血小板中的兒茶酚胺激素神經傳導物質——告訴我要吃東西。

我讓自己接收、處理越多的想法和感覺輸入，忽然，怪事發生了。時間似乎拉長、延伸了。這就像是恐懼反應——啓動杏仁核以放下更多記憶，我的多重意識以X倍速放下更多記憶，而我的意識區分成多少重，X便等於多少。這也給我一種錯覺：X也跟我產生時間變慢到片段化的錯覺有關。

換句話說，透過我的多重意識，在同一時間裡關注外界的諸多刺激，我可以減緩對時間的感知。意識分割成越多重，時間似乎變得越慢。

我不知道自己能否在時光中流連，讓每一秒鐘都成爲一個獨立世界。當初在費爾德的實驗室裡，我輕而易舉便預測到警衛的肢體動作，但那時的能力跟現在一比，根本不值一提。

稍早在浴缸裡便是如此，但我之所以會受到折磨，是因爲我無法控制，無法阻止。現在我辦得到，也好像眞的可以讓時間變慢。

窗戶的窗簾拉上了，傳進來的聲音不同，比較悶。外頭在下雪。

我來到落地窗邊，走了出去。

我讓我的意識分裂再分裂，直到雪花**幾乎**靜止。我看著一片雪花劃過空氣，從我鼻尖前方飄落。車子沒動，二十五公尺下方、人行道上的行人也幾乎沒動，一架超級噴射飛機在空中以龜速前進。

我眨眨眼，恢復到單一意識狀態。

世界又重回正常速度。

於是我明白了：卡拉就是這樣躲過子彈。

而我也知道了別的事。從前我只有模糊的理論和依據經驗做出來的推測，但這一刻，當雪花在我臉上融化，對於我姊姊如何釋放她的升級病毒包，我心裡已有了清楚的概念。

我甚至知道在哪裡。

我熟練地把針頭刺進他的皮膚，他只是動了動。壓下推管後，我在刺進他皮膚裡的針頭上貼了一塊膠布，然後挪回椅子上。

臥室裡很暗，我坐上椅子時，製造出一點嘎吱聲響。

寂靜中，我做了幾次深呼吸。

秒針以二分之一的速度擺動，因爲我人在這個空間，但腦子裡還想著我姊姊。

一隻黑貓摩挲著我的腿，滿足地發出呼嚕聲。

愛德溫．羅傑斯動了一下，轉身側躺，隨後又安靜下來。

臥室裡只有他輕輕的鼾聲、中央空調穿過通氣口的嘶聲和貓咪的呼嚕聲。

我的腦袋想處理二十九個不同的感覺來源，但我不讓它這麼做。拒絕仍需要費一點努力，但我很快會適應。

此刻，我人在局長位於喬治城街上的紅磚屋二樓，這房子離波多馬克河只有四條街的距離。

時間是凌晨兩點二十七分。

我清了清喉嚨，發出聲音。被子下的愛德溫動了動。我再次清喉嚨，這次更大聲了。愛德溫驚醒後坐起來，瞪著黑暗看。

「那聲音不是你夢到的。」我說。

他撲向床頭桌，拉開抽屜。

「槍不在裡面，」我說：「在我手上。」

愛德溫朝我的方向看過來。臥室裡太暗，我確定他只看得到我大致的身型。但我可以清楚看到他。

「是誰？」他問道。

「你的前任實驗品。」

愛德溫頓時全身僵直。我看著他低頭望著自己的左前臂，隨即又觸摸我扎入他手臂上的針管，接著審視已壓下的推管。他拉開膠布，拿下靜脈注射的針頭。

「你給我注射了什麼？」

「我們稍後再談這個。」

「你瘋了嗎，羅根？如果我太太——」

「我知道她出城了。」

「我外頭有保全人員。你怎麼——」

「對我沒影響。」

我傾身打開床頭燈。

愛德溫睜大雙眼，驚恐地盯著我看。

在升級前，對我而言，多數人都很神祕——他們就像是雲霧遮蓋下的山巒。我知道他們在，但他們的眞實面貌被隱藏了。經證明，之前的我預測他人行為的能力——即使是我的妻女——極差。第一次升級清除了部分雲霧。

現在，我的第二次升級開始奏效，一個網絡浮現而出。這個網絡，是由我從前看不見的力量所組成。我看到的不只是愛德溫的恐懼，還加上誘發他恐懼的所有壓力——他身為丈夫、父親、祖父、基因保護局局長、執法人員、導師、朋友、叛徒、科學家等等多重身分，以及身為一個不想死、活生生、會呼吸的有機體。

這當中的差別在於一個是看風吹樹動，另一個是早在樹木彎折前已然能夠掌握風向，甚至還能夠**確切知道**樹木會彎到什麼程度。

我過去認識的愛德溫和他眞正的為人差距不大。我清楚記得跟這男人有關的記憶，我記得他講過的每一句話，以及我在升級前那些年間跟他互動他有的反應——這些記憶建構出一個幾乎完美無瑕的導師典範，這讓我清楚掌握他當下狀況，以及後續會怎麼反應。我並非眞的能讀他的心思，就像我不是眞的能讓時間變慢一樣。這些觀察也並不能給我確切的資訊，而是產生的印象足以打造一個飽滿的架構，供我去推衍和演繹。

我**看進**他的心底。

他人格的內在結構就在我眼前清楚展開。

就像在秋日，清楚地看到一座完整的山。

再無神祕之處。他在自己的核心慾望迴圈中不停打轉，從而降低了他的衝動的不可預測性。

他必然會做出某些反應。

風吹過來，他就會彎腰。

我看得到風。

而且我可以是那陣風。

在這一刻，他在想：當時我不知道該拿你怎麼辦，不知道升級會如何改變你，我很抱歉。

然後，他就說了。「對這一切，我很抱歉，我把你當實驗室的白老鼠對待，對你的家人說了謊。」

高明，自己先把話挑明了說。

「你只是盡你的職責。我了解你的動機。各種壓力都壓在你身上。」我看著我從愛德溫床頭桌拿出來的點三五七左輪槍。「但是拜託，千萬別忘了……我大可因爲你對我和我家人做的事，今晚就殺了你。」

他鬆了一口氣。

我說：「把我從你那地下實驗室救出來的人是我姊姊。她殺了你雇的保全。我母親也幫她升級了。」

「爲什麼？」

「因爲當時蜜麗安就快死了。升級是她的重量級作品，而她知道自己不會活到計畫完成的那一天。於是她幫自己僅存的一對子女升級，把升級的最後階段留給我們完成。只是我不想那麼做，但卡拉想。」

在我把一切告訴他時，我看到他的轉變：由原來擔心自己的安危，到對我姊姊計畫的恐懼。

「這麼說，格拉斯哥是個試驗？」愛德溫問道。

我點頭。

「我們才剛完成死者的幾組基因定序。」

「普恩蛋白引發的疾病。」

「對。」他似乎很驚訝我竟然知道。

我說：「那是你最小的問題。在此刻，我姊姊正在純化病毒。距離可傳染的升級病毒，她只差幾個星期，說不定只有幾天就能完成。想像一下，如果格拉斯哥的狀況在全球各地發生會怎麼樣。」

我看著驚懼占領了愛德溫的雙眼。

「她要怎麼辦到？」愛德溫問。

「當病患開始大量死亡時，政府的反應，會是封城管制。我知道有許多國家已經在研究抗賽斯治療。如果我是卡拉，就必須在這些治療推行之前確定升級已經散布到**每一個地方**。我會先感染一批自願的帶原者，**同時**派他們趕赴天涯海角。」

「一批是多少人？」

「如果把不良率考慮進去，大概七十五至一百人。」

「你剛剛說的『天涯海角』指的是——」

「全球有一百二十八個城市人口超過五百萬人。要是我，就會把帶原者派到像是東京、德里、上海、聖保羅、墨西哥市、達卡、開羅、北京、孟買、大阪、伊斯坦堡和莫斯科這些地方。我會明確掌握擴散感染所需的時間，我會克服困難，讓帶原者把這個高傳染力的病毒放出去。這些人會經過機場，去參加音樂會、節慶活動、運動盛事，甚至示威遊行。」

愛德溫顯然嚇壞了。

「要怎麼找到**自願的**帶原者？這會是個挑戰，不是嗎？」

大哉問。但我已經有了理論。

我說：「他們一定得知道自己在做什麼。他們必須知道有百分之十三點六的致死率。他們必須**想要**幫助卡拉引爆這次強迫性的革命活動。」

「我只是在想像什麼樣的人會**想要**——」

「基因學家，」我說：「失寵失勢的、不快樂的、飽受挫折的基因學家。知道基因保護局做錯的人。尤其要找那些相信世界反正要結束，何不豁出去大幹一場的人。換句話說，既是基因學家也是死硬派環保分子，那些**基本教義派**。」

「所以你需要進入神祕客系統，」愛德溫說：「你覺得自己可以找出這些人。」

「沒錯。而且我要娜汀參與。她是少數我相信不會在背後捅我一刀的人。」

「說定了。你知道你姊姊目前人在哪裡？」

「我有個理論。」

「無論你需要什麼，我會幫你找到她。」

我審視愛德溫的臉。觀察他的心跳速度。在這一刻，他不想騙我，但這不表示他在脫離險境後不會改變心意，或不會受其他力量影響轉而對付我。

「你為什麼來找我？」愛德溫問：「你冒著極大的危險。」

「因為我不認為我姊姊能料到我會回頭找背叛者。這可能給了我一個優勢，有助於讓我找到她。」

「你怎麼知道——」

「知道你會信任我？」

他點點頭。

「你自己會看數據。你會知道死亡率多高，會想像如果病毒橫掃全球會發生什麼事，而且你會判斷即便我的話只有一絲可能性成真，你也只能幫我，別無選擇。」

「算你有理。」

「我注射在你身上的是暫不啓動的基因包，是我在泰伊．費爾德那裡臨時做的。你現在沒有危險，但我隨時可以啓動。如果我出事，會由環境裝置啓動。」

「到時我會怎麼樣？」

「這個基因包會啓動你體內一連串災難。」

「我無意——」

「我知道。」

我相信愛德溫，但我不信任也無法控制的是在他上位的人，尤其是國防部。也就是不讓愛德溫逮捕、起訴泰伊．費爾德的人，要是他們知道我又回來了，肯定會對我很有興趣。

我站起來。「恕我直言，但如果我死了、被捕，或是你再次背叛我，你就會死。」

「不會有那種事，羅根。」

我相信他。

他現在會努力保護我，甚至可能願意犧牲性命，因爲子彈或牢房的恐怖可以預知，但我注射到他體內的東西，會造成基因體有怎樣的改變，完全是未知的惡夢。

我們站在毫無特點的平坦平原。

天空和地面同樣是單調的灰色，如果不是地面比天空稍微暗一點，這片空間可以說是沒有維度——沒有地平線，沒有深度。

突然間，我們中間的地面裂了開來。

一道黑色鴻溝越裂越開。

眼看著我們距離拉大，艾娃和貝絲高喊我的名字。艾娃看著她媽媽又看向我。接著，她往後退了好幾步，開始衝向邊緣。

不！我高喊。**妳不會想要這樣的！**

但她繼續跑。

加速奔跑。

我看著她一腳踩在鴻溝邊緣，縱身一跳——

她揮動雙臂，雙腿在半空中仍然繼續揮動。

躍過深淵向我撲過來。

我們四目交接，艾娃面帶微笑。

我來了，爸，我和你一起走。

她撞上峭壁，用雙手攀住邊緣，雙腳掙扎著想找到施力點。我衝向她，但就在我伸手要拉艾娃時，她的手支撐不住，指頭滑過我的指尖。

我跪看深淵，艾娃跌離我身邊。

墜向無盡的黑暗。

我突然醒過來。

在黑暗的旅館房間內，心臟怦怦跳動。

我低聲、一再喊我女兒的名字。

我下床，到浴室爲自己裝了一杯水。

喝下這杯，我又裝一杯，又喝掉。

我逐漸鎮定下來，心跳回到一百二。夢裡發生了某件事。我的情緒從隔絕它們的法拉第盒子裡冒出來，我感覺得到那至痛的一刻，我離開家的那一刻。

我縮起身子，倒在浴室地板上，忍不住出聲啜泣，一聲接著一聲。哀傷潰堤——爲時六十秒。我讓自己盡情破碎，睜眼面對我喪失的一切。

午夜時分，愛德溫到旅館前面接我。我爬上他的保時捷911E，我們飛馳穿過城市。

這款保時捷是最新復古款四馬達電動車，從零到一百公里加速只需一秒左右，全速衝刺可達時速一百六十公里。愛德溫一直想找話說，但我心思不在這裡，而是放在如何使用神祕客上。

他把車停在西南D街，我們快步沿著人行道走到憲法中心靜謐的一側。在一年多前，也就是我兩次升級之前，曾試圖穿過同一扇門逃出這棟建築。

我不覺得他會傻到這麼快就出賣我，我半夜出現在他臥室不過是二十二小時之前的事，但我希望自己沒有誤判。他隨時有機會運用化學輔助劑，讓我經歷虛擬審判和刑求，試試能否讓我說出注射了什麼到他體內。

我們走近時，門開了。我的老搭檔娜汀．奈特曼面帶微笑站在門口。

「她全知道了。」愛德溫說。

我進入樓梯間，門在我身後關上，這時娜汀用雙手抱住我的脖子。

「你還好嗎？」

這個問題有太多回答。我只回答：「現在好多了。」

自從約莫十四個月前，他們從這棟大樓綁架我之後，我有過的身體接觸極少，我可以感覺到這樣的互動正試著撬開關住我情緒的大門。

「怎麼了？」娜汀問道：「你不懂得擁抱了嗎？」

我抱住她。

我們好一會兒才分開。

她抬頭直視我的雙眼，我看到同情、憐憫，更多的是恐懼。但就她的立場而言，這很正常——一年多不見的我如今不知變成什麼樣子。不是嗎？

「你看起來不一樣了。」

「我做了些改變。」

愛德溫說：「我們要走了嗎？」

「我已經照你的要求全都準備好了，羅根。」她說道。

我們爬樓梯到二樓，神祕客伺服器就放在這裡。走廊很安靜，我們往前走向空無一人的門廳，頭上的動態感應燈一路自動開啓。

「我幫你安排在這裡。」娜汀說。她拉開一扇門，門後是一間簡陋的小辦公室，四牆光禿禿的，沒有個人裝飾。這辦公室空了一陣子，桌上除了我要求的兩部桌機和兩個鍵盤外什麼都沒有。

因爲網路攻擊事件頻傳，加上神祕客儲存極度敏感的數據，這套系統只能在憲法中心裡透過單獨數據機系統使用。

「我已經用我的使用者名稱幫你登入了，」娜汀說：「你還需要什麼？」

「我有多少時間？」

「你可能得在早上六點之前離開大樓。」愛德溫說：「我們會看著走廊。我不覺得有人會認出你，但越少人知道你回來越好。」

「要我陪你留下來嗎？」娜汀問：「多一雙手幫忙。」

「謝了，但這部分我自己來可能比較好。」

他們離開辦公室，隨手關上門。

在經歷第二次升級前，我根本不相信有可能在神祕客系統裡找到卡拉——太多搜尋組合要試了。但現在，與其說我是在找她，不如說我是在確認自己的理論——我懷疑卡拉在紐約或邁阿密工作。答案很快就會知道了。

我開始工作，把自己的意識分成兩重，這麼一來，我才能同時使用兩個鍵盤。

首先要做的，也是最重要的事——她需要一名病毒學家。我比卡拉有更深厚的遺傳學和病毒學背景。但即使現在，我已經接近她第二次升級的水準，我仍然需要找個病毒學家來設計完美的升級病毒。

資料庫給我三百七十八個名字。我根據可能導致他們犯罪的因子來過濾，將人數篩減至二十四名。因爲他們的資料都在系統裡，所以也有近照可供我用來比對閉路監視系統的影像。我把這些可能涉案的病毒學家的影像標示爲「A組」。

同一時間，我用另一台電腦建立第二組人選。那名被我在格拉斯哥做了氣切手術的男人說，他是卡拉的軍中好友。當我和卡拉住在西維吉尼亞的汽車旅館時，我問她是否和當年在緬甸營救她的同袍還有聯絡，她回答：「他們是我幾個最好的朋友。」

既然她幫安德魯升級，我猜她也會幫其他人升級。現在我看出來了，這些同袍是她在世上唯一眞正信任的幾個人。

安德魯隸屬的小隊，負責將她從緬甸激進分子手中救出來。他的全名是安德魯·齊肯。除他之外，營救卡拉的綠扁帽小隊還有另外七人。其中兩人在行動中殉難，透過愛德溫從國防部伺服器弄出來的資料，我找到其他五個人。

納坦·傑克、亞歷西·赫利、羅尼·維亞納、德尚恩·布朗，和瑪德琳·歐特加。這五個人還活者。

瑪德琳、德尚恩和羅尼都是榮譽退伍。

德尚恩·布朗的社群媒體貼文顯示他剛離婚，住在佛羅里達州的彭薩科拉。

羅尼・維亞納已婚，生活幸福愉快，他在俄亥俄州哥倫布市警局任職十年了。

瑪德琳・歐特加在佛來納貨運開卡車。

我盡可能找到歐特加、維亞納、齊肯和布朗的照片，把這組人馬標示爲「B組」。

我拿起背包，從裡面抽出我昨天畫下的卡拉臉部素描。在科羅拉多我們母親的家裡，她就是這個模樣，臉部已經又整型過。卡拉是「C組」。

要完成可傳播的升級病毒，卡拉必須設計出合成病毒載體，傳染給輔助細胞，後者會製造出一包裝的潛在傳染性病毒，再經過管柱純化。接著，她必須測試載體的表現是否一如預期，會爲人類帶來大量病毒，並且具高傳染性。這可說是最困難的一步，而且需要**自願**參與測試的一組人。

「D組」包含神祕客系統在科學家資料庫中找出來的目標，這些人具備以下幾個因子：絕症、負債、激進分子，或具有強硬環保傾向，以致他們願意冒生命危險來當卡拉的實驗品，進而成爲她的超級傳播者——願意前往天涯海角的前線戰士。我找出兩百九十一名人選後，上傳他們的照片。

我寫下我的主查詢程式：

系統輸出目標　等於

A組任一成員為所有監視攝影機捕捉下的影像

加　B組任一要素

加　C組

加　D組任一要素

時間範圍T：十二個月

同時，我還想知道D組（升級實驗品和超級傳播者）是否有人已買了票。

接著我寫下子查詢：

系統輸出目標 等於

航空公司；超高速列車；巴士；火車票券由D組成員或代D組成員買下的

時間範圍T：十二個月

左邊電腦螢幕顯示出我主查詢程式跑出來的結果。那是一張閉路監視系統的序號清單。我打開全美衛星地圖，把這些監視系統的序號疊在上述這些人的所在位置。全國都搜出零星的結果，但紐約市周邊的數量特別多。邁阿密則一個都沒有。

我保留A組裡的病毒學家，清除其他條件。二十四名可能的病毒學家候選人中，有兩人出現在紐約市及其周邊區域不同場合下的多台監視器影像裡。

我以同樣的方法過濾卡拉的特種部隊小組成員，也就是B組，發現瑪德琳·歐特加、德尚恩・布朗，和羅尼・維亞納在紐約及其周邊區域出沒的多張影像。

現在輪到我爲卡拉畫的素描了。五天前，她的臉孔曾經出現在科羅拉多州杜蘭戈，之後就沒有任何比對結果跳出來。杜蘭戈有超高速列車站。但她很可能先躲在汽車旅館裡再次變臉，然後才跳上車離開科羅拉多州。至於我在母親木屋中看到的卡拉，很可能是到木屋後又變了臉，這點可以說明爲什麼在科羅拉多州之前，沒有出現比對成功的照片。

而D組，也就是接受病毒測試者和超級傳播者，這組的兩百九十一名人選中，影像在紐約市多次出現的有三十八人。這數字看來很低。這是因爲超級傳播者還沒抵達紐約來接受可傳染的升級病毒嗎？或者這三十八人全都是她的實驗品？

我點開子查詢的結果：與旅行相關的財務轉帳。D組中，有一張機票和超高速列車票的清單。

我鬆了一大口氣。

借助人工智慧整理出來的二百九十一人名單中，D組有九十四人名下有國際機票，目的地是我列給愛德溫的各大城市，而且不限於此。他們全從紐約的紐華克機場、拉瓜地亞機場、甘迺迪國際機場、費城和波士頓國際機場起飛，起飛日期都落在七十二小時後的兩天之內。

我放大紐約市地圖，搜尋A組、B組、D組人員影像出現最頻繁的監視錄影機。系統比對出三處監視器。

一處在佛爾門街和多堤街交叉口，離布魯克林高地一處水岸公園不遠。第二處在里奇蒙街和尼古拉街交叉口，在史坦頓島北端的北濱水岸公園附近。另一處在華盛頓街和杜德利街交叉口，位於澤西市的莫理斯水道公園旁邊。

在此之前，我只是綜合卡拉的思考模式和純粹猜測來行動。但我最後一項查詢的結果，感覺很牢靠，為我對卡拉祕密進行升級的理論，提供堅實的佐證。

我懷疑那些全都在水岸旁的公園，是離開和抵達的地點，是卡拉和她團隊來回於實驗室的出入口。

紐約港、東河和哈德遜河都有船隻進入已被水淹沒的曼哈頓下城區，那地方有如無人之境，是完成升級計畫的完美地點。

曼哈頓下城區符合卡拉的多方面需求。那裡沒有閉路監視系統，等於沒有管制；現已廢棄的基礎建設，卻足以供她打造分子生物實驗室；毗鄰數個國際機場。又由於這裡是美國人口最密集的城市，黑名單上的科學家來此擔任實驗品和超級傳播者能得到足夠的掩護，避免引起基因保護局懷疑。

光是看一眼紐約的衛星影像，我就知道曼哈頓下城區這個新鬼城有大約一萬一千棟建築。在被水淹沒前，曼哈頓下城區曾是四百家生命科學公司的所在地——數量遠比基因保護法實施前少得多。這些公司中，只有少數擁有實驗室。其中也只有少數幾處符合卡拉的需要。至於符合卡拉需要的實驗室中，依然無損的寥寥無幾。

我可以寫個查詢程式找出目標清單。

儘管如此，符合條件的實驗室數量仍然過多，我絕對沒時間全部搜遍。

但要是我的理論正確，我連找都不必找。

進辦公室二十九分鐘後，我走了出來。娜汀和愛德溫面對面坐在安靜的長廊上。

「動作好快。」娜汀說。

愛德溫熱切地看著我。我走過去低頭看他，「我需要一隊生物特勤小組。」我說：「十二個人。全套戰爭級生化防護裝備。紅外線成像空拍機，以及所有相關裝置。他們會需要橡皮艇。我則需要雙人小艇，至於我的裝備，我要夜視鏡、鍊式防彈衣、一打C-4型四破門炸藥、手電筒、齒刃折疊刀、一罐壓縮空氣，和一把FN-57N半自動手槍和四盒穿甲彈。喔，還要強力膠帶。」我看著娜汀，說：「一起來嗎？最後一次突襲？像過去一樣？」

「嗯……」她看著愛德溫，接著又看向我。「當然。你什麼時候要——」

「現在。我們要在黎明前完成突襲。」

「抱歉，」愛德溫掙扎地站起來，問道：「我們要去哪裡？」

我毫不遲疑地回答：「邁阿密。」

14

凌晨兩點，娜汀和我在聯合車站會合，穿過拱頂大廳時，我們的腳步聲在教堂般靜謐的空間中產生回音。

我在票口停了一下，買了兩張前往紐約市的票，加錢買了包廂。

娜汀說：「我以為——」

「愛德溫背叛我們了。」

「你怎麼知道？」

「從他臉上看出來的。」

「你確定？」

「確定。」

我們走進一條通道，上方的標示寫著：**所有北上列車**。我們通過安全檢查，排在隊伍的第二位。

我在柵門掃描車票，服務人員帶我們到包廂。我們爬進敞開的門，進入只有兩張椅子的狹窄空間，坐好後，扣上全身式安全帶。

一個清晰愉快的女聲說：**我們即將在六十秒後啓程前往紐約，在二十九分鐘後**

抵達目的地。請將所有個人物品收在椅子下方。感謝搭乘維珍超高速列車。

包廂裡亮起柔和的紫色光線；寧靜的輕音樂，是合成樂器演奏的海浪樂聲。

我們開始前進。

超高速列車的運行管狀隧道每隔十公尺就有一扇窄窗，我可以看見下方的聯合車站柵門，瞥見四次後，我們就進入城市下方的隧道。

「所以現在有什麼打算？」娜汀問道。

「我們自己處理。」

地下隧道的燈光一閃即逝，而且速度逐漸加快。到最後，從我們包廂的弧形智能玻璃看出去，只剩下一道模糊的光束。速度稍慢時——例如現在，看上去就像是慘白的炫光閃燈，留給你一點窄縫瞥看外面世界。當行駛速度接近音速時，快速掠過的窄窗就像是連接起來，流暢串起外面世界的畫面，製造出包廂是行駛在連續的玻璃大窗旁的幻覺。

我喚醒兩張椅子中間的觸控螢幕，加深窗玻璃顏色，如此一來，我們才看不到窄窗。

「曼哈頓下城區。」

我可以感覺到重力加速度，看著觸控螢幕上的速度不斷穩穩上升：

時速四百八十公里。

時速五百二十公里。

時速五百六十公里。

時速六百公里。

娜汀拿出手機——這是我們離開憲法中心後她第一次拿出手機。我也拿出我的手機，把我在前往聯合車站時寫的簡訊發給愛德溫。

娜汀突然顯得很沮喪。

「妳沒事吧？」我問道。

「你收得到訊號？」

「是啊，我剛才發了簡訊給愛德溫。」

「說什麼？」

「要他切斷妳的電話。」

她反應劇烈，突然把頭靠向我。

我感覺到我們的包廂從地下隧道往上爬升。

「她什麼時候找上妳的？」我問道。

我幾乎可以感覺到她身體的緊繃。持續了好一會，包廂裡唯一的聲音，只剩下擴音機傳來的海浪聲。如果把我們的速度考慮進去，車內還真的安靜得詭異。

娜汀維持著鎮定的臉色，或者說，她企圖保持鎮定。但我觀察到她內心的騷動。狂躁的思緒一定在她心中輪番上陣，她不曉得有哪些事是我真的知道，而又有什麼是我還不知情的。

在那一瞬間，她考慮是否要說謊，但接著我看出她想通了，知道說謊無益。她往後靠向椅背，輕聲嘆息。

「去年夏天。」她說：「我放了幾天假，南下到墨西哥的圖魯姆去參觀廢墟，在天然水井裡游泳。我自己一個人旅行。一開始，我以爲那純粹是巧合，而她也讓我那麼想。她告訴我她也是獨自旅行，邀我共進晚餐。當年在蒙大拿那晚我們在她木屋裡，已經對彼此有了感覺。那感覺依舊在。她很迷人，而且該死的聰明。

「我們共度了幾天，到森林健行時，她終於把你的遭遇告訴我。那時的我以爲你已經死了。」

「妳不會——」

「我既困惑、憤怒又害怕。她說她把你從基因保護局的祕密牢房裡救出來，她說你們的母親幫你們兩人都升級，還把你們在新墨西哥州那場爭鬥告訴了我。接著她開始告訴我她想完成什麼事，以及爲什麼，打算怎麼做。」

「她說服了妳？」

「我沒辦法否定她的邏輯。當我在聯合國教科文組織工作時，我的工作是推廣環境教育。我們確實遇到了困難。那天晚上在旅館房間裡，她爲我升級了。**你**是怎麼知道的？」

「沒有神祕客系統的協助，要找出自願的超級傳播者不但冒險、耗時，而且幾乎是不可能的事。因此卡拉需要這些人自己站出來。依據基因保護局的安全措施，即使升級過多次的卡拉也不可能靠自己進入神祕客系統。

「我確定她在基因保護局裡一定有人。有人替她找出候選人。我不知道那個人是愛德溫、是妳，或者是別人。我懷疑是妳。愛德溫是基因法案的忠僕。但妳對基因法案的想法和我相同。而且，那夜我們在蒙大拿和她在一起時，妳曾經說起妳在聯合國教科文組織的工作。妳態度**熱切**，侃侃而談。再加上……妳是我的朋友。妳認識我的妻子和女兒。卡拉早就料到，如果妳曉得基因保護局對我做了什麼事，妳一定會感到憤怒。

「然後，今晚我一看到妳，妳的肢體語言很怪異。所以我又做了一次測試。我從辦公室裡走出來後，愛德溫問我們要突襲哪個地方，聽到我說邁阿密，他的反應是驚訝，而妳卻是鬆了一口氣。」

娜汀伸手碰觸螢幕，解除玻璃的顏色。我們看著馬里蘭州的鄉村景色在時速一千兩百公里下，如夢似幻地在眼前飛逝而過。在月光下，一切都散發出光暈。

「十億人，娜汀。所有感染升級病毒而過世的人，帳都要算在妳頭上。妳認識、妳愛的人都可能會送命。」

「如果你阻止這件事，」她說：「你就必須為人類的滅絕負責。這筆帳是你的。」

「妳想想。有一段時間，卡拉和我是這個地球上唯一升級的兩個人。結果我們做了什麼？我們因為信念不同，立刻互相殘殺。妳接受了升級，決定協助卡拉釋放會導致大量人類受苦、死亡的病毒。看來，智力升級並不是這個問題的答案。要是這世界變成大家都有相同毛病，然後多了十億個更不友善的人，當中各個都覺得自己聰明到不會犯錯，那怎麼辦，我一想到就覺得恐怖。」

「這麼說，你寧願乾脆不要這個世界？」

「這是個錯誤的二元論。我們是有麻煩，沒錯，但這不表示升級是唯一的解決方案。拒絕殺害十億人，和在世界焚燒時把頭埋在沙裡，並非同一件事。」

「那你現在要怎麼樣？」

「妳會被拘留在紐約中央車站。」我碰了碰觸控螢幕，瞥了我們的行程監控系統一眼。「時間就在十七分鐘後。之後的事，妳其實是可以控制的。」

「我不會告訴你她在哪裡。你可能知道大致區域，但你不知道是哪棟建築。曼哈頓下城區的建築可不少。」

我的手機亮了——愛德溫以訊息回答我稍早要他輸入神祕客系統裡的曼哈頓下城區建築物搜尋結果。這張清單有三十七個名字，這些公司都可能是卡拉實驗室的地點。太多了。

我回訊：

重整清單，留下等於或超過一百五十公尺高的建築。

娜汀低頭看她的皮包，心跳加速中。我聞得到她開始出汗了。

過安檢前，我們繳交了公家配備的武器。但如果她知道我有可能發現，她會不會預先做好準備？

她嘴裡可能含著膠囊，咬破就會釋放毒氣？或是，她的皮包裡有其他放毒的裝備？

她伸手想打開皮包的金屬釦。

我解開全身式安全帶，在包廂內撲過去抓起她的皮包。

「你搞什麼，羅根？」

「裡面有什麼東西？」

「女生的雜物。把皮包還我。」

爲了你自身的安全起見，請繫緊安全帶。

我扭開金屬釦，打開皮包。娜汀緊盯著我看。

當我看到黑橘兩色的物體從皮包裡飛出來，我的爬蟲腦接管了局面。我把皮包甩到包廂的另一頭。

該死。

娜汀**確實**帶了武器。

終極武器。

她伸手碰觸控螢幕，關掉燈光。

我聽到清晰的六千赫茲的嗡嗚聲。

「很抱歉，」娜汀說：「我討厭這麼做。你是我的朋友，而且曾經是我的搭檔，但是我不能任你干涉計畫。」

我看到一個形體在我們兩人之上盤旋。在我升級後，也曾經歷過恐懼，但我從沒這麼近距離駭然瞪視一隻亞洲大黃蜂的兩組眼睛——一組複眼，一組單眼，這東西離我的臉只有十五公分遠。

請立刻繫緊安全帶。

第二組嗡鳴出現在我右耳後方。我感覺得到大黃蜂振翅時帶動的氣流。

娜汀說：「在你母親位於科羅拉多州的房子裡，卡拉採到你的DNA。她改造這些黃蜂，讓牠們以你的腋汗費洛蒙爲目標來找出你的基因標定。」

「她用什麼替換大黃蜂的毒液？」

「內陸太攀蛇。」

我想起我十四歲時看的自然頻道節目。內陸太攀蛇是澳洲特有種，擁有毒性最強的毒液。牠咬一口所釋放的毒液足以殺死一百個成人。毒液中含有神經毒素、血毒素、黴菌毒素、腎毒素和出血蛇毒素。

我右耳邊的大黃蜂聲音更大了。

另一隻也飛得離我更近。

牠們鎖定我。

牠們的毒刺看似足以刺穿鐵片。

我看出娜汀的計畫——這計畫著實不錯。一旦大黃蜂叮了我，她就會拉下緊急煞車，讓包廂在某個出口月台停下來。她可以從包廂頂蓋逃脫，把我留在裡頭等死。

我把恐懼放到一邊，將意識畫爲四重：黃蜂一號、黃蜂二號、娜汀，以及朝我們迎面撲來的費城郊區燈火。

黃蜂飛過來攻擊，我減緩我的時間感，將一切看得清清楚楚。

時速：九百四十八公里。

抵達目的地剩餘時間：十五分鐘。

我們飛速穿過牧草地，遠方有座舊農舍亮著燈。

娜汀張大雙眼，在八種互相矛盾的情緒中掙扎，但最主要的是恐懼和愧疚。

我想的是，我沒有任何東西可以用來打黃蜂，如果牠們叮到我——只要一隻黃蜂就夠，而且不論叮在哪裡都一樣，我肯定完蛋。這兩隻黃蜂大約一公分長，很容易鑽進我的衣服裡。

我鎮定下來，一動也不動。

若不繫上安全帶，將開罰五百美元，並於日後禁止搭乘維珍超高速列車。

我慢慢抬起雙臂，黃蜂離我的皮膚只剩下五公分，毒刺彎曲，準備盯向我的臉和頸子。

我看著自己的拇指和食指輕輕揑住牠們的肚子。

牠們拚命扭動，瘋狂拍翅，使勁想叮我的雙手，刺尖離我的皮膚只有毫米之差。

我看著娜汀臉上露出驚嚇的表情。

在她左手準備鬆開肩上的安全帶時，我掐下黃蜂的頭，把牠們的尾端丟到包廂的另一頭，並在娜汀撲向我來時讓到一邊。

她撞倒在我的座位上，等她試圖站起時我已經壓住她，用右手掐住她的脖子，她的雙眼暴凸，雙手拚命抓向我的臉。

「不要動。」我說。

但她繼續掙扎。

「不要動！」

她鎮定下來。我放鬆右手但是沒有放開。我瞥向手機，希望愛德溫能傳來新名單。有。他傳來十七個候選地點。

「ＡＪ疫苗。」我審視她的臉。這輩子，我還沒這麼認眞研究過任何東西。「阿列席安、生物克萊斯、安能基因。」

「你在幹什麼？」她問道。

「恩基愛克斯。」

她閉上眼睛，轉開頭。我靠得更近，將她壓制在我的座位上。「張開眼睛，娜汀。」她不肯。我捏緊她的喉嚨。「看著我！」她看著我。我繼續念愛德溫傳過來的公司清單。「寇拉健康公司。」不對。「萊登德爾塔。」不對。「默克、奧美佳、鳳凰實驗室。」

淚水順著她的臉龐往下淌。

「瑞吉醫藥、史得林安德司、泰瓦製藥、托爾、安得瑞公司、威佛、善堤瓦。」

「我想你得殺了我。」

我坐在她腿上，一手掐住她喉嚨，另一手握住她的臉——這張臉曾經陪我一起歡笑一起哭。上次我見到這張臉，是在我人生變成一團混亂之前；當我在自己也是罪魁禍首的紀念碑前哀悼時，這張臉帶給我安慰。

「張開妳的眼睛。」我這次念公司名稱時速度快了許多：「AJ疫苗、阿列席安、生物克萊斯、安能基因、恩基愛克斯、寇拉健康公司、萊登德爾塔、默克、奧美佳、鳳凰實驗室、瑞吉醫藥、史得林安德司、泰瓦製藥、托爾、安得瑞公司、威佛、善堤瓦。」

接著更快地再念一次……

「AJ疫苗阿列席安生物克萊斯安能基因恩基愛克斯寇拉健康公司萊登德爾塔默克奧美佳。」

我停下來。

娜汀瞪著我。

她在顫抖。

「是奧美佳。」

她一言不發。

我放開她的喉嚨，往後坐在她的椅子上。我本來就有把握是奧美佳實驗室引起她的反應——她每分鐘心跳快了五下，收縮壓上升。但她臉上的淚水和癱坐椅子上瞪視窗外的反應，更是說明了一切。

我失敗了。

我掏出手機，發訊給愛德溫：

是奧美佳。**把整棟建築的藍圖給我**。

我看著娜汀，說：「如果妳當初幫了卡拉，那妳也毀了。」

「你可能是對的。」

我們的速度降到每小時四百公里，我看得到窗外紐約的天際線——或者我該說如今僅存的天際線——在夜裡閃爍。

15

紐約警察局人員在中央車站閘門口等我們，給娜汀上了手銬。幾分鐘後，愛德溫走出他的包廂。

他走過來，靜靜用暴怒的眼神上下打量娜汀，這眼神表達出他永遠也無法以言語說出來的情緒。我看著他們帶她離開，爲她的未來感到恐懼。愛德溫會把她帶到祕密實驗室，像研究我一樣研究她嗎？還是對她施加虛擬審判？他們不該以當初對待我的方式對待她。我無法相信她最後會落到這種下場。但是我必須把哀傷推到一邊。

「羅傑斯局長嗎？」我們轉頭看跟在身後的女警。「我負責帶你們和特勤小組會合。」

我們隨她走出中央車站地下室，穿過大廳來到公園大道。她的警車併排停在路邊。

一路往南時，我研究愛德溫稍早傳給我的藍圖，奧美佳實驗室在百老匯一四〇號摩天大樓的三十三、三十四樓。奧美佳曾是貝塔級實驗室，專門製作流感疫苗供臨床測試，那是疫苗最後量產送入市場之前必經過的階段。

「也許這是個錯誤。」愛德溫說。

「什麼？你說這次突襲嗎？」

「你不知道自己會遭遇什麼情況。可能會有人因此喪命。我說不定能申請到無人機攻擊許可，在日出前襲擊那棟建築，直接夷平整棟大樓。」

「我聽說，約有一萬人住在曼哈頓下城區。」

「連帶傷害在所難免。」

「而且我們永遠沒法知道她落網了沒，也無法掌握她製作的病毒。我必須親眼看到她落網。」

百老匯一四〇號是一棟以玻璃和黑鐵架構的國際風格建築，原始建築在一百一十年前完成。我很快地看過所有五十一層樓的藍圖，把各種設計輸入記憶中。

我們路過聯合廣場公園，沿百老匯來到路底的休士頓街交叉口，這裡是還可住人的曼哈頓幾個南方邊界之一。淹水區並非一直線穿過曼哈頓，而是有上有下。整個蘇活區都泡在水中，但是也有一些地區沒有淹水，例如中國城的某些部分。

下了警車，我走向阻擋南向的紐澤西護欄和鐵網柵欄。在路障之外的遠處，潮水打在當年大水停下來的街道上。

我背後的城市閃爍著代表性十足的白色和香檳色燈光；但是正前方，在黑壓壓的大樓建物之間，肉眼能看到的就只有一條條星光閃耀的天空。我看過這個鬼城在夜裡的照片，但從未親身來訪。如今已陷入水中的下城區陰暗廢棄大樓林立，猶如線條單調的森林，讓人不安。當然了，這片地區並非全然荒廢。三年前，遊民占據了下城區，稱之爲新威尼斯。遠遠望去，我可以看到某些破窗中透出光線——紮營在高樓的營火。

愛德溫來到我身後。「他們知道這裡由你發號施令。」

「你信任他們？」

「他們是紐約警局的生物特勤小組，聽令行事。」

我爬過水泥路障，從圍籬的縫隙處穿過去。

「嘿！」愛德溫在我背後喊：「照顧好自己。」

還沒到下一個路口，我就看到人影和手電筒光束。

我報上姓名，走進他們的射程範圍。我自身具備的夜視能力可以讓我看到星光和城市燈光下的細節。

我看到四艘橡皮艇，和正在做最後武器檢查的十二名特勤小組隊員。兩名穿著夜間迷彩防護裝的人員已經把裝備放進橡皮艇裡，走了過來。

我們彼此介紹。特勤小隊的隊長是鮑伯．諾耶斯，這個身材魁梧、長了一臉鬍子的男人像是眞能造成嚴重傷害。他身邊較年長的銀髮男人艾倫．布蘭德斯正在把鋰電池裝進無人機裡。

諾耶斯把大家叫過來。「聽這裡！」

特勤小組隊員還沒拉上面罩，我很快地看著每個人，試圖直視他們的目光，看是否能在昏暗的光線下讀出什麼線索。

他們不像有欺瞞搞鬼的嫌疑。我看到的是疲憊和一閃而逝的興奮，以及其中有兩名渴望暴力的反社會分子。但最明顯的是不確定的惶惑和恐懼。我不怪他們。越了解百老匯一百四十號，就越看得出卡拉爲什麼會選擇這裡。位在高處的三十三或三十四樓是完美的防禦地點，迫使我不得不做出瘋狂的選擇。

「我們的目標是卡拉．蘭姆西。」沒有人問她是否是我的姊妹。我猜，他們並不真的知道我是誰。「你們應該看過她最近的外型素描。她的行動地點在百老匯一四〇號，離我們目前的位置還有二十四條街，在正南方。現在你們也該拿到藍圖了。」

「預計會遭遇到多少阻力？」諾耶斯問道。

「受過特種訓練的警衛。但這些不是普通士兵，他們有你們從未見識過的能力。」

「他們知道我們要來嗎？」

「我認爲他們不知道，但他們一定已經做好準備。我推測實驗室位在三十三或三十四樓，顯然沒有電梯可供出入。大樓有四座樓梯，其中有兩座樓梯通往大樓兩端。到了以後，我希望能搶得二十分鐘的先發優勢。大家在一樓樓梯入口**外面**待命，等我的信號。四座樓梯，分成四組人馬。大樓裡會有監控攝影機，所以請各位啓動你們的個人信號干擾器。我會預先通知大家有哪些路障和阻礙。」

「預計會有猛烈駁火。」諾耶斯說。

「基本上是。現在我知道的你們也都曉得了。我們往南走，在富爾頓街稍事停留，以無人機探測，然後做最後的通訊確認。有沒有問題？」

大家回到自己的橡皮艇旁，布蘭德斯把我的戰鬥裝備袋遞給我。我穿上化學防護背心，繫緊磁釦帶。夜視鏡掛在脖子上之後，我打開袋子拿出我要求的武器：一把低後座力、供彈二十發的比利時製 FN-57N 手槍。我拿起三排彈匣放進口袋裡，第四排放入手槍中，在槍膛插上另一排。

特勤小組放好裝備後，拉起橡皮艇往水邊走。我跟上去，拖著單人小艇往前走，直到小艇浮在巴士專用道二十公分深的水面上。

我爬進小艇，在座位上坐好，用槳把小艇推進更深的水中。

現在是凌晨三點。

街上冷風無情吹進都市水道。

四艘橡皮艇在我前方不遠處。後方城市的喧囂，在黑暗大樓間的通道上傳出回音。無所不在的警笛和喇叭聲迴盪。隨後，噪音逐漸轉弱。

過了七條街，就只剩下我們把槳插入黑水中的聲音。

沿著百老匯往南划，水越來越深。途中經過淹水的幾間藥妝店、化妝品店、女裝店、百貨公司、銀行和酒商。

其間，我偶爾會看到破玻璃中透出火光，聞到刺鼻的柴火味或天知道他們燒來取暖的什麼東西。

我們經過市政廳和聖保羅教堂。

某棟高聳摩天樓上傳來微弱的小提琴聲——有人在拉奏《西城故事》的主題曲〈今夜〉。琴聲迴盪在陰暗的淹水大街上，在曾經是世上最偉大城市的醜陋陰影下。**今夜，今夜，一切始於今夜，我見到你，世界爲之消失。**

我們划了三公里左右，穿過富爾頓街和百老匯交叉口，橡皮艇開始漂向街道左側，聚集在連鎖餐廳的舊招牌下。

時間控制得很好，離百老匯一百四十號只差兩條街了。

我把自己的小艇划到一艘橡皮艇邊。布蘭德斯從他的橡皮艇底拿出無人機，開啓電源，接著再開啓小筆電。無人機一經抛向天空，就轉動螺旋槳沿著街道前進。

沒多久，他說：「有影像了。」我坐在小艇上看他俯身看向側面接著操縱桿的小筆電。

「有什麼值得注意的？」

「還沒有。只有又高又黑……中獎了。」

「什麼？」

「你的資訊很可靠。看來有人在整層樓外安裝了紅外線板。」

紅外線板可以隔絕熱影像監測，通常會用來隔離整個實驗室，讓外界無法得到內部人員位置和人數的影像。同時也讓人無法以紅外線瞄準器鎖定目標。

他讓無人機在大樓外多繞了幾圈，監測大廳、屋頂和次要出入口，接著才讓無人機飛回來。

諾耶斯遞給我一副耳機和無線裝置。

「加入通訊，」他說：「用二號頻道。」

接近百老匯和利伯帝街口時，背後，滿天星空映襯的高聳建物逐漸沒入黑暗當中。特勤小組隊員拉上頭套，其中兩艘橡皮艇脫離隊伍，朝利伯帝街划去。

我跟在剩下的兩艘橡皮艇之後，他們穿過廣場，朝野口勇的方形雕塑前進——這件作品過去是亮紅色，如今不但生鏽，還沉在水下兩公尺處。淹水前，這曾經是這座城市的標誌性雕塑品。

我繼續划到介於百老匯一四〇號和公正大樓之間的雪松街。當我在黑暗的大樓間漂動時，諾耶斯的聲音透過耳機傳過來：

「**這裡是A小隊。我們正接近大廳主要入口。啓動個人干擾器。羅根，你走哪座樓梯？完畢。**」

「不走樓梯，完畢。」我說。

「**有別的上樓路線？完畢。**」

「沒有。我要爬上去。完畢。」

諾耶斯停頓，隨即說：「**抱歉，你剛說你要攀爬上去嗎？完畢。**」

「你沒聽錯。完畢。」

「**攀爬大樓？完畢。**」

「是的。完畢。」

「C小隊正接近拿騷街入口。完畢。」

我把小艇划到大樓側面，往上看著陡峭的黑牆。

「B小隊在西南側樓梯口就位。完畢。」

我打開背包，撈出破門炸藥——一條糖果大小、配備計時器和雷管的C-4炸藥。我把東西塞入口袋，接著解開鞋帶，把兩隻鞋子綁在一起，掛在背包上。

我知道樓梯一定會受到監控——尤其是低樓層入口，還有可能設陷阱。只要有人踏上樓梯，卡拉定會知道。找她就像參加一場競賽，得先穿過黑暗，通過充滿各種阻礙有如迷宮的建築。但如果我能先進到裡面，從較高樓層上樓梯，我就有機會在沒人發現的情況下接近她。

「D小隊在東南側樓梯口就位。完畢。」

一樓大廳的水淹了半層樓高。我小心翼翼站起來，重心的改變讓小艇搖晃起來。我雙手往上伸，拉住分隔兩扇窗戶的豎桿。這條黑色鋁質豎桿長大約八公分，是唯一露在外側能讓我握住的物品。

抓緊豎桿後，我將自己往上拉，光腳撐在冰冷的玻璃上。接著伸長左手握在右手上方，然後用力衝向下一個手能抓住的位置。

三次相同的動作後，我爬到第一處橫握點：二樓窗戶淺淺的下緣。可以握住的地方不寬，但至少我可以用指頭摳住一公分的縫隙，讓我的三頭肌休息一下。

「A小隊在西北側樓梯口就位。完畢。」

「C小隊在東北側樓梯口就位。完畢。」

諾耶斯說：「所有小隊原地待命。完畢。」

我繼續攀著金屬桿子，一手接著一手往上爬。我知道自己夠強壯，但我還沒試過升級後的自己能達到何等強度。在我以往的人生裡，我連這棟建築的一層樓都爬不上來，但今晚我輕鬆自如地爬了三層。

來到五樓，三頭肌才開始出現肌肉疲勞的顫抖。我知道自己沒事。但眞正的負擔是在我的內收拇肌、第一背側骨間肌和屈拇短肌——也就是負責抓握的指頭和手掌肌肉。

我的耳機傳來諾耶斯的聲音：「羅根，進度如何？完畢。」

我聽得到自己回答時聲音中的壓力。「五樓了。我現在得專心，先離線。」

我低頭往下瞥，立刻把意識中想尖叫的慾望降低爲背景噪音——我和下方小艇的距離足以讓人反胃。我再次伸手抓住豎桿，腳跟踩著玻璃，從七樓爬到八樓。

我汗流浹背，汗水沿雙腿滴到腳踝。我再次摳住嚴酷的一公分窗緣，小腿肌肉顫抖。我體內供應肌肉能量的葡萄糖嚴重不足，我處於血糖過低的狀況。我的三頭肌和胸肌雖然在燃燒熱量，但這不是問題。問題在於我的指頭；它們的力量已到盡頭，無法繼續支撐我攀附在牆上。疼痛也不是問題，我可以排除痛覺。但到了最後——不管痛或不痛——我手指頭的肌肉和肌腱終究會使不上力。

我低頭看。

如果掉下去，我會從三十七公尺高處跌進兩公尺深的水中。我體重八十四公斤，下跌時間會是二點七五秒。下墜速度是每秒二十六點九三公尺，每小時九十六點九五公里。撞擊能量是三萬零四百五十八焦耳。這樣算來，幾乎沒有活命的機會，兩公尺的水不算深，無法緩衝我高速撞擊水下人行道的力道。

腿是一定會斷，說不定還會溺斃。

我抬頭看，這棟建築的立面彷彿和夜空融為一體。我本來希望自己能爬到十樓，但不趁現在就沒機會了。

我伸手掏出口袋的C-4炸藥——只靠一隻手攀住大樓，然後小心地用牙齒撕掉包覆。

我單手將雷管上的計時器設定為三十秒。我希望自己能爬離爆破點，但我猜，我大概只能再撐不到一分鐘。

我啓動計時器，把炸藥塞在九樓窗戶下側。在這一刻之前，我都壓制自己的腎上腺素，要保留到最後才用。而現在，我讓恐懼流洩，任由讓人暈眩的驚慌探頭，藉此激發出我所需要、保全我不致墜落的腎上腺素。

我往下爬四點三公尺到下一層樓，兩手緊緊抓住豎桿。

爆炸震得我差點飛出去，但是我拚命抱住，一陣玻璃碎片像雨水般灑落，我的雙手鬆了開來。

我兩手往上抓，用盡了全力，力量大到我擔心自己會捏斷指頭，但我繼續往上爬，汗水沿著我的臉往下滴，刺進我的雙眼。建築物側邊被炸開的大洞就在眼前，爆炸威力把一些金屬條扭成橫條，彷彿在呼喚我去握住。但我不相信它們。

我繼續沿著豎桿往上爬，來到九樓洞口伸手可及之處，用左手緊緊扳住，把自己甩上九樓。來到邊緣時，玻璃劃破我的右前臂，雙腿仍懸空掛在外面。

我**馬上就要**跌下去了。

我用力探出左手，必須抓住某個東西——什麼都好，結果我抓住了某個像桌腳的物品。

這是我離開小艇後第一個實質握把，我將自己盪上樓面，滾進陰暗的空間。

我躺在地上喘了好一會兒——雙腿、雙臂和手掌因爲過度使力而顫抖。三十秒後，我坐起身子看手臂傷勢。有八片玻璃插進我右手的肱撓肌——其中兩片深深插進前臂。我伸手從背包裡拿出強力膠帶，撕下長長一截黏在辦公桌上，開始黏掉玻璃片。我的手臂血流不止，痛楚加深；我排除痛覺。取出最後也是最深一片玻璃碎片後，我壓緊傷口，用膠帶纏住整隻前臂——希望這能撐到我有機會替自己縫合的時候。

我穿回鞋襪，心想，不知樓上的人有沒有聽到爆炸聲。

我所在的位置顯然是圖書館，四周是塞滿法律書籍的書架。我站起來，揹起背包，繞過布滿灰塵的會議桌來到走廊上。

電梯。

戴上夜視鏡後，我看到正前方是張接待桌。接著，我繞過建築北側一整排沉睡的電梯。

我在九樓，實驗室還要再往上爬二十五層樓，而我有四座樓梯可以選擇。

我向左轉，朝西北側樓梯走過去。

往上爬了十七分二十九秒後，我拿出57N手槍，一面走向樓梯門。

我慢慢開門。

裡頭一片黑暗。

在完全無光的狀況下，我的夜視鏡沒有作用。我走到最近的辦公室，拿起桌上的釘書機，這時我口袋裡的手機開始震動。我拿出來，是愛德溫來電。

「嗨。」我說。

「**你在哪裡？**」出狀況了。

「爲什麼這樣問？」

「**你在大樓裡嗎？**」

「對。」

「**第二組特勤小組上路了。**」

「爲什麼？」

「**他們會在屋頂降落。**」

「不，你不能讓他們——」

「我剛才接到通知……這場行動不再歸我管了。」他壓低聲音說。

「怎麼可能？」

「你在維吉尼亞度過的那段時間……」他指的是他把我關在玻璃罩裡的那段時間。「留下影像紀錄。有人發現了，這人高我許多等級。我本來以爲只要我們這次動作夠快，就可以躲過不被發現。顯然我搞錯了。他們一直在監視我，我完全不知情。」

一定是國防部。難道說，這段時間他們一直在找我和卡拉？把升級強化人用在軍方項目，一直是國防高等研究計畫署的夢想，就某方面來說，這甚至比卡拉的計畫更恐怖。至少她的動機是協助我們這個物種。她想的是讓每個人都升級。而我有預感，政府不會有這麼平等的作法。

「這支隊伍的來頭不小。」

「誰？」他沒有回答。「告訴我我面對的是什麼人。」

「黑色聯合特遣隊。」該死。這是駐紮本地的聯合特遣部隊，包括前三角洲部隊、海豹第六特種部隊、陸軍特種作戰部隊、海軍陸戰隊突襲兵團的人員，和聯邦調查局人質救援隊之類的聯邦探員。這些人是菁英中的菁英。

「針對高價值目標？」我問道。

「我想，你可以假設他們想活捉你。你們兩個人。無論卡拉製造了什麼，我要你知道，羅根，我沒有出賣你。我完全不知道——」

「多少人？」

「他們通常八個人一小隊。」

「那特勤小組呢？他們剛才好像還——」

「他們已經不再聽你指揮了。很抱歉。黑色聯合特遣隊六分鐘後出發，無論你有什麼打算，動作快，趕快離開大樓。」

電話線斷了。

五秒鐘後，另一個聲音透過耳機喘過來。

「羅根，我是諾耶斯。你進到裡面了嗎？回報位置。完畢。」

我聽得出他聲音中的虛假，就像蜜糖一樣。我扯掉耳機，用肩頭的無線電裝備敲碎它。

我拉開樓梯門，把釘書機放在門框旁。就在我拿手電筒照向下一排樓梯時，我聽到諾耶斯的聲音從六層樓下傳上來。

「我猜他發現了。我們剛跑進……」有幾個字我聽不清——「……三和四樓。我們下去試試別的方法。」

他們開始行動時，我打開手電筒開始往上爬樓梯，盡量避免讓腳步聲在混凝土樓梯間裡發出回聲。

就在穿過十五樓平台時，大樓開始搖晃。我聽到類似遠方雷擊的聲音，手電筒光束照出灰塵飛揚。我往下看，沒看到火光也沒聽到叫喊。無論另一座樓梯發生哪種爆炸，無論卡拉兩秒鐘前是否知道我們的行動，現在她也曉得了。

我飛快跑上樓梯。

十七。

十八。

十九。

二十。

再過四分鐘，聯合特遣部隊就會在屋頂降落。無論配備多強大，他們仍然敵不過卡拉的升級版特種部隊伙伴。更糟的是，這些人帶進來的騷亂只會耽誤我的計畫，讓卡拉更有機會、有時間逃脫。

二十四。

二十五。

二十六。

我聞到空氣裡有種奇怪的味道——是焦油嗎？

二十七。

我上方有光線閃了一下。我降到慢跑的速度，最後在二十八和二十九層樓之間的平台上停下腳步。

這裡的味道更重。

扶手與扶手間，從天花板到地板，到處纏滿了鐵絲刺網，像是地獄的聖誕節裝飾。剃刀般的尖刺在光線下閃閃發亮。依我看，整個樓梯間都布滿了這種東西。

此外，我也知道了自己聞到的是什麼味道——裝在橄欖綠的闊刀地雷外殼裡的C-4炸藥，就放在距離我兩公尺外的小檯子上，電線從二十九樓門下往內拉。這個從遠端操控的地雷面對著我，裡頭裝有零點七公斤的C-4炸藥與七百多顆鐵製彈頭。外殼上寫著**此面朝敵人**。

我轉身就跑，跳到下一處平台後繼續下衝，最後來到二十六樓門口。門鎖著。

我從背包裡掏出另一個破門炸彈放置在把手旁，設定二十秒，接著往下跑到二十四樓。

在壓迫感十足的爆炸過後，我回到二十六樓。門被炸到五公尺外。我穿過炸毀的門框走進去，C-4炸藥的焦油和機油臭味嗆得我滿眼淚水。

在這裡，不用手電筒我也看得見。這層樓主要是小隔間，靠外側的牆邊有幾間辦公室和會議室。我快步走向東北側樓梯，打開樓梯間的門。我的手電筒照在濃密煙霧上，空氣中有另一種味道：燒焦人體的甜膩血腥味。

我抬起頭，看到四層樓上方有更多的鐵絲刺網。

我跑向一排隔間。

東南側樓梯間沒有煙，但我聽到遠處下方有聲音，看到上方幾層樓的鐵絲刺網。

我一邊跑向最後一座樓梯，一邊讚嘆卡拉的計畫。她在自己與威脅之間布置了致命的障礙。但若要離開大樓，她也必須穿過樓梯間，為自己殺出一條血路。無疑地，國防部——或無論是誰在追捕我們——也會加強守備出口。至少會有特勤小組的狙擊手。

就算我的行動一切順利，也得面對相同的問題。

我敢說，講到逃脫路線，卡拉一定留了一手。也許是電梯坑？藍圖上沒顯示的祕密樓梯？如果她沒有安排——或是我沒能及時想出來——這會是場自殺任務。聯合特遣部隊再過兩分鐘就到了——如果愛德溫說的是真話。

我走進西南側樓梯。

沒有煙。沒聲音。上方沒看見鐵絲刺網。

我往上跑，一路來到二十八樓。

二十九。

三十。

大樓某處傳出槍響——是震耳欲聾的自動武器駁火，接著又是另一波，這聲音不在上方也不在下方，是和我的位置平行。

我繼續爬。

過了三十一。

三十二。

只差兩層樓了，我仔細搜尋，但是沒看到任何威脅，沒有鐵絲網或炸藥。

三十四樓的門縫下流洩出明亮的光線。那是引爆裝置嗎？我把臉貼向門邊用力聞——聞不出機油的味道。

聯合特遣部隊再一分鐘就到了。

我抓住門把。

鎖住了，轉不動。如果用炸彈，我會暴露自己的行蹤。

這些樓梯是防火梯，遇到緊急狀況，可以從裡頭打開，但是想從外面入內則行不通。通常，門內會有感應系統來啓動開關，好比有人靠近被紅外線偵測到門附近有溫度變化，就會傳送開門訊息。

關鍵字眼是：**溫度變化**。不一定要是升高。

我翻找背包，拿出壓縮空氣罐。我撕開包裝，把吸管插進噴嘴，然後趴在地上，希望門和門框間的空隙夠我把吸管塞進去。

我找到門框一處缺口，小心地把吸管插進去，倒拿瓶身。如果我拿正瓶子噴，只會釋放出最上層的碳氟化合物，但是把瓶子倒過來，噴出來的會是液體。在強大的壓力下，液體會迅速揮發膨脹，成爲與室溫相同的氣體。

我希望絕熱冷卻的過程能立刻讓門內附近的溫度下降，如果我的推斷正確，這個操作可以騙過感應器，讓感應器誤判門裡那側有人接近。

我壓下按鈕，聽著液體嘶嘶噴向門內，手上的瓶子逐漸變冷。

我脫下夜視鏡，伸手握住門把。

這次，門把轉動了。

我想到，這可能會影響到第二個感應器。門一打開就會啓動面對牆壁的感應器，觸發警鈴。這簡直就像是直接傳簡訊給卡拉和她的保全。

對此我無計可施。沒時間了。

我推開門，聽到高樓層傳來機槍掃射聲，接著是鏈炮發射的低沉節奏。

然後是砰然巨響。

我衝進光線下，白色走廊上有一排亮晃晃的日光燈，左邊有什麼東西吸引了我的目光——

我轉過頭，正好看見窗外有一架著火的黑鷹直昇機往下墜，仍在轉動的螺旋槳劃過建築，打碎玻璃和鋼架，前艙的駕駛叫喊著——接著便消失了。

三點八秒後，直昇機摔落在雪松街上，爆炸聲撼動了整棟建築。

我繼續沿著走廊往前跑，經過好幾間掛著吊床、擺滿醫療器材的房間，我猜想這裡也許是卡拉第一次爲試驗組進行升級的地方。

電梯間的另一側，我看到一個不鏽鋼生物反應器。

玻璃管柱。

離心機。

我慢慢走進占據了三十四樓東側的雜亂實驗室，同時不禁擔心，卡拉可能已經走了。

遠端牆邊，好幾個架子上的伺服器低聲嗡嗡作響。我聽到在一扇金屬門後傳出稍大的機器運轉聲，那是供應實驗室電力的發電機。

我經過一座負八十度的冰箱前，接著是兩座降溫儀。

在濃烈的溶劑氣味中，我捕捉到一股熟悉的香氣——在我母親科羅拉多家中，卡拉就是用這款洗髮精。

我聽到轉角有個聲音：金屬輕聲碰撞。我從背包裡拿出另一管破門炸彈，設定三秒鐘。

我探頭看轉角處。

卡拉站在生物安全櫃前，背對著我，瘋狂地把看似自動注射器的東西塞進一個小背包。瑪德琳·歐特加在她身邊，手上的黑克勒暨科赫 MP7 衝鋒槍已經轉向我，我們四目相接，她眼神閃過一絲驚訝。

但她先瞄準了我。

從我的角度，沒辦法瞄準她，除非——

我躲回轉角後方，這時四點六乘以三十厘米的穿甲彈以每分鐘九百五十發的速度掃射牆壁。歐特加的身體語言顯示她會追上來，於是我啓動破門炸彈，丟下就跑。

三

二

我跑到電梯間時回過頭。

一

歐特加繞過轉角，舉起衝鋒槍。

她隨著響亮的爆炸聲消失無影，在我閃到電梯旁的同時，卡拉衝向北側走廊。

她要去哪裡？

她不可能從東北側樓梯下到一樓。西南和西北側樓梯也不能，這三座樓梯間在三十到三十二樓間都拉起了鐵絲刺網。她必須走東南側樓梯到二十六樓然後改走西北側樓梯下到六樓，再從西南側樓梯——只有這側樓梯的一到六樓沒有架設鐵絲刺網或炸彈——下樓。

如果她下樓，我就該等在東南側樓梯，因爲她勢必會經過。但這似乎不太對。就算她能闖過我這關，守在一樓四處樓梯的特勤小組，也能輕易抓到她。

但若她是往上爬，就只會讓自己陷入困境——對吧？

不。該死。肯定是這樣。她選擇往上走。現在看來，一切都合理了。我知道她要去哪裡，也知道她打算怎麼做。沒剩多少時間能阻止她了。

我繞過轉角，跳過瑪德琳．歐特加的殘骸，衝向大樓的西南端。

十秒後，樓梯門被炸開。

我認出戴著面罩的諾耶斯和布蘭德斯。他們站在門口，我迅速看清現狀：

在逐漸散去的煙硝中，諾耶斯張大了雙眼。

布蘭德斯舉起衝鋒槍。

牆上，瑪德琳·歐特加的血正往下流。

一切的速度減緩了。

我可以花不到一秒鐘的時間擺平他們，但我不想殺他們；這兩個警察半夜在睡夢中被拉起來，對自己涉入什麼狀況完全沒概念。

我依然朝他們的方向衝，他們把門炸開到現在已經過了半秒鐘。我眼前浮現三十四樓的藍圖——正前方應該有一條將樓面一分爲二的走廊。

布蘭德斯把槍靠在肩膀上，猶豫了一下，瞄準我的雙腿；諾耶斯掏出備用武器——一把軍用級、非致命性、只能發射類似電擊槍彈匣的X-30。

我往左閃——微小的假動作，看著布蘭德斯和諾耶斯反應過度地猛開火，衝鋒槍口閃現花朵般的火光，子彈掠過牆壁，後座力讓兩個男人稍微失去平衡，我趁機衝向走廊。

走廊很窄。

日光燈閃閃爍爍。

我的左右各有四扇門。

前兩扇門通向辦公室和儲藏室，第三扇門裡是休息室，我直接躲進去。

兩張圓桌，一個角落是廚房，一台飲水機。冷掉、帶焦味的咖啡，垃圾桶裡有東西發臭。

我站在門裡，他們的腳步聲傳來。

一扇門打開又關上。

接著是另一扇。

諾耶斯說：「我們在三十四樓發現羅根。上樓來，雙方對峙中。」

他們的防護衣沙沙作響。

他們逐漸接近。

布蘭德斯說：「你來戒備，我負責開門。」從他的聲音聽來，他們應該是在檢查對面的房間，也就是說，他們正背對著我。

我衝出休息室。

我分割我的意識——

我的攻擊讓他們措手不及，諾耶斯緩慢轉身面對我，我加速衝向他，伸手——不是要搶他的武器，而是——折斷他扣住扳機的指頭。布蘭德斯遠遠落後，我看得見他明白自己搞砸時眼神中緩慢凝聚的恐懼。我搶下X-30時諾耶斯大喊一聲，我閃過他的一計重拳，近距離射擊他的腿，避開他的防彈衣。趁他倒地時，我橫跨一步避開布蘭德斯近乎瘋狂的掃射，並對著他的腿也打上一槍。他們抽搐倒地，電擊子彈讓他們無法動彈。我抓出諾耶斯腰包裡的束帶，迅速捆住他們的手腕和腳踝，希望自己還來得及攔截卡拉。

西南側樓梯間煙霧瀰漫。

我打開手電筒，大步跑上樓。

在我到達三十六和三十七樓之間的平台時，三十八樓的門——在我上方一層半的位置——被人撞開。我藏起手電筒，瞥見另一道手電筒光束照在牆上，聽到我姊姊飛快往上跑的腳步聲。

我小心跟在後面。

接著，我聽到一扇門嘎一聲打開。

她的手電筒光束消失了。

我相信她在四十樓跑出樓梯間。當我跑到四十樓時，我輕輕拉開門，在西北側樓梯門砰一聲關上時溜了進去。

我跑著穿過四十樓。

再度滿身大汗。跑過無人的辦公室，跑過影印室和休息室，最後來到西北側樓梯門前。

一拉開門，就聽到上方傳來腳步聲。我姊姊的手電筒光束照在牆上，但我這次沒追上去，就只是光站著聽。數她繼續跑幾層樓。

四十二。

根據她腳步的速度，我計算她往上爬的進度。

四十三。

四十四。

我聽到門被甩上然後上鎖的聲音。她到了四十四樓，我知道她不打算再往上爬。

沒必要。

我跑著穿過整層樓，回到東北側樓梯，當我爬向四十四樓時，我聽到上方有腳步聲，另外還有兩個不同的人聲傳下來。

難道聯合特遣部隊有人順利逃出直昇機？對付他們是一回事，但是如果來的是卡拉的人……

我側耳傾聽。

上頭有兩個男人，講話速度很快。

一個人說：「……注意安全，我們會在這裡再碰面。對，我們不會有事的。」

我認得這個聲音。我今晚稍早聽過這聲音，來源是社群媒體貼文——一年前，德尚恩·布朗在他小女兒的生日派對上錄下的影片。這麼說，另一個男人必然是俄亥俄州警察，婚姻生活幸福美滿的羅尼·維亞納。他們都是升級的前特種部隊成員。

我思考該如何放倒這兩個人。不是沒可能，只是機會不大。最大的可能性是我殺掉他們其中一個，但我會死在他們手上。他們原本受的訓練給了他們很大優勢。

所以我決定不處理他們。

我關掉手電筒。沒有任何時候比現在更需要讓時間變慢。

有兩組腳步聲，較瘦小的一人走在前面。

他們的味道早一步傳來——鹽味、淡淡的古龍水餘味——是體香劑嗎？——和剛開過槍的刺鼻硝化甘油氣味。

他們的手電筒光束打在牆上。

我站在四十三樓下方的平台上，光靠想像就能看到整個空間。

他們距離我只有十五秒。

我在黑暗中爬到四十三樓，跨過扶手，讓自己側攀在從上方數來第二層階梯上——下樓的人絕對看不到我。

他們現在正走下四十四樓。

來到四十四和四十三樓的平台。

接著是四十三樓，我攀住樓梯側邊，看著他們的靴子從我眼前經過。他們從四十三樓往下走，等他們走到四十三和四十二樓的平台時，我把自己往上拉，雙腿跨過扶手，趁他們轉彎及時離開他們的視線範圍。我輕輕穩住自己，在他們繼續往下走時滾過階梯。

一道光束朝我照過來，只差一秒鐘——他們是不是聽到我的聲音？

我悄無聲息地下樓，看到光束照過我剛才攀住的位置。我盡可能貼著牆，不敢呼吸也不敢動，最後，他們的腳步聲終於往樓下去。

一會兒後，我再也看不到光線。

我等待，想像他們走到哪裡，希望他們趕緊離開，我才能——

八層樓下方爆發槍戰，槍口的火光照亮了走廊。他們遭遇了對手。我站起來跑上四十四樓。門是鎖上的。我拿出破門炸藥，設定十秒，然後往下跑到四十三樓。

門炸開來。

我匆匆回到四十四樓，快速跑過炸開的門口。

這層樓是開放空間，除了電梯和樓梯之外，什麼隔間都沒有，應該是在裝修時就棄守，除了通風管外露，天花板上還垂吊著電線。

我看到有個人影蹲在遠端的角落。

我回頭瞥看剛剛門被炸飛的東北側樓梯出入口——空無一人。

我只差卡拉十一秒。

她蹲在地上，護著背上不知什麼東西。一看到我，她立刻跳起來拔腿就跑——離缺了窗玻璃的窗口只有九公尺。

我在三十公尺外的電梯口停下腳步，分割我的意識，放慢時間。我注意到自己指頭痠痛、幾層樓下方的人馬依然在對戰、紐約港的冷風透過沒有玻璃的窗口吹進來、遠處澤西市燈火通明，以及我即將做的事會帶來的傷痛——我立刻隔離這個情緒。

我舉起手槍瞄準卡拉的右腿，現在她的動作好慢，我毫不懷疑自己的準頭。

我開槍，她應聲倒地——穿過地板滑向敞開的窗口，她翻身仰躺面對我，手上拿著武器，指頭瞬間就要扣下扳機，這時我朝她跑過去

第二次開槍，我打中她的身體。我看著她猛然往後倒，雙手垂在身側，拿在左手的手槍掉到地上。

我來到她身邊時，她伸手想拿槍。我一腳踢開，手槍順著光滑的混凝土地板滑出

窗框外。

卡拉的腿在流血。從她的呼吸聲，我聽出我射穿了她的右肺。卡拉的嘴角開始淌血。我強迫她打開右手掌，她握著一束黑色布料，連到S型折疊的帶子，再連到她的背包。

她睜著眼，以痛苦的神情看著我。我不能讓這個情緒觸動我。

「妳的實驗室裡還有剩下的升級病毒嗎？」我問：「政府單位可以拿到，然後——」

「有，但實驗室馬上就不在了。」

「再多久？」

她瞥了腕錶一眼。「九十二秒鐘。」

我鬆開她腿部和胸口的背帶，在我幫她轉身，鬆開她肩上的帶子時，她低聲啜泣。我笨拙地卸下她腿上的背帶。她把Tumi背包反掛胸前。我拉下背包，看到裡頭大約百來個自動注射器。

我仔細看著背帶和跳傘包，檢查剛才開槍時有沒有波及裝備。沒有。剛才這東西是在卡拉懷裡。我踏進背帶當中，揹上背包，拉緊腿上和胸口的繫帶。傘包和引導傘之間的繫帶糾結在一起，我退開幾步，讓繫帶自然展開。

「就這樣了嗎？」她問道，用力掙扎著要說話：「就眼睜睜看我們自己滅掉自己？」

我重新折疊好繫帶。除了剛才看卡拉握住繫帶的樣子，我只在多年前某個無聊的星期二晚上無意間看過低空定點跳傘節目。對跳傘，我毫無經驗。

我拿起 Tumi 背包綁在胸前，說：「妳不可能藉由殺人來救人。人類並不是達到什麼目的的工具。」

卡拉喘著氣。「羅根。」

「什麼事？」

「我看不見了。」

西北側樓梯有人聲。我必須走了。但我坐在姊姊身邊，將她拉向我，雙手抱住她。

「別讓我現在這個模樣留在你心裡。」她劇烈顫抖，我聞到血腥味，感覺到她溫熱的血水流到我腿上。「我們不只如此。」

「我看的不是這一刻的妳。我看到每個時刻的妳。每個**我們**在一起的時刻。我們共度了許多美好時光。」

「十八。」她說。

「什麼？」

她咳出血。「我們一起度過十八次美好時光。」

我想了想。

「十九。」

搖。

「你怎麼算的？」

「加上現在。但這次我很難過。」

卡拉哭了。面對死亡的此刻，她放下了防備。我可以感覺到自己的防備也在動搖。

我想在我們相處的最後一刻說些話，說些深刻的話。卡拉就這麼做了，這是最單純的話，但也代表了一切。

她伸手碰我的臉。

「你無能為力，羅根。」

我想讓她知道，我會多麼思念她；我想告訴她，我對自己每次差點打電話給她卻沒做到有多遺憾；我想說，沒能在她生命中占更大分量，我有多難過。但這些話全卡在喉嚨。

她的手滑開。

我感覺到靈魂脫離了她的肉體。

無論我抱的是什麼，都已不再是我姊姊。

我把她放在地上，闔上她的雙眼。我眼中的她不是這副軀殼，而是完美的記憶：她十二歲，我們在祖父母的房子外面，她在泥巴路上騎腳踏車，一馬當先。當時已經接近傍晚，金色光線下，她回頭看著我和麥斯，**激我們追上來！快一點！**

我站起來，握住手槍，另一手拿著引導傘。我走到缺了玻璃的窗口邊緣往下看。

卡拉會選擇大樓的這個角落，是因爲只有這一側旁邊沒有其他高樓建築。我看著廣場、百老匯，以及過去的祖克堤公園——金融區中心占地三千一百平方公尺的綠洲，如今只是一片淹水的枯樹林。

一陣強風從港口吹過來。要想離開這棟建築，我需要靠助跑加速。

我往後跑十二公尺，就在我轉身面向我的臨時跑道時，有個東西擦過我的耳際。東北側樓梯衝出一群穿著防護衣的人。一支麻醉針射中我的背包。我拔下一根麻醉針，丟到一邊，在兩秒內開了十二槍，趁這群人分散時往前跑。

離窗口九公尺。

六公尺。

又有兩支麻醉針打中我的背包。

三公尺。

我衝過卡拉身邊，心想，**這便是姊姊留在我心裡的最後影像**。

我在距離邊緣六十公分處往外跳，迅疾脫離大樓，我分割意識——

這是我此生最奇特的感覺：以四分之一的速度往下掉，我的腹部被往上頂，地面迎面襲來，狂風打著我的臉，我的右眼眼角看到自由廣場一號的屋頂白光一閃。狙擊手。

從墜落到撞擊地面得花六點一八秒時間。我在第二秒往前拋出引導傘。引導傘消失，廣場地面仍然快速迎向我，在我等待主傘打開、懷疑麻醉針是否弄壞了傘面時，動物般的恐慌在我全身上下竄流。

一股力量猛力將我往上扯，我還繼續往下掉，但在剛才短暫的自由落體經歷後，我覺得自己現在像是和地面平行移動。我背後槍聲頻傳，我滑翔在百老匯和泡在水中的祖克堤公園樹林上方時，狙擊手再次開槍。

我伸手拉兩側傘繩把手。左手一拉，整個人往左偏。右手修正後，我拉直方向，滑向公園的中央點。

身後連續傳來好幾聲低沉的爆炸，我回頭望去，正好看到火舌從三十四樓的窗戶往外捲。

玻璃碎片如雨水般掉落在淹水的廣場，即使我已相距甚遠，臉上依然能感覺到爆炸的熱氣。我希望這場爆炸沒帶走其他人的命，但至少好處是，政府拿不到我姊姊製作的成果。

幹得好，老姊。

我面前有一棟建築，於是我往左偏，來到雪松街上方一百二十公尺左右的高度，滑翔在摩天樓之間，看著街道的狂風掃過樹頭。

我滑翔到另一個開放空間，瞥見遠處一座教堂的圓頂、自由公園的電燈桿和枯樹，以及更遠的世貿中心一號大樓。

離水面三公尺時，我深吸了一口氣，拉開降落傘背帶的主拉升帶。

我掉進冰冷海水中，本能地想游回水面，但我像石頭一樣往下沉——我的裝備太重，難以浮上去。

我的靴子觸及人行道——我完全沉入水底。

我排除掉恐慌。

花了整整一分鐘我才鬆開肩上背帶，接著在黑暗中拉下腿上的繫帶，努力把穿靴子的腳從繩帶間的開口拉出來。這時我已經出現缺氧會造成的眼冒金星症狀。最後我終於脫下外套和防彈衣，曲起膝蓋，蹬腳往上跳。隨後，浮出水面喘氣。

我人在西街，面對萬豪酒店的廢棄店面。

游進酒店大廳後，我朝通往二樓的弧形樓梯游去，然後爬上最後幾級泡在水中的樓梯，四仰八叉地躺在平台上。

我又喘又抖，全身都痛。

同一個想法反覆出現。

我殺了我姊姊。

這幾個字在我腦袋裡四處跳動，我試圖掐滅它們，但鋪天蓋地的壓力重重堆積在我胸口。我不知道自己還能撐多久，不去面對她的死亡。

我的內心開始吶喊。

晨曦喚醒了我。

恢復意識後，我發現自己蜷著身子縮在牆邊，我才睡了一個多小時，而且即將要失溫。

我坐起來，手機開機後看到十八通未接來電，全來自愛德溫。

鈴響一聲他就接了。

「你活下來了。」

「差一點就不行了。」我不確定有什麼人在監聽電話。不知道他們是不是已經開始追蹤我的位置。

愛德溫說：「逃跑無濟於事。」他的聲音僵硬。是在演戲，但對象不是我。「我們有你的臉部影像，全面通緝令已經發了出去。你不可能離開紐約的。」

我懂。他知道這通電話受到監聽，而他不能明著幫我。所以他這是在警告我：**小心，他們在找你**。

愛德溫說：「我們找個地方碰面。我帶你投案。」

「我有兩件事要告訴你，」我說：「講完我就掛電話。一，你最好好對待娜汀，公平對待她。二，記得我給你注射的針劑嗎？」

「怎麼樣？」

「那只是生理食鹽水。」

我踩進水中，立刻又開始發抖。我游向晨光，爬到一棵枯樹上，找到樹枝間一個舒適的空間，努力想讓太陽把自己曬暖。

高樓大廈東面的玻璃和鋼鐵在早晨的陽光下閃閃發光，我聽到西街北邊有人聲。有那麼一會兒，我以爲那是搜索小隊，但接著我看到幾艘小船聚向世貿中心一號大樓。這些搖晃的小船有的載新鮮水果，有的載書、雜誌和雜物。有艘船賣啤酒和香菸，另一艘冒出炊煙——一個老女人在烤肉串。人群中還傳出音樂——有人在彈吉他。對話和歡笑聲迴盪在建築物之間。

游過去的誘惑太強，我想交換早餐，想找辦法弄艘船。但昨晚百老匯一四〇號的喧鬧一定像場世界大戰。附近的人一定都聽到了，這時候想混進去只會引起眾人警覺。所以我遠遠看著——這些被遺忘的少數人，在最不適合人類居住的地方共同生活。

他們看來是眞的很快樂，這讓我看了也高興——一無所有的人相互付出無比的善意。

我在水中泡了一整天，慢慢朝曼哈頓南端移動，遠離百老匯一四〇號。進展緩慢。

我游過一條條街道，不但要有耐心，還要很小心。

我沿著羅斯福大道往北游，摩天樓四周出現了傍晚的燈光，金星高掛天上，光線因爲地球的大氣層而閃爍。

到了布魯克林橋匝道口，我終於離開淹水區，走到乾燥的地面。

這一帶安靜到詭異的程度。

沒有人出門。

我上橋走在無車的馬路上，當我到最高點——離水面三十九公尺——我瞥見了自由女神像。這個冬日傍晚，不祥的雕像站在火紅天空下，與其說是象徵，不如說是時間膠囊。

我打開卡拉的背包，拿出一支自動注射器。這東西好輕。一點也不搶眼。我實在很難想像只要幾支注射器就會改變人類的軌道。

我花了一些時間，把姊姊的傑作一支支丟進東河的黑水中，可怕的壓力又回來找我，宣洩哀痛的吶喊已快壓不住了。

這是我最後的殘餘人性嗎？尖聲喊叫要我去面對**感受**？

我大可阻斷這股情緒，但是我沒有。對我而言，對我姊姊的死亡無感，就像跨過沒有回頭路的邊界。要是我對姊姊的死也無感，那就是要我跨過人性界線，走上不歸路了。

我開始流淚。

叫喊。

我讓自己崩潰。

讓自己回想那十八個完美的相聚時光以及最後的、第十九個共處時刻——她臨死前，伸手輕撫我的臉。

在那一刻，我覺得自己就像是從前的羅根，同時還考慮是否能將過去的我，和現在的羅根融合在一起。

我回頭瞥向黑暗的城市、光的城市。

然後我繼續走，走向布魯克林。我的思緒奔騰，腦海裡閃過一絲瘋狂的念頭，而我能夠感受到這個剛展現的新想法帶來的美好和溫暖。

人類是醜陋的、細心的、自私的、敏銳的、充滿恐懼的、富有野心、愛心和希望的物種。我們有大奸大惡的潛力，但也有絕對的美好。我們的能力不止於此。

有件事，我姊姊說的沒錯：我無能爲力。

尾聲

人性，會是大自然最後交付予人類的一部分。然後這場戰役才會獲勝。我們將從克洛若*手中取走命運之線。自此，我們的物種將獲得自由，可以成爲我們所希望成爲的那類人。這場戰役確實會獲勝。但贏家究竟是誰？

——C. S. 路易斯，《人之廢》（*The Abolition of Man*）

* Clotho，希臘神話中的命運三女神之一，命運之線的紡織者。

三年後

畢業典禮的致詞學生代表終於結束她的發言，我坐在露天看台的最上面一排，俯瞰橄欖球場和在五十碼線上架高的舞台。

校長開始點名。

她就和其他畢業生在下方某處，淹沒在一片海軍藍的禮袍中——儘管我還沒看到她。我倒是在爬上球場上方的水泥階梯時，看到了貝絲。她和幾年前在佛蘿拉餐廳共進晚餐的男人坐在一起。他叫做約翰，是貝絲在美利堅大學的同事，這名英文系教授的專長是一四八五年到一六六〇年的英國文學。我讀過他所有出版品，程度還不壞。

「艾娃·格蕾·蘭姆西。」

我看著女兒走上舞台，淚水盈眶。

她什麼時候開始用我的姓氏？

典禮後，我在貝絲停在高中停車場的車邊等待。

這時已是傍晚，我看著一個個陪著畢業生的家庭路過，興高采烈的情緒，連空氣都為之沸騰。

約翰走在艾娃和貝絲之間，她們各挽著他的一隻手臂。他身穿藍色西裝，閃亮的皮鞋不久前才剛刷過。我很高興看到他爲艾娃的大日子盛裝打扮。這點爲他加分。

看到我，他停下了腳步。

身體挺直。

貝絲感覺到他身體語言的改變，抬頭看見他專注的眼神，隨之朝我望過來。

我臉部的改變騙不了我的妻子和女兒。

聽到貝絲倒抽一口氣，正在講電話的艾娃抬起頭來。我本來斜靠在他們的車篷上，這時我站直身子，帶著一束粉紅色玫瑰和一個小包裹走過去。艾娃丟下手機和畢業證書跑向我，張開雙手抱住我的腰，無法控制地啜泣。我抱住她，眼睛看向貝絲。大顆大顆的淚珠滑過她震驚的臉。

我堅石般的心出現裂縫。

「我是約翰。」約翰說。

「我知道。」

他看著貝絲。

「我沒事，」她擦拭眼淚。「可以讓我們三個人私下說話嗎？」

「當然可以，我去走走。」

約翰用和善的雙眼看著我，完全不解眼前的狀況。

「沒什麼好擔心的，」我說：「我很高興看到你出現在她們的生命當中。」

這是四年來我們首度相聚，我強烈感覺到我們的差異。如今，是我闖入了她們的生活，我是帶來分歧的人。

我們坐在車裡——貝絲坐在駕駛座，艾娃和我坐後座。車裡有貝絲的玫瑰香水味，這是新牌子，我們在一起時她沒用過。

我說：「希望我沒破壞了妳的大日子。」

艾娃搖頭，紅紅的眼睛泛著淚水。

「你在這裡安全嗎？」貝絲問道。

「不怎麼安全。」我切斷了學校周遭兩個街區的閉路監視器系統，但人工智慧可能會嗅出病毒，在十五分鐘內清除問題。當然，到時候我已經離開了。

我看著我女兒。「全班第三名。」

「剛剛好。」她終於找回自己的聲音。「前兩名要致詞，我討厭在大家面前說話。」

能和她們待在同一個地方簡直像作夢。要講的話太多，就什麼也不必說。近距離看，我看到過去四年給貝絲留下隱約的痕跡：她笑紋變深了，眼中有我上次見到她時沒出現的沉重——常駐的哀傷。

我不在的期間，我女兒也變了。在我面前的，是個即將轉變成女人的艾娃，不再是從前那個小女孩了。

「我簡直不敢相信你在這裡。」貝絲說。

紐約事件後，我寫了一封信給她——我從未寫下如此艱難的文字。我試著解釋一切，包括我改變的幅度、卡拉的計畫，以及我爲了阻止卡拉而不得不做的事。我告訴貝絲，我雖然一心想當她的丈夫，但我的出現只會對她們不利。我鼓勵她放下我，尋找她的幸福。我說我永遠愛她。

我把小包裹遞給貝絲。「這是給妳們兩個的。」

「是什麼東西？」

「尋找卡拉時，我一直在寫日記。有時候我寫些我以爲妳們永遠讀不到的信。也許這本筆記能幫助妳們了解我成了什麼人。筆記本裡有一封信。給妳們兩個人的。我沒辦法留太久，沒有足夠的時間告訴妳們我這幾年做了什麼事。這裡不安全。妳們慶祝後再讀信。」

貝絲遲疑地盯著小包裹看。我是眞的不能久留，但我也擔心她們得知我所作所爲後的反應。

「我們在家裡有個小小的慶功宴。」艾娃說。

「我不能去，寶貝。我會讓妳的客人陷入險境。對不起。」

她點點頭，忍住眼淚。

「妳用了我的姓。」我說。

「我不再引以爲恥了。你還會嗎？」

「不會。」

「太好了。你不必。我是說，就某方面來說，你拯救了世界。」

我盡了全力才忍著不崩潰。幾個月前，我停止使用我的法拉第情緒盒子。為了拯救人類，我需要我的人性。

我往前靠，碰觸貝絲的手。「他讓妳快樂嗎？」

她含著眼淚露出微笑。「很快樂。但是我想念你，我寧願是你陪我。」

我看向擋風玻璃外，呼吸著我的傷痛、失去，以及我再也不會擁有的時刻。我和艾娃錯過的棋賽，我和貝絲的一萬次晚餐，泡在浴缸裡談心的深夜。我願意為這個痛苦挨子彈，願意放棄心智的美麗境界，一秒回到智商一一八的羅根。

想隔絕疼痛的衝動是那麼強烈，但我**想要**去感受。如果我失去受傷的能力，就不會懂得如何掌握喜悅——那些心滿意足的短暫時刻值得讓我的意識去經歷。

貝絲說：「你大可把這個包裹留在家門口。」

「我為了艾娃，為了看妳才來。」

「你可能已經優化到另一種程度了，但我仍然懂你。所以我們重來一次。你為什麼來？為什麼要冒這個險？」

「我該讓妳們回去慶祝了。」

她直視我的雙眼。

我猶豫了。

「羅根。」

我就只是看著貝絲。

她說：「我知道他們可能永遠不會讓你回到我們身邊。就算他們肯，你也已經變得我無法了解了。」

「我很抱歉。」

「我不是說這不傷人，**傷得可重了**，但是我們會撐過去。所以不論你必須做什麼，你就放手去做。我們會好好的。」她看著我們的女兒，指著她的畢業禮袍。在淚水後方，我看到她無視於一切的快樂和韌性。「因爲儘管難熬，生命還是會繼續下去。」

我看向我女兒。

她的雙眼一樣盈滿淚水，但她說：「我愛你，老爸。」

「我也愛妳。」

我們靜靜流淚。

最後，我終於拉開車門。我們走到車外，我走到女兒身邊用雙臂環住她。貝絲走了過來，我們三個在停車場裡抱在一起，鈉燈在我們上方發出柔和的嗡嗡聲響。

我想告訴她們，說我還愛著她們，以及這份愛縱有改變，也是變得更深刻——能夠重溫每個親密記憶的完美細節讓愛變得無限複雜。

但我無法用言語形容。就算能，言語也不足以道盡一切。

因此，我只能分割我的意識，讓我對時間的感知降到最慢，在拉到最長的每一秒鐘裡盡情享受她們的碰觸和溫暖，她們的氣味和存在。

當我穿過停車場、離開我生命中最重要的兩個人時，我感到前所未有的孤獨。

但同時——我也感受到從未有過的平靜。

我的貝絲，

我的艾娃，

卡拉和我母親相信，只要提升人類集體智慧和理性，就能阻止我們自我毀滅。她們研發出升級病毒來提升這些能力，儘管卡拉的智慧已經提升到極高程度，她仍然願意殺害十億人口。

但有件事我姊姊沒說錯。如果沒出現任何改變，人類會在下個世紀滅亡。我覺得，我知道人類爲什麼會讓這種事發生。

一個孩子溺死在井裡，全世界都會關注，會哭泣。但受難者人數增多，我們的同情相對會減少。在傷亡人數最高的戰爭、海嘯、恐攻當中，死者會成爲沒有臉孔的數字。我們稱之爲「悲憫之情的消退」，但事實上，這是遺傳而來的——先祖的這項適應力一直存在我們的DNA當中。

在二十世紀末期，英國人類學家，同時也是演化心理學家羅賓．鄧巴曾經提出一個理論*：人類只能關心、在乎、認同，並且和一百五十人維持穩定的人際關係。這個數字，與我們進化時的社會群體規模有關。當我們還在直立猿人時代，我們的社交生活就只限於小型的採集狩獵群體。當時，只關注與我們直接相關的群體是件好事，這態度可以幫助我們抵禦外來族群，幫助我們進步。存活下來。

但這個內建限制一直延續下來。今天，在特定悲劇中，我們只能把家人、朋友和同事的臉孔重疊到一百五十人身上。超過這個數字，悲憫之情便會消退，但這不代表我們邪惡，而是因爲我們的情緒無法連結。我們生活在人口逼近百億的地球社區，但我們的腦子只會對親近的人有感。

這其中當然還有其他因素，比方距離。跟我們的生活圈相比，發生在世界另一端的悲劇較難引起我們的感情。此外，和我們長相不同的人，也讓我們更難認同。

如果我們的物種有漠不關心的問題，無法憐憫正在受苦的人，那麼我們要怎麼期待自己對尚未發生的悲劇產生感覺？更何況智人滅絕的受害者，至今尚未出生。如果我們的大腦對後代子孫沒有足夠的關心，我們哪來的情緒動機犧牲自己拯救他們？

我母親曾經有個假設，認爲我們不是理性的動物。我們在報紙上讀到，在電視

* Dunbar's number，也稱為一五〇定律。

新聞上看到那麼多迫在眉睫的威脅，但是我們卻繼續過自己的小日子。是的，沒錯，這當中有部分得歸咎於我們是透過否認、認知失調和神奇想法來躲避現實的能力。

但她忘了最重要的一件事：少了憐憫與同情，自私是最合理的反應。

人類的超能力不是關懷，我們甚少發揮這個能力。

我們沒有智力上的問題。我們的問題是缺乏憐憫。比起任何單一元素，這才是真正引領我們走向滅亡的原因。

卡拉死後，我花了一年時間仔細研究我母親公司「你的故事」的數據資料，我把焦點放在與憐憫相關的不同基因系統上。我找到一個可以改變前額葉次級區域體積的基因系統，這個系統決定個人的心智技巧，決定我們社交群組的規模，直接控制憐憫的能力。我還找到另一個控制內側前額葉皮層的基因系統。當人類對陌生人產生憐憫時，這個區域會亮起。我們的大腦進化成願意幫助群組內的成員有其充分理由，但我們必須成爲能關懷陌生人的物種。尤其是關懷還沒出生的人。

於是，我設計出我的版本：憐憫心的升級。

我們的測試組的憐憫心和好奇心都有提升，他們表現出對陌生人的高度關懷，甚至迫切地需要了解彼此。

十個月前，在大規模測試後，我送出一百個人到世界各地，這些人都感染了病毒載體，攜帶著我的版本的升級病毒。

我的超級傳播者飛越大西洋和太平洋，在穿過巴黎戴高樂機場和倫敦西斯洛機場大廳時散播病毒。他們去布宜諾斯艾利斯聆聽世上最偉大的音樂會，出現在香港旺角的小攤位、東京人潮擁擠的澀谷區、紐約時代廣場、從馬德里到曼徹斯特的足球場，還造訪了紅場和紫禁城。

到目前爲止，全世界超過百分之五十的人口已經獲得我的升級，我們已經可以在公共策略和網路對話上看到穩定的改變。我甚至感覺到我之前兩次升級，使我變得冰冷淡漠的趨勢也漸漸緩和下來。

我們決定不公布升級這件事，但重要的是，我想讓妳們知道我做了什麼。

我的傲慢會讓妳們恐懼嗎？我是否不比我母親及卡拉好多少，同樣覺得自己的智慧讓我有權決定人類的命運？

我不知道這個問題的答案。就像我也不知道我的升級是否能達成我的希望，或是會帶來意料之外的結果。

我知道的是，艾娃，妳繼承的是一個瀕臨解體的世界。我在妳之前來到這裡，所以這是我的錯。但這點我無能爲力。

也許這些都不重要。也許，這只是我們的時間到了。

人類在這個星球生活了三十萬年。我們從石器時代進步到太空時代，我們分裂原子，爲自己的DNA定序，打造會思考的機器。

但我們的進步讓每年有一千萬人死於飢餓。我們有超高速列車，有強烈的排外思想。現在的手機比當年帶我們上月球的電腦更強大，但珊瑚礁消失了。

然而一年一年過去，沒有任何事眞正產生改變。

如果眞有解決方案，那一定是將我們從猶豫和冷漠中拯救出來。

無論接下來會發生什麼事，我都已經盡力了。我放棄了一切，連尚未被剝奪的，我也連帶一起放棄。還有，我終於走出我母親帶給我的沉重陰影。

妳們讀這封信時，我正在往西部的路上。我在蒙大拿州的格拉斯哥還有未了的事。

我要妳們知道，如果時光能夠倒流，我會立刻做這些。但可惜人生沒有倒退鍵。

每當想起從前的羅根，就像在想一個跟我完全不同的人，在毫不壓抑的時候，我深深爲他感到惋惜。我猜想，要是每個人都擁有完美無缺的記憶，我們都會爲從前的自己哀悼，就像哀悼離去的朋友一樣。

即使我不再是妳們從前認識的羅根，但在我內心，愛妳們的那部分永遠存在。

我坐在車裡寫完這封信，車子就停在我從前稱之爲家的房子對面。現在是晚上，明天就是艾娃的畢業典禮。透過窗戶，我看到妳們兩人和約翰正在起居室裡。我猜，你們在玩遊戲，屋裡一定滿是歡笑聲。我無法不去想你們三人看起來多麼像一家人。

這讓我傷心，也讓我快樂。

要怎麼描述既充實又破碎的心？

也許言語無可形容，但不知爲何，那讓我想到了在陽光下灑落的雨。

謝辭

寫作本書時，一群傑出人士在不同階段提供我協助，我想花點篇幅感謝他們。

每一處紅線、每一處註記，每一次我打岔，突然拋出新想法，這些都必須感謝你，JACQUE BEN-ZEKRY，我的編輯和各方面的伙伴。當我在和《升級 UPGRADE》角力，努力拚博時，你和我同在戰壕裡。好日子如此，那些我懷疑一切的日子更是如此。沒有你，我不可能完成這本書。

我要特別對 JULIAN PAVIA 獻上感謝，對這本我創作以來最困難的書，你始終讓我保持信心。這七年來，你爲我編輯了三本書。你的洞見和本能無比犀利。你是鑽石得以成形的那股力量。

感謝你的建議、友誼（和不斷供應的大餐！），DAVID HALE SMITH 擔任我的文學經紀人已經逾十年。一路走來實在精采，我的朋友。

感謝 INKWELL MANAGEMENT 的大夥兒，尤其是 RICHARD PINE、ALEXIS HURLEY、NATHANIEL JACKS，和 NAOMI EISENBEISS。

感謝 ANGELA CHENG CAPLAN 和 JOEL VANDERKLOOT 沉著處理我的影視業務。

感謝我不可或缺的支持者，TYSON BEEM、BRANDON KLEIN、MOLLY FIX 和 CARISSA GAYLORD，是你們保持我生活細節井然有序，讓我得以把焦點放在寫作上。

感謝在 PENGUIN RANDOM HOUSE 和 BALLANTINE BOOKS 的每一位，你們是我起飛的引擎，特別是 GINA CENTRELLO、KARA WELSH、KIM HOVEY、JENNIFER HERSHEY、QUINNE ROGERS、KATHLEEN QUINLAN、CINDY BERMAN 和 CAROLINE WEISHUHN。

感謝妳孜孜不倦爲我工作，妳是我有史以來碰過最好的公關，感謝 DYANA MESSINA。

感謝你爲《人生複本》《記憶的玩物》和現在《升級 UPGRADE》設計的美麗封面，謝謝你，CHRIS BRAND。

感謝讓英國版順利成功的每一位，我要給無與倫比的 WAYNE BROOKES 一個大擁抱，也要感謝 PAN MACMILLAN 的每一個人。

感謝你們閱讀《升級 UPGRADE》無甚出奇的初稿並給予回饋，讓這本書得以大大躍進，感謝我幾位最早的讀者：CHUCK EDWARDS、BARRY EISLER、JOE HART、CHAD HODGE、MATT IDEN、DAVID KOEPP、STEVE KONKOLY、ANN VOSS PETERSON 以及 MARCUS SAKEY。

沒有你就不可能有這本書，我要向傑出又有智慧的分子遺傳學家 MICHAEL V．

WILES博士深深一鞠躬。我從你身上學到太多。感謝你的耐心、你付出的時間和深不可測的知識。你是專家顧問的表率。找到你是我的幸運。

感謝HOOMAN MOHSENI博士花時間爲我解說量子電腦如何處理基因數據。

感謝PHIL WEISER、BRYAN JOHNSON和J. PIERRE DE VRIES博士在我創作《升級UPGRADE》時，提供發人深省、有關科學和哲學交叉點的對話。

誠摯感謝THE SCIENCE AND ENTERTAINMENT EXCHANGE的協助，爲我最近三本小說尋找最棒的題材，尤其要感謝SACHI C.GERBIN和RICK LOVERD。

感謝不只是最好的本地書店，還是世上最棒的獨立書店MARIA'S BOOKSHOP，格外要感謝的是EVAN SCHERTZ、ANDREA AVANTAGGIO和PETER SCHERTZ。

寫作這本看似永無止境的書時，多虧了有你們的愛和支持。感謝我親愛的家人：JACQUE、媽、爸、我的兄弟JORDAN，以及我三個棒得無比的孩子AIDAN、ANNSLEE和ADELINE。特別感謝AIDAN令人讚嘆的哲學性對話，他還指引我閱讀C. S.路易斯的《人之廢》，這本書成了我寫作本書的精神糧食。

感謝所有棒到不可思議的讀者——尤其是從一開始就跟著我的忠實讀者，你們給我一個美妙人生，讓我能做自己所愛的事。

最後，爲了我最親愛的兒時好友BRIAN ROGERS，他於二〇一九年痛失愛子EDWIN ALEJANDRO ROGERS。謹以書中愛德溫·羅傑斯這個角色作爲懷念。

國家圖書館出版品預行編目資料

升級 UPGRADE / 布萊克・克勞奇（Blake Crouch）著；蘇瑩文譯. -- 初版.
-- 臺北市：寂寞出版社股份有限公司, 2023.03
416 面；14.8×20.8 公分（Cool；47）
譯自：Upgrade
ISBN 978-626-96733-2-2（平裝）
874.57　　112000259

Eurasian Publishing Group 圓神出版事業機構 用心與你對話・視野無限寬廣
寂寞出版社 Solo Press

www.booklife.com.tw　　reader@mail.eurasian.com.tw

Cool 047

升級 UPGRADE

作　　者／布萊克・克勞奇（Blake Crouch）
譯　　者／蘇瑩文
審　　定／黃貞祥
發 行 人／簡志忠
出 版 者／寂寞出版股份有限公司
地　　址／臺北市南京東路四段50號6樓之1
電　　話／（02）2579-6600・2579-8800・2570-3939
傳　　真／（02）2579-0338・2577-3220・2570-3636
副 社 長／陳秋月
主　　編／李宛蓁
責任編輯／朱玉立
校　　對／李宛蓁・朱玉立
美術編輯／林雅錚
行銷企畫／陳禹伶・朱智琳
印務統籌／劉鳳剛・高榮祥
監　　印／高榮祥
排　　版／莊寶鈴
經 銷 商／叩應股份有限公司
郵撥帳號／18707239
法律顧問／圓神出版事業機構法律顧問　蕭雄淋律師
印　　刷／祥峯印刷廠
2023年3月　初版

定價 480 元　　ISBN 978-626-96733-2-2　　